그대 안에 묻다

서희수 장편소설

그대 안에 묻다 2

초판 1쇄 인쇄 2016년 9월 20일
초판 1쇄 발행 2016년 9월 27일

지은이 서희수
발행인 오영배
기획 박성인
책임편집 김보나
표지 · 본문 디자인 권지연
제작 조하늬

펴낸곳 (주)삼양출판사 · 로즈벨벳
주소 서울시 강북구 도봉로 173
대표 전화 02-980-2112 **팩스** / 02-983-0660
편집부 전화 02-980-2116 **팩스** / 02-983-8201
블로그 blog.naver.com/dan_gul
출판등록 1999년 3월 11일 제9-00046호

ISBN 979-11-313-0988-9 (04810) / 979-11-313-0986-5 (세트)

R♥SE velvet 은 (주)삼양출판사의 성인 로맨스 문학 브랜드입니다.

서희수 장편소설 ROMANCE STORY

그대
안에
묻다
2

ROSE
velvet

차 례

1장

민우는 싱글싱글 웃고 있었다.

못난 얼굴은 아니었다. 평범하고 단정한 생김새였고, 누가 봐도 성실할 것 같은 인상이었다. 그러나 나현은, 그의 얼굴이 역겨워 견딜 수가 없었다.

어쩌면 이렇게 뻔뻔할 수가 있을까.

그가 했던 짓들, 그의 부모가 했던 짓들. 그는 잊은 것일까? 아니면 별일 아니라고 생각하는 것일까?

정상적인 사고를 할 줄 아는 사람이라면, 이토록 뻔뻔하게 나타날 수 없으리라. 혹여 길에서 마주치더라도 얼굴을 붉히며 피할 것이다.

"잘 지냈어?"

민우의 말에 정신을 차렸다.

마침 타야 할 버스가 도착했기에 나현은 몸을 휙 돌렸다. 당신과 대화하고 싶지 않아, 아는 척도 하고 싶지 않아, 라는 몸짓이었다. 그러나 민우에게는 통하지 않았다.

그가 나현의 손목을 거칠게 붙잡았다.

"이거 봐요!"

비명처럼 외쳤다.

버스를 타던 사람들이 이쪽을 돌아봤다. 호기심 가득한 시선. 그러나 도와주려고 하는 사람은 없었다.

"이거 놓으라고요!"

나현이 다시 한 번 외쳤다. 그러자 정류장에 서 있던 청년이 귀에서 이어폰을 빼며 다가왔다. 민우가 그를 향해 사람 좋은 미소를 지었다.

"제 여자 친구인데 좀 싸웠거든요. 화가 많이 났나 봐요. 하하하."

선량한 인상의 민우가 웃으며 하는 말을, 청년은 믿는 기색이었다.

"아니에요. 이 사람은……."

"임나현, 진짜 심하다. 그냥 얘기 좀 하려고 온 건데 그렇게 화를 낼 건 없잖아."

나현의 말을 끊으며 민우가 말했다.

사실 남의 연애 싸움처럼 끼어들기 싫은 것도 없으리라. 청년은 다시 이어폰을 끼었고, 다른 사람들도 시선을 피했다. 도와줄 사람이 아무도 없다는 사실을, 나현은 받아들여야만 했다.

"저기로 가서 얘기 좀 하자. 여긴 사람이 너무 많아."

민우가 나현의 손목을 잡아끌었다. 그에게 닿은 부분을 도려내고 싶을 만큼 끔찍한 기분이었다. 나현은 그의 손을 뿌리치기 위해 팔을 흔들었지만, 그는 꿈쩍도 하지 않고 걸었다. 결국 그에게 끌려갔다.

인적이 드문 골목에서, 민우가 나현을 벽에 밀어붙였다. 턱 소리가 나게 부딪친 등이 아팠지만, 나현은 내색하지 않고 민우를 노려봤다.

"오랜만이네. 너……."

민우가 나현을 아래위로 훑어봤다. 그의 시선이 몸을 더듬는 것 같아서 역겨웠다.

"예뻐졌다? 이런 옷도 입을 줄 알았냐?"

"나, 출근하는 길이었어요."

"응, 그런 건 보면 알지. 그동안 잘 지냈어?"

"오빠랑 할 이야기도 없고요."

"에이, 그만 화 풀어. 내가 이렇게 직접 찾아왔잖아."

기가 막혔다.

화를 풀라니.

그때 분명하게 이별을 고했다. 회사까지 찾아와 진상을 부리는 민우에게, 확실하게 끝을 선언했다. 민우는 오만 가지 욕설과

악담, 저주를 퍼붓고 돌아섰다.

그날의 일을 기억하지 못하는 걸까? 아니면 없었던 일로 여기기로 한 걸까?

"그동안 잘 지냈지? 우리 못 본 지 1년쯤 됐나? 딱 이맘때 보고 못 만난 것 같은데. 보고 싶더라."

민우는 마치 여행이라도 갔다가 돌아온 남자 친구처럼 굴었다. 나현은 대답 없이 그를 응시했다.

"그동안 어떻게 지냈어? 아직도 그 회사에 다니는 거야? 핸드폰 번호는 바꾼 것 같던데. 이사도 한 것 같고."

등줄기가 서늘해졌다. 역시 집까지 찾아갔었던 모양이다. 노아의 제안을 받아들이기를 잘했다. 계속 그 집에 있었더라면 더 위험한 상황에서 그를 마주할 뻔했다.

심장이 불쾌하게 뛰었다.

"그래도 혹시나 해서 여기에 있어 봤는데 만나서 다행이다. 그치?"

그가 헤어진 적 없다는 듯 해맑게 웃었다.

그 미소를 보자 민우와 함께했던 끔찍한 나날들이 떠올랐다.

온몸에 쏟아지는 구타, 몇 시간도 지나지 않아 아무 일도 없었다는 듯 나현의 몸을 탐하던 그의 욕정 어린 육체. 아무런 애무도 없이 밀어 넣던 그의 물건.

구역질이 났다.

"우리 관계에 대해서 다시 생각 좀 해 봤어? 뭐, 1년이나 지났으니 서로 생각할 시간은 충분했잖아. 이제 싸우는 거 그만두고 다시 만나자."

"지금…… 무슨 소리를 하는 거예요?"

나현의 목소리에 담긴 황당함을 느끼지 못한 듯, 민우가 어깨를 으쓱했다.

"다시 만나자고. 네가 나한테 했던 짓들 용서해 줄게. 없었던 일로 해 줄 테니까, 슬슬 결혼 진행해 보자. 엄마도 이해해 주겠대."

뱃속에서 무언가 끓어올랐다. 부글부글 끓는 것이 넘쳐 폭발할 것만 같았다.

나현은 주먹을 꽉 쥐었다.

"난 지금 오빠가 하는 말을 하나도 이해할 수가 없어요. 오빠, 우린 1년 전에 헤어졌어요. 난 오빠랑 다시 시작할 생각 없고요."

"그래, 너도 그때 한 짓이 있으니까 민망하기도 하겠지. 그런데 내가 이해해 주겠다니까? 완전히 없었던 일로 해 줄게. 앞으로 그 일에 대해 끄집어내지도 않고. 그러니까 적당히 튕겨."

"튕긴다고요? 지금 내가 튕기는 걸로 보여요?"

"그렇잖아. 솔직히 네가 나만 한 남자, 어디 가서 만날 수 있을 거나 같아? 요새 남자들도 여자 능력이랑 배경 따져. 그런데 너한테 뭐가 있냐? 자식새끼 패는 부모밖에 없는 여자를, 누가 데려가 줄 거 같기나 해?"

"……."

"네 몸뚱이 노리고서 적당히 즐길 생각으로 접근하는 놈들은 있을지도 모르지. 그렇다고 콧대 세우지 마. 넌 딱 그 정도의 여자일 뿐이야. 그런데 나는 너랑 결혼해 주겠다잖아. 네 그 쓰레기 같은 부모들도 모르는 척 안고 가 주겠다고. 네가 원하면 가끔 방문할 수도 있고. 우리 부모님도 네 사정 많이 봐주시겠대. 그러니까 적당히 튕기고 받아들여."

어떡하지?

나현은 태어나서 처음으로 누군가를 때리고 싶다는 충동을 느꼈다. 눈앞에 있는 이 역겨운 남자를, 죽을 만큼 때려 주고 싶었다. 그러지 않으면 이쪽이 먼저 죽을 것만 같았다.

하지만 나현은 참았다.

양민우라는 남자와 어떤 식으로든 연관되고 싶지 않았다. 그래서 기회를 노렸고, 그가 잠시 방심한 틈을 타서 그를 밀치고 도망치기 시작했다.

"야, 임나현!"

민우가 뒤따라오는 소리가 들렸다. 나현은 돌아보지 않았다. 사람이 많은 곳으로만 나가면 된다. 다시 붙잡히면 제대로 도움을 청하리라. 도움을 청할 때는 어떻게 하라고 했더라.

그런 생각을 하며 도로로 나왔을 때, 마침 멈춰 있는 택시를 발견했다. 나현은 뒷문을 열고 택시에 탄 후, 황급히 말했다.

"변태한테 쫓기고 있어요, 아저씨. 제발 빨리 좀 출발해 주세요, 제발."

                    *   *   *

　속이 메스꺼웠다. 회사에서는 티를 내고 싶지 않았는데 불쾌
감을 떨쳐 내기가 힘들었다. 사무실 문이 열릴 때마다 양민우가
찾아온 것 같아 흠칫 몸을 떨었다.

　노아는 아직 출근 전이었다. 노아를 보고 싶었다. 그에게 모
든 것을 이야기하고 위로받고 싶었다.

　"언니, 표정이 안 좋은데 무슨 일 있어요?"

　나갔다가 들어오던 슬이가 나현의 옆에 와서 걱정스레 물었
다. 나현은 애써 미소를 지었다.

　"아니요, 몸이 좀 안 좋아서요."

　"그럼 오늘 쉬어야 하는 거 아니에요? 얼굴이 진짜 창백한데."

　"괜찮아요, 그 정도는 아니에요."

　슬이가 자리로 돌아간 후, 나현은 사무실을 빠져나왔다. 계
속 구역질이 나는데다가 관자놀이가 지끈지끈 울렸다. 두통 때
문에 구역질이 나는 건지, 구역질 때문에 두통이 생기는 건지 알
수 없었다.

　화장실에 가서 거울로 상태를 확인했다. 슬이가 걱정할 만도
했다. 얼굴은 창백하고 입술은 핏기가 없었다. 누가 봐도 병자
같은 몰골이었다.

　나현은 손바닥으로 양 볼을 몇 번 두드렸다. 그렇게 하면 핏

기가 돌아오기라도 하리라는 듯이.

양민우는 과거의 사람이었다. 가족을 등지고 나오던 날, 과거는 되돌아보지 않는 삶을 살기로 결심했다. 뒤를 돌아보면 더 중요한 것들을 놓치게 될 것 같았기 때문이었다.

양민우 역시 과거의 사람이라 생각하며 더는 떠올리지 않기 위해 노력해 왔고, 실제로도 성공했다. 그런데 과거의 사람이 현재로 불쑥 찾아오는 일이 생길 줄은 몰랐다.

양민우의 등장은 옛 애인의 등장 그 이상의 것을 뜻했다.

과거가 언제든 현재에 끼어들 수 있다는 것. 나현이 등진 가족이, 두 번 다시 보고 싶지 않은 아버지와 어머니가 언제든 나현의 삶에 발을 디딜지도 모른다는 것을 의미했다.

그래서 무서웠다.

과거가 하나둘 끼어들기 시작하면, 지금껏 공들여 쌓아 온 것들이 무너지기 시작할 것이다. 어쩌면 한 번도 가진 것 없었던 것처럼 사라질지도 모르겠다.

그리고 예전처럼 아무 힘없는 어린 소녀가 되어, 아버지의 폭력과 어머니의 방치를 견뎌야 하는 삶을 살아가야 할지도.

눈물이 날 것 같아서 눈에 힘을 줬다.

아직 벌어지지도 않은 일을 가지고 울 수는 없다.

'괜찮아. 아직 괜찮아.'

나현은 거울을 똑바로 응시했다.

"괜찮아, 임나현."

힘주어 말했더니 기분이 조금 나아졌다.

"지금까지 괜찮았으니까 앞으로도 괜찮을 거야."

준비실에 가서 커피를 탔다.

허기가 지면 기분이 더 나빠지는 법이다. 당분을 섭취하면 회복되리라 싶어, 평소보다 설탕을 많이 넣었다.

한 스푼, 두 스푼, 세 스푼째 설탕을 넣고 있는데 준비실 문이 열렸다. 대화하고 싶은 기분이 아니라서, 나현은 문 열리는 소리를 못 들은 척했다.

"선배."

하지만 그의 음성이 들려오는 순간, 나현은 번쩍 고개를 들었다. 그의 향기는 당분보다 효과가 좋았다.

"좋은 아침이에요."

그가 말했다.

나현에게 있어서 오늘 아침은 좋은 아침이 아니었다. 그러나 그의 말을 듣자, 썩 나쁘지 않은 아침이라는 기분이 들었다. 어찌 되었든 그 끔찍한 남자의 손에서 무사히 빠져나왔잖은가.

"응, 좋은 아침이에요."

"잘 잤어요?"

"네, 노아 씨는요?"

"나도요."

그가 다가왔고 그의 향기가 더 짙어졌다. 그는 나현이 피할 틈도 없이 빠르게 그녀의 허리를 끌어안았다. 등에 닿는 그의 가슴이 단단하고 따뜻했다. 그가 나현의 목덜미에 가볍게 입을 맞췄다.

"오늘도 이 티셔츠 입었네요."

"아직 목에서 자국이 안 사라졌거든요."

"이거 입으면 정말 섹시한 거 알아요? 회사라는 것도 잊고 덮치고 싶어져. 다른 남자들이 자꾸 쳐다봐서 화나요."

"노아 씨 때문이에요. 누가 그런 자국 남기래요?"

그가 웃었고, 그 웃음소리 덕에 나현은 비로소 '좋은 아침'이라고 느끼게 되었다.

"선배가 이렇게 섹시하게 하고 올 줄 알았으면 안 남겼을 거예요."

그가 나현의 귀 뒤쪽에 키스를 했다. 달콤한 전율에 나현은 몸을 움츠렸다.

"귀여운 반응하지 마요. 만지고 싶어지니까."

"이미 만지고 있잖아요."

"조금 더요."

그의 손이 옷 안으로 들어오려 할 때였다.

벌컥—

준비실 문이 열렸고, 노아와 나현은 그대로 굳어 버렸다. 나현은 로봇처럼 뻣뻣하게 문 쪽으로 고개를 돌렸다. 목에서 삐그덕거리는 소리가 날 것 같다는 바보 같은 생각을 하면서.

다행인지 불행인지, 문 앞에 서 있는 사람은 진후였다.

나현의 허리를 감싸고 있던 노아의 팔이 풀려나갔고, 등에 닿아 있던 그의 가슴이 떨어져 나갔다.

처음에 당황한 표정을 짓고 있던 진후의 눈빛이 서서히 서늘하게 식어 갔다. 그는 차가운 눈으로 둘을 노려보다가 말했다.

"둘 사이는 알겠지만, 회사에서는 자제하는 게 좋지 않겠습니까?"

과한 요구가 아니었다. 오히려 정중한 지적이었다.

나현은 부끄러웠다.

사석에서는 어떠하든, 진후는 나현의 능력을 인정해 주는 회사 상사였다. 그를 실망시켰다.

진후는 더 이상 아무 말도 하지 않고 돌아섰다. 그가 나간 후, 노아는 속으로 작게 한숨을 내쉬었다.

나현을 곤란하게 만들려는 건 아니었다. 어젯밤 진후 때문에 술렁이는 마음을 가라앉히기 위해 그녀의 체온이 필요했다. 회사가 끝날 때까지 기다릴 여유가 없어서, 아주 잠깐 그녀의 온기를 느낄 생각이었다.

"미안해요, 선배. 난 그저……."

사과를 하는 노아의 입술을, 그녀의 손가락이 지그시 눌렀다. 나현은 옅은 미소를 지으며 노아를 올려다봤다.

"괜찮아요."

"……."

"괜찮아요, 노아 씨."

"앞으로 조심할게요."

"응, 그거면 돼요."

"그런데 선배. 어디 아픈 건 아니죠?"

"아파 보여요?"

"네. 체온도 좀 높은 것 같고."

"그래요?"

그녀가 모르겠다는 듯 고개를 갸우뚱하는 모습이 아기새처럼 귀여웠다. 저도 모르게 손을 뻗어 그녀의 머리를 쓰다듬었다.

"조심하겠다면서요." 라고 말하며 나현이 웃었다. 그녀의 미소를 보는 것이, 노아는 좋았다. 그녀의 미소는 노아의 안정제이자 햇살이었다. 진후가 그 어떤 말을 해도, 나현의 미소만 볼 수 있다면 이겨 낼 수 있었다.

"응, 조심하고 있잖아요."

그녀의 미소가 더 짙어졌다. 그녀는 노아의 손을 잡아 손등에 입을 맞추고 말했다.

"그만 들어가요. 부장님한테 더 혼나기 전에."

*　　*　　*

노아에게는 괜찮다고 했지만 사실은 괜찮지 않았다. 민우의 일에 진후의 일까지 더해져서 두통이 더 심해졌다.

아니, 어쩌면 그 일 때문만은 아닐지도 모르겠다. 오늘 아침에 일어나기가 유독 힘들었던 게 떠올랐다. 체온이 높다는 노아의 말도. 몸살인가 보다.

'그러고 보니 목도 아프네.'

조퇴를 하고 싶진 않았다.

조퇴를 하려면 팀의 책임자인 진후에게 보고를 해야 했다. 아침에 그런 일도 있었는데 조퇴까지 하겠다고 말하기 힘들었다.

그러나 점심시간이 가까워질 무렵, 나현은 조퇴를 해야만 하는 상황이라는 걸 받아들일 수밖에 없었다. 갑자기 토기가 올라와 화장실에 달려가서 구역질을 해 댄 것이다. 먹은 게 없어서 게워 낸 건 위액뿐이었다.

"부장님, 저 반차를 내야 할 것 같습니다."

망설임 끝에 부장실에 들어가서 말했다. 진후는 모니터에 시선을 둔 채 대답했다.

"반차계 메일로 보내 놓고 들어가세요."

"네, 죄송합니다."

대답은 돌아오지 않았고, 나현은 조금 울고 싶어졌다.

"선배, 많이 아픈 거 맞죠?"

짐을 챙기는데 슬이가 와서 물었다.

"그러게요, 아팠나 봐요."

"어휴, 그것 봐요. 오늘 아침에 진짜 상태 안 좋아 보였다니까. 얼른 들어가서 쉬어요. 아, 들어가는 길에 병원에도 꼭 들르고요."

"뭐야, 나현 씨. 어디 아파?"

"몸살이야? 요새 감기 걸리는 사람 많다던데."

여기저기서 관심을 보여 왔다. 노아는 무언가 말하고 싶은 듯했지만 결국 아무 말도 하지 않았다. 사원들에게 인사를 한 후 사무실에서 나왔다. 어깨에 멘 가방이 유독 무거웠다.

'이번 달 카드 값이 얼마가 나왔더라?'

적금을 과하게 붓는데다가 월세를 사는 중이라서 쓸 돈이 많지 않았다. 병원비는 계획 외의 지출이었다. 나현은 고민하다가 집으로 가는 버스를 탔다.

몸살일 뿐이다. 약 먹고 잘 자면 낫는다.

'그러고 보니 전에 감기몸살 걸렸을 때 먹었던 약이 집에 있을 텐데.'

육체의 고통이 생각의 능력을 앗아 갔다. 나현은 양민우도, 아틀리에도 잊고, 거의 무의식적으로 집을 향해 걸음을 옮겼다. 다리가 무거워서 발을 들어 올리는 것조차 힘들었다. 발을 질질 끌듯이 걸었다.

거의 오피스텔 앞에 도착했을 때, 누군가 나현의 손목을 붙잡았다. 나현은 멍하니 뒤를 돌아봤다. 그리고 소스라치게 놀라 팔을 뿌리쳤다. 아니, 뿌리치려고 했지만 상대가 너무 단단히 잡고 있어서 실패했다.

양민우였다.

'이 사람이 왜 여기에?' 라고 생각하다가, 오늘 아침 있었던 일을 떠올렸다. 아무래도 그때부터 계속 버스정류장에 있었던 모양이다. 그리고 나현의 뒤를 따라온 거겠지.

실수다.

버스에서 내렸을 때 주위를 살폈어야 했는데.

'하지만 하루 종일 날 기다릴 거라고, 누가 생각하느냔 말이야!'

민우가 능글맞게 웃었다.

"뭐야, 역시 아직 이사 안 간 거 맞지? 그런데 왜 이 집에서 나오는 걸 못 봤지?"

민우가 의아하다는 듯 나현의 어깨 너머로 오피스텔을 살펴봤다. 그러면 답이 나올지도 모른다는 듯이.

"아무튼 잘됐다. 아까 얘기하다가 말고 가 버렸잖아. 계속 기다렸어."

"놔줘요."

힘없이 말했다.

소리를 지를 힘조차 없었기 때문이다.

"놔주면 또 도망칠 거잖아. 왜 자꾸 도망쳐?"

"몰라서 물어요?"

"쑥스러워서 그래?"

"네?"

"하긴, 네가 잘못한 것도 있는데 내가 이렇게 찾아왔으니, 내 얼굴 볼 낯이 없긴 하겠지. 그런데 뭐, 난 다 잊었어. 내가 그런 걸 마음에 품는 꽁한 남자도 아니고. 그러니까 걱정하지 마."

이 남자는 대체 무슨 소리를 지껄이는 걸까?

나현은 머리가 아픈 와중에도 기가 막혔다.

"아까 얘기하다가 말았는데…… 내가 너만 잘못했다고 생각하는 건 아냐. 내가 잘못한 것도 있겠지. 그래, 가끔 널 때린 거. 그건 내가 잘못한 게 맞아."

"가끔……?"

"그래. 가끔. 하지만 너도 알잖아. 미운 자식한테 매 한 번 더 든다는 말. 난 그냥 네가 더 괜찮은 여자가 되기를 바란 거야. 내가 말했지? 넌 부모한테 사랑을 못 받고 자라서 애정결핍이 심하고, 가정교육도 제대로 못 받은 티가 난다고. 나야 그런 면까지 다 이해해 줄 수 있는데, 다른 사람들은 그렇지가 않으니까. 그래서 네가 다른 사람들 앞에서도 괜찮은 여자가 되었으면 해서 그런 거였어. 네가 좀 이해해라."

떠올랐다.

민우와 사귀는 동안, 그가 얼마나 많은 말들로 나현의 자존감을 짓밟았었는지. 폭력 가정에서 자라며 간신히 지킨 작은 자존감마저, 민우의 악담과 폭력에 부스러졌었다.

"앞으로는 때리기 전에 일단 말로 설명해 줄게. 네가 좀 부족하게 행동해도, 네가 자라 온 환경 탓이라고 이해해 줄게."

"……."

"아, 그리고 결혼 말인데. 떨어져 있는 기간이 길었으니까 최

대한 빨리 진행하자. 여자 나이 스물다섯 넘으면 상장폐지인 거 알지? 넌 이미 상장폐지 된 지 한참 지났는데도, 내가 데려가 주려는 거야. 고맙게 여겨, 인마."

민우가 장난스럽게 말하며 나현의 볼을 꼬집었다.

"엄마가, 네가 제대로 못 갖추고 오는 건 이해해 주겠대. 올해 12월쯤에 결혼식 올리고, 집은 일단 우리 부모님 집에 들어가서 살자. 너, 우리 엄마한테 살림 좀 배워야지. 혼수는 대단한 것까진 안 해도 되고, 에어컨이랑 가구 몇 개랑 TV랑 냉장고 정도만 바꾸면 될 것 같아. 아, 세탁기도. 그 정도 살 돈은 모아 뒀지? 그리고 예물은……."

"양민우 씨."

참다못한 나현이 민우의 말을 끊었다.

"뭐야, 너 설마…… 그 돈도 못 모은 거냐? 몇 천 모은 거 있었잖아. 그거 다 쓴 거 아니지?"

머리가 터질 것 같다.

"나 그쪽이랑 결혼 안 해요. 결혼할 생각도 없고요."

"쯧……."

민우가 짜증스럽게 혀를 찼다.

"너, 언제까지 튕길 건데? 야, 내가 아무리 사람이 좋아도 자꾸 이러면 짜증 나지. 솔직히 파격적인 조건 아냐? 남편 능력 있어, 시댁 잘 살아…… 너 맨몸으로 시집오는 거야."

심장도 터질 것 같다.

"그 파격적인 조건, 다른 여자한테 주세요. 나는 사양할 테니까."

"너, 진짜! 대체 왜 그러는데? 뭐가 문제야?"

그건 나현이 묻고 싶었다.

당신 대체 왜 이래? 뭐가 문제인 거야? 정신에 이상이라도 있어?

하지만 물어볼 수가 없었다.

토기가 심하게 올라온다 싶더니 핑글, 세상이 반 바퀴 돌았다. 그리고 아지랑이처럼 흔들리던 시야가 하얗게 점멸하다가 곧 까맣게 변했다.

나현은 기절했다.

비틀거리다가 머리를 손으로 짚었다가 쓰러지는 나현을, 민우는 간신히 받아 들었다. 나현은 마른 편이라서 옆으로 안아 드는 게 어렵지 않았다.

오늘 아침에도 느낀 거지만, 터틀넥 민소매티셔츠를 입은 나현은 욕정을 불러일으켰다. 와인색 셔츠와 흰 살결의 대비가 선정적이었다.

달라붙는 옷이라 풍만한 가슴이 고스란히 드러났다. 그러고 보면, 나현이 몸매 하나는 끝내주게 좋았다. 늘 큰 옷만 입고 다녀서 사람들은 잘 모르겠지만, 민우는 알고 있었다.

그녀의 알몸을 떠올리자 아랫도리에 힘이 들어갔다. 민우는 무방비하게 안겨 있는 나현을 보며 꿀꺽 침을 삼켰다.

나현의 집 도어락 비밀번호는 바뀌었을 것이다. 하지만 민우는 그녀가 도어락 열쇠를 따로 챙겨 다닌다는 것을 알고 있었다.

마침 잘됐다.

그녀의 집에 들어가서 결혼에 대해 천천히 대화를 나누면 되겠다. 그러다가 마음이 동하면 전처럼 은밀한……

"거기 안겨 있는 분과 아는 사이인데."

뒤에서 남자의 굵은 목소리가 들려왔다.

민우는 반사적으로 뒤를 돌아봤다.

훤칠한 키에 명품 정장을 입은 남자가 서 있었다. 같은 남자로서 질투가 날 만큼 근사한 외모의 남자였다.

"누구신지?"

민우의 말에 남자가 서늘한 눈으로 민우를 내려다보며 답했다.

"그건 이쪽이 물어볼 말 같군요."

"나현이 애인입니다." 라고 말하는 남자를, 진후는 지그시 응시했다.

성실해 보이는 인상의 그 남자를, 진후는 알고 있었다. 나현의 전 남자 친구. 그러나 그의 이름까지는 알지 못했다.

"애인이라."

진후가 중얼거리자 그가 다급하게 덧붙였다.

"곧 결혼할 사이고요."

그에 대해서 잘은 아니지만 어느 정도 알고 있었다. 들리는 소문에 의하면, 그가 나현을 때린 적이 있었다고 한다. 나현이 이별을 고하자 회사로 찾아온 적도 있단다. 들어오기 전에 로비의 경비원들에게 막혀서, 진후는 실제로 그를 본 적은 없었다.

하지만 얼굴은 알았다.

나현이 막 입사했을 때, 책상 위에 그와 함께 찍은 사진이 놓여 있었다. 어느 날엔가 갑자기 사라지긴 했지만.

"내가 알기로는 그렇지 않습니다만."

진후는 차분하게 말했다.

여자를 때릴 정도로 다혈질의 남자라면 자극해서 좋을 게 없었다. 지금 나현을 안고 있는 쪽은 그였다. 그가 나현에게 무슨 짓을 할지 모르니 조심해야만 했다.

"나현 씨에게는 현재."

굳이 노아와의 관계를 드러내지 않는 편이 낫겠다고 생각했다.

"애인이 없다고 알고 있습니다. 당신은 아마 나현 씨의 전 애인이겠지요."

그의 어깨가 움찔 떨렸다.

"나현 씨는 이리 주십시오."

"다, 당신은 나현이의 뭔데 그래?"

"직장 상사입니다."

"아……! 아, 하, 하지만! 이상하잖아. 직장 상사가 왜 부하직원 집까지 찾아와? 스토커야?"

그가 멍청한 표정을 지었다가 곧 정신을 차린 듯 따지고 들었다.

"나현 씨가 반차를 냈는데 받아야 할 서류가 있어서 급히 따라온 것뿐입니다. 그리고…… 스토커는 내가 아닌 그쪽인 것 같은데요."

"내가 무슨…… 당신이 나현이 직장상사인지 스토커인지 모르겠지만, 얜 내 거야. 진짜로 애인 사이라고. 못 믿겠으면 얘육체적 비밀이라도 말해 줘?"

진후는 속으로 혀를 찼다.

나현은 왜 이런 남자와 사귀었던 걸까? 선량한 인상과 달리 저럼한 남자였다. 게다가 말이 통하지 않았다.

업무를 할 때도 이런 인간들이 꼭 하나씩은 있다. 사회생활이 가능하긴 한지 의심되는, 멍청하고 제멋대로인 인간들.

그런 놈의 손이 나현의 몸에 닿아 있는 게 마음에 들지 않았다. 나현이 노아를 선택하긴 했어도, 진후는 여전히 나현을 사랑했다. 그래서 나현에게 폭력을 사용했던 전 애인이라는 놈이 끔찍이도 싫었다.

이런 상황만 아니었다면 한 방 날려 줬을 만큼.

"그렇다면 경찰을 불러 상황을 정리하는 게 좋겠군요." 라고 말하며, 진후는 휴대폰을 꺼냈다. 1을 눌렀을 때, 그가 나현을 던지듯 진후에게 건넸다. 축 늘어진 나현을 받아 드느라, 진후는 휴대폰을 떨어뜨렸다. 그가 복수하듯 휴대폰을 콱 밟았다.

우지끈—

휴대폰 부서지는 소리가 들려왔다.

"아, 이거 미안합니다. 휴대폰이 거기 있는 줄 몰랐네요."

"……."

"그럼 나현이 회사 상사 양반. 아주 대단하신 양반인 것 같은데, 우리 나현이 좀 잘 부탁드립니다. 나랑 곧 결혼할 여자니까 손댈 생각은 하지 마시고."

그가 떠난 후, 진후는 나현을 조심스레 안아 든 채 휴대폰을 주워 들었다. 부서진 휴대폰보다는, 너무 가벼운 나현의 몸이 걱정스러웠다.

*　　　*　　　*

그녀를 입원시켰다.

영양실조와 몸살, 과로라는 진단을 받았다.

요새 같은 때에 영양실조라니.

믿어지지 않았다.

사람들은 보통 잠을 잘 때 평온한 표정을 짓는다. 그러나 나현은 고통스러운 표정으로 자고 있었다. 그녀의 미간에 깊이 새겨진 주름이, 그녀가 겪어 온 고난을 주장하는 듯했다.

진후는 침대 옆에 간이의자를 끌어와 다리를 꼬고 앉았다.

―조퇴시켜 줘.

나현이 조퇴를 하고 얼마 지나지 않아, 노아가 부장실에 찾아 왔다. 아침에 준비실에서 나현과 사적인 행동을 하다가 들킨 주 제에 참으로 뻔뻔한 부탁이었다.

―안 돼.
―조퇴, 해야겠어.
―안 된다고.
―나현 선배가 많이 아파 보여.

그제야 노아의 음성에 담긴 간절함과 다급함을 깨달았다. 노 아는 진심으로 걱정스러운 표정이었다. 나현을 걱정하는 것 외 에 다른 생각은 없는 것 같았다.

―그래도 안 돼. 나현이는 애가 아냐. 알아서 병원에 갈 수 있어.
―안 그래. 나현 선배는 분명 돈 아낀다고 병원에 안 갈 거야. 아마 집에 가서 옛날에 먹던 약을 꺼내 먹을걸.

그는 진후가 예상한 것보다 더 나현에 대해 잘 알고 있었다.

　─공과 사를 분명히 해라, 연노아. 여긴 회사야. 회사는
애들 장난이 아니고.
　─나한테 둘 중 하나를 고르라면 나현 선배야. 형한테는
나현 선배가 애들 장난인 모양이지?

생각지 못한 반격이었다.

　─날 보내기 싫으면 형이라도 가 봐. 나현 선배, 아무리
힘들어도 절대 내색 안 하는 사람이야. 그런 사람이 조퇴를
했다는 건 심각하게 아프다는 거고. 도와줄 사람이 필요해.

그래서 진후가 오게 되었다.
그리고 노아의 말대로 이루어졌다.
나현은 병원에 가지 않았고, 기절까지 했다. 진후가 제때 도착
하지 못했다면, 나현은 그 징그러운 놈에게 끔찍한 일을 당했을
지도 모른다.
그걸 깨닫는 순간, '졌다.'라는 기분을 느꼈다.
노아에게 졌다.
질 리 없다고 생각했는데, 이것은 누가 봐도 명백했다.
완전한 진후의 패배였다.

노아에게 '넌 나현이에게 해 줄 수 있는 게 아무것도 없어.'라
고 쏘아붙였건만, 실제로 아무것도 해 줄 수 없었던 쪽은 진후였
다.

지독한 패배감과 자신에 대한 환멸, 그리고 노아를 향한 질투
에 손끝이 떨렸다. 이런 기분을 느끼는 건 처음이다. 이건 정말
끔찍하다.

"부장님."

손끝을 노려보고 있는데, 나현의 떨리는 목소리가 들려왔다.
진후는 서둘러 표정을 갈무리하고 나현에게로 시선을 옮겼다.

"저, 기절했었나요?"

"응. 그놈한테는 아무 짓도 당하지 않았어. 안심해도 돼."

"아, 부장님도 봤군요."

그녀가 한숨을 내쉬었다. 지독히도 고독하게 느껴지는 한숨
이었다.

"창피하네요."

"창피할 거 없어. 나쁜 건 그쪽이니까."

"그럴까요?"

"응. 그래. 좋은 놈은 아니더군. 왜 그런 놈이랑 사귀었던 거지?"

나현이 쓴웃음을 흘렸다.

"그 당시에 저는 자존감이 바닥이었고, 그놈은 저한테 정말 잘
해 줬거든요. 그렇게 잘해 준 남자가 처음이라서, 사랑이라고 생
각했어요."

의외로 나현은 솔직하게 말했다. 진후는 "그렇군."이라는 말 외에, 대답할 말을 찾을 수가 없었다.

"노아가 가 보라고 했나요?"

그녀의 질문에 퍼뜩 정신을 차렸다.

"응?"

"노아가…… 저한테 가 보라고 했죠?"

진후는 미간을 좁혔다.

"어떻게 알았지? 연락을 받았어?"

"아뇨. 그럴 것 같더라고요."

"……왜?"

"부장님은 공과 사를 정확하게 구분하는 분이니까요. 일을 팽개치고 저에게 달려오시지는 않겠죠. 게다가 제가 아픈지도 모르셨고."

그녀의 지적은 정확해서, 조금 화가 났다.

"그래."

"도와주셨는데 이런 식으로 말해서 죄송해요. 그런데 전 지금 부장님이 좀 미워서요."

"내가 노아에 대해 그런 식으로 말해서?"

"네, 그런 식으로 말해서요."

"하지만 난 내가 한 말을 수정하지 않을 거야. 그게 진실이니까."

"네, 원래 다들 자기가 믿고 싶은 걸 믿는 법이잖아요. 저는 노아를 믿고 싶고, 그래서 믿기로 했어요."

"노아라면…… 이런 상황에서 일이고 뭐고 다 팽개치고 달려
와 줄 것 같아서?"

"그런 것도 있고요."

"그런 건 성공하는 데 아무 도움이 안 되는 성격이야."

"그럴지도 모르죠. 그런데요, 부장님."

나현의 입가에 옅은 미소가 떠올랐다.

"사람은 제각각 '성공'이라는 단어에 다른 의미를 두고 있는
것 같아요. 저는 성공한 삶을 살고 싶었어요. 아마 노아도 그럴
거고, 부장님도 그럴 거예요. 하지만 우리는 다들 다른 꿈을 꾸
고 있지 않겠어요?"

그녀의 음성은 놀랍도록 부드러워서, 진후는 방금 전까지 느
끼고 있던 짙은 패배감조차 잊었다.

"자신의 성공을 타인에게 강요하는 건 좋지 않다고 생각해요.
노아는 분명 '부장님의 성공'을 이루지는 못할 거예요. 하지만 전
노아가 노아만의 성공을 하게 되리라고 믿어요. 그거면 돼요."

"그게 널 고통스럽게 한다면?"

나현의 눈빛이 순식간에 변했다.

그녀는 어젯밤 노아가 진후를 응시할 때와 같은 눈빛으로 말
했다.

"그건 제가 알아서 감당할 문제예요. 부장님이 걱정해 주시지
않아도 돼요."

병실에서 나온 진후는 주먹을 꽉 쥐었다가 폈다. 손바닥이 땀으로 젖어 있었다. 누군가의 앞에서 이토록 긴장해 본 건 오랜만이다.

임나현은 역시 사랑할 수밖에 없는 여자다.

　　　　　*　　　*　　　*

병실에 걸려 있는 시계를 응시했다.

초침이 움직인다.

똑딱. 똑딱.

그리고 6시 정각.

예상대로 휴대폰이 울렸다. 액정에 뜬 이름 역시 나현의 예상대로였다.

[정노아]

나현의 입가에 빙그레 미소가 맺혔다.

[선배, 괜찮아요? 전화 받을 수 있어요?]

그의 다급한 음성이 텅 비었던 가슴을 가득 채워 주었다.

"응, 괜찮아요. 전화 받을 수 있고요."

그가 안심한 듯 한숨을 내쉬는 소리가 들려왔다.

[어디예요?]

"병원이요."

[지금 갈게요.]

"응."

나현은 병원과 병실 호수를 알려 주고 눈을 감았다. 그리고
다시 초침이 움직이는 소리를 들었다.

똑딱. 똑딱. 똑딱……

똑똑.

노크 소리. 대답도 하지 않았는데 문이 열리는 소리. 그리고
화악 번져 와 후각을 자극하는 그의 향기.

슬며시 눈을 뜨자 시야 안으로 그가 뛰어 들어왔다.

"선배."

걱정 가득한 그의 얼굴과 음성을, 나현은 사랑했다.

"응."

"정말로 걱정했어요."

"응, 알아요."

"일이 하나도 안 돼서 죽는 줄 알았어요."

"그래서 일 하나도 안 하고 왔어요?"

"당연히 다 해냈죠. 안 그러면 진후 형이 뭐라고 할 테니까."

"잘했어요."

노아가 침대 옆에 무릎을 꿇고 앉아서 나현의 손을 두 손으로
꼭 붙잡았다. 그리고 거기에 볼을 댔다. 주인이 쓰다듬어 주기를
기다리는 강아지 같아서, 나현은 그의 머리카락을 천천히 어루
만졌다.

"수액 다 맞았으니까 퇴원해야겠어요."

"좀 더 있어요. 내일까지 쉬어요."

"안 돼요. 오늘도 갑자기 조퇴한 거라 눈치 보이는데."

"다들 선배 걱정했어요. 눈치 안 봐도 돼요."

"그래도요."

"내가 선배 고집을 꺾을 수는 없겠죠?"

"응."

"하아. 선배는 정말 날 곤란하게 만드는 여자예요."

그가 투덜거리며 일어났다. 뾰로통한 그의 표정을 보는 게 좋았다.

"아틀리에로 갈 거죠?"

"응. 가면서 할 이야기가 있어요."

"무서운 얘기?"

"아뇨. 그냥…… 전 남자 친구가 날 찾아온 얘기."

"우와, 나한테는 무서운 이야기 맞네요."

노아가 웃으며 말했다. 덕분에 마음이 조금 가벼워졌다.

*   *   *

"슬이 씨, 스테이플러 있어?"

"잠시만요."

옆자리 직원의 요청에 슬이는 책상을 뒤졌다. 얼마 전에 여기에 놔둔 것 같은데 찾을 수가 없었다. 다른 사람이 가져다가 쓴 모양이다.

"아마 나현 언니 책상 서랍에 하나 있을 텐데. 가져다드릴게요."

슬이가 싹싹하게 말하고 나현의 책상으로 향했다.

나현의 책상은 그녀의 단발머리만큼이나 깔끔하게 정리되어 있었다.

'그러고 보니 이 언니가 조퇴하는 건 처음 봤네. 엄청 아프긴 했나 봐.'

그런 생각을 하며 나현의 책상 서랍을 열었다. 서랍 안의 사무용품도 잘 정리가 되어 있었다. 스테이플러를 바로 찾아 꺼내는데, 그 아래에 쪽지 하나가 잘 접혀서 놓여 있었다.

'이건 뭐지?'

사무용품만 가득한 책상 안에 종이쪽지 하나가 있으니 시선이 갔다. 영수증 같은 거라고 생각하면서도 호기심이 생겼다. 주위를 둘러보니 아무도 이쪽을 보고 있는 사람은 없었다. 슬이는 슬그머니 쪽지를 꺼내서 펼쳤다.

[퇴근하고 영화 보러 갈래요?]

[안 만지면.]

[안 만지면 평범한 데이트인데 괜찮겠어요?]

[괜찮아요.]

두 종류의 글씨로 주고받은 대화.

'어머어머어머어머! 이게 웬일이래? 누구지? 하나는 나현 언니일 테고. 이거 영화 보러 가자고 한 사람 누구야? 우리 사무실에 언니한테 관심 있는 사람이 있었나?'

제 일도 아닌데 심장이 콩닥콩닥 뛰었다. 눈을 가늘게 뜨고 또다시 주위를 둘러봤다. 유부남 대리는 제외. 나현은 유부남과 어울릴 사람이 절대 아니니까. 그렇다면 솔로인……

'아……!'

답은 금방 나왔다.

노아의 모니터 옆에 붙어 있는 메모. 노아의 손글씨로 쓴 것이 분명한 주요 업무 내용. 그것이 쪽지의 글씨와 똑같았다.

그걸 보는 순간 즐겁게 뛰던 심장에 불쾌함이 서렸다.

'뭐야……? 노아 오빠였어?'

믿을 수 없었다.

'노아 오빠가 나현 언니한테 관심이 있단 말이야?'

노아는 고등학교 때부터 사랑하는 사람이 있었다며 슬이의 관심을 거부했다. 그때 무척이나 진지한 표정이어서 더는 노아에게 관심을 두지 않으려고 노력했다.

그런데 나현과 이런 쪽지를 주고받고 있었다니.

이건 배신이다.

사실 따지고 보면 배신까지는 아니었지만, 슬이는 배신을 당한 기분이었다.

노아와의 자리를 만들어 준 건 나현이었다. 이런 쪽지를 주고 받을 정도면 나현도 노아의 마음을 알고 있었다는 건데, 어떤 마음으로 슬이와의 자리를 마련해 준 걸까?

'이 언니…… 그렇게 안 봤는데…….'

슬이는 아랫입술을 지그시 깨물었다.

여자들에게는 감춰진 모습이 있다. 자기에게 관심 있는 게 분명한 남자를 다른 여자에게 소개시켜 주고 은밀한 미소를 짓는, 그런 취미가 나현에게 없다고는 확신할 수 없었다.

'그럼 노아 오빠가 짝사랑하는 상대라는 게 이 언니였나? 아니면…… 이 언니를 좋아해서 고등학교 때부터 어쩌고 하면서 둘러댄 건가?'

진실이 어떠하든, 상한 기분은 원래대로 돌아오지 않았다. 슬이는 쪽지를 구겨 주머니에 넣고는 휙 돌아섰다.

임나현. 그렇게 안 봤는데 최악이다.

*   *   *

나현이 썩 괜찮은 여자라는 건, 헤어지고 나서야 알았다.

누구를 만나도 나현만큼 민우를 이해해 주지 않았다. 칭얼거리고, 민우만 돈을 내게 만들고 이것저것 따지는 게 많은 여자들을 보며, 나현을 떠올렸다.

나현은 여러 가지 문제가 많긴 해도 순종적이었다.

나현과 헤어지고 이 여자 저 여자 다 만나 봤지만 적당한 여자가 없었다. 그래도 불안하지 않았던 건 '임나현'이라는 보험이 있기 때문이었다. 돌아오라고 하면 순종적으로 돌아올 여자.

나현이 이런 식으로 나올 줄은 몰랐다. 집 근처까지 찾아가서 받아 주겠다고 하는데 거절을 하다니. 게다가 그 남자, 회사 상사라고는 했지만 평범한 사이는 아닌 것 같았다.

분노가 치밀었다. 잠깐 헤어져 있는 동안 다른 남자를 만나고 다녔다니. 나현에게는 의외로 헤픈 부분이 있었던 모양이다.

대학 동기들 몇 명과 만든 단체 채팅방에 메시지가 들어왔다. 한 동기가 결혼 진행 과정이 힘들다는 이야기를 하고 있었다. 지루한 표정으로 대화 내용을 구경하다가 메시지를 썼다.

민우 ; 오늘 나현이가 찾아왔다.
친구 1 ; 정말? 임나현?
민우 ; 응. 다시 만나고 싶다더라.
친구 1 ; 헐. 갑자기 왜? 헤어진 지 꽤 되지 않았나?
친구 2 ; 네가 집도 해 가고 식장도 예약하는데 걔가 혼수하기 싫다고 해서 헤어진 거라면서? 이제 혼수 하겠대?

결혼을 준비하는 과정에서 문제가 생겼었다.

민우의 어머니는 나현을 마음에 들어 하지 않았다. 나현의 집안이 안 좋은데다가 그녀가 어린 나이에 집을 나와서 산 것이 문제였다. 게다가 친정에서 아무 도움 받을 수 없는 상황이라는 게, 어머니의 마음에 안 찼던 것 같다.

그런 어머니의 심정을 이해할 수밖에 없었다. 과외며, 학원이며, 부족한 것 없이 키워서 명문대를 보낸 아들이, 근본 없는 여자를 데려와 결혼하겠다고 하니 얼마나 속이 상하셨을까.

그래도 민우는 나현을 사랑하기 때문에 어떻게든 결혼을 진행하기 위해 애썼다. 다만 나현이 어머니의 요구를 조금쯤은 들어주기를 바랐을 뿐이다.

민우 ; 아직 그런 이야기까지는 안 해 봤고.

민우 ; 그런데 벌써 딴 남자 여럿 만나고 다닌 것 같더라.

친구 3 ; 이 남자, 저 남자 만나 봤는데 다 안 되니까 너한테 돌아온 거 아냐?

친구 1 ; 받아 주지 마.

친구 2 ; 아니면 받아 주는 척하면서 따먹고 버려. 몸매는 괜찮다며?

민우 ; 잘 모르겠다. 나도 아직 미련이 남았는지 자꾸 흔들리네.

친구 3 ; 네가 걜 많이 좋아하긴 했지.

친구 2 ; 그렇게 잘해 줬는데도 널 배신한 여자잖아. 정신 똑바로 차려, 양민우.

먼저 나현을 찾아갔다고 하면 자존심이 상해서 나현이 찾아온 걸로 바꿔 말했다. 그런데 친구들의 이야기를 듣다 보니 정말로 그런 상황이 된 것만 같아 울컥했다.

나현은 그래서는 안 됐다.

사귀는 동안 얼마나 잘해 줬는데 이별하자마자 다른 남자들을 만나고 돌아다니다니. 반성하고 돌아올 생각을 먼저 해야지.

그렇게 민우는 한동안 친구들과 나현에 대한 이야기를 계속했다.

＊　　　＊　　　＊

속이 부글부글 끓었다.

나현은 별일 아니었다는 듯 담담하게 말했다. 그래서 더 속이 끓었다.

아무렇지도 않게 말할 내용이 아니었다. 나현에게 끔찍한 짓을 한 전 애인이 스토커 짓을 하고 있다. 그것도 하지 말아야 할 악담을 날리면서.

울컥울컥 화가 치미는 한편 가슴이 아팠다.

이 작고 여린 여자가 얼마나 외로웠을까. 끔찍한 집을 떠나 처음으로 만난 남자가 그런 인간이었다니. 얼마나 외롭고 고통스러웠을까. 얼마나 자신의 삶에 회의를 느꼈을까.

그런 것들을 생각하니, 용기 없던 자신에게도 화가 났다. 고등학교 때 조금만 더 용기를 냈더라면, 최여울의 말에 휘둘리지 않았더라면, 나현을 혼자 놔두지 않았을 텐데. 그때도 지금도 힘은 없지만, 그래도 나현의 손을 꼭 잡아 줄 수는 있었을 텐데.

"가 봐야 하는 거 아니에요?"

아틀리에 앞에서, 나현이 말했다.

노아는 그녀의 볼을 쓰다듬었다. 어스레한 가로등 불빛 아래의 그녀는 가슴이 시리도록 사랑스러웠다. 만지는 것조차 조심스러운 이 여자를 고통스럽게 만든, 양민우라는 남자가 끔찍이도 싫었다.

"선배가 걱정돼요. 그놈이 또 찾아올지도 모르는데."

"괜찮아요. 내일은 다른 쪽으로 출근하면 돼요."

"오늘은 같이 있어요."

"안 돼요. 노아 씨, 자꾸 밖에서 자면 곤란해지잖아요."

심장이 욱씬 쑤셔 왔다.

사랑하는 여자가 스토커에게 시달리는데, 그 옆에 있어 주지도 못하는 상황이라니. 이렇게 형편없는 남자가 또 있을까?

진후에게는 개입하지 말라고 잘난 체 떠들어 댔다. 하지만 결국 나현을 위기에서 구해 준 사람은 진후였다. 조퇴조차 마음껏할 수 없는 노아가 아니었다.

심장을 내주고 싶을 만큼 사랑하는데, 아무것도 해 줄 수가 없어서 가슴이 답답했다. 혼자만의 문제라면 어떻게든 해 보겠지만, 어머니가 걸려 있었다.

"노아 씨."

노아의 괴로운 마음을 짐작한 듯, 나현이 볼을 쓰다듬는 그의 손 위에 자신의 손을 겹쳤다.

"난 정말 괜찮아요."

그녀가 노아를 똑바로 응시했다.

흔들림 없는 그녀의 눈동자를, 노아는 사랑했다.

"나는 노아 씨가 그 집에서 더 곤란해지는 거 싫어요. 조금이라도 편했으면 좋겠어."

나현이 얼굴을 조금 움직여, 노아의 손바닥에 입을 맞췄다.

"노아 씨에게 그 집이 얼마나 끔찍한 곳인지 아는데, 아무것도 해 줄 수 없어서 답답해요."

아아, 그렇구나. 그녀도 같은 생각을 하고 있구나.

노아는 쓴웃음을 지었다.

아껴 주어도 모자랄 판에 걱정이나 끼치고 있다니. 이렇게 한심할 수가.

"선배."

"응?"

"사랑해요."

그녀의 얼굴에 옅은 미소가 떠올랐다.

"응, 나도요."

"정말이에요."

"난 거짓말인 것 같아요?"

사랑스러움이 넘쳐, 노아는 저도 모르게 그녀를 끌어안았다.

마르고 작은 그녀는 노아의 품에 쏙 들어왔다.

안아 주는 쪽은 자신인데, 이상하게도 안긴 듯한 기분이 들었다. 노아는 그녀의 머리카락에 얼굴을 묻고, 그녀의 향기를 한껏 들이마셨다.

그 향기가 몸 안 곳곳에 스며들도록.

그녀를 들여보낸 후에도, 노아는 한동안 아틀리에 앞에 서 있다가 돌아섰다. 발길이 떨어지질 않아서 몇 번이고 뒤를 돌아봤다. 이런 날 함께해 줄 수 있다면 좋을 텐데.

이번 주 주말은 어머니의 병원에 방문하는 날이었다. 만약 오늘 나현과 밤을 새운다면, 주말의 병원 방문이 취소될지도 몰랐다. 한 달에 한 번. 어머니는 노아의 얼굴을 보는 낙으로 살았다. 그걸 모르는 척할 수는 없었다.

노아는 주먹을 꽉 쥐고 무거운 걸음을 옮겼다. 마치 커다란 쇠공을 발목에 찬 사람처럼 힘겹게.

본가 거실 소파에서는 연 회장과 그 아들인 연후석이 앉아 대화를 나누는 중이었다. 노아가 들어가자, 둘의 시선이 노아에게로 향했다. 노아는 그들에게 꾸벅 인사를 하고는 방으로 향했다.

"아버지, 저 새끼는 대체 언제까지 이 집에 두실 겁니까?"

연후석이 툽상스레 말했다. 연 회장의 대답은 들려오지 않았다.

노아는 문을 닫고 책상 앞에 앉았다.

연후석은 노아만 보면 같은 소리를 해 댔다. 저 새끼를 언제까지 이 집에 둘 생각이십니까, 저 새끼는 언제 쫓아낼 겁니까. 그렇게 하면 노아가 사라지기라도 하리라는 듯이.

연후석과 그의 아내인 윤 여사가 노아를 싫어하는 이유를, 노아는 알고 있었다. 혹시라도 노아가 연 회장의 눈에 들어 재산의 일부를 가져갈까 두려운 것이리라.

말해 주고 싶었다.

이 빌어먹을 집안에서 나오는 돈 따위 갖고 싶지 않다고. 어머니의 병원비도 전부 다 갚을 거라고. 그러니까 내가 이 집의 돈을 가져갈 거란 끔찍한 생각 따위는 하지도 말라고.

이 집에서 나갈 때는, 이 집구석에서 나온 먼지 한 톨 가지고 가지 않을 테니까.

연습장을 꺼냈다.

가벼운 그림을 그릴 때 사용하는 연습장이었다.

그림을 그리지 못하게 된 지 상당한 시간이 흘렀다. 그러나 노아의 책상 안에는 그림을 그리기 위한 도구가 잘 손질되어 있었다. 언제든 원할 때 그릴 수 있도록.

연습장을 펼치고 연필을 들었다.

눈을 감고 나현의 얼굴을 떠올렸다.

그녀는 알까?

10년 전 그때, 노아가 처음으로 그린 인물화가 그녀라는 걸. 나현을 처음 만난 날 집에 돌아와, 지금처럼 눈을 감고 그녀의 얼굴을 떠올리며 그림을 그렸다는 걸. 그리고 그 그림이 책상 서랍 속에, 아직도 소중하게 보관되어 있다는 걸.

눈을 뜬 노아는 연필 끝을 연습장 위로 가지고 갔다. 순간 손등이 찢어지는 듯한 고통이 느껴져, 연필을 떨어뜨리고 말았다. 네일아트를 한 긴 손톱이 손등의 흉터를 파고드는 영상은, 아마도 환각이리라. 최여울의 손톱.

그랬다.

그림을 그리려고 할 때마다, 이제는 세상에 없는 최여울의 손톱이 손등의 흉터를 긁고 찢었다. 특히 나현을 그리려고 할 때면 더했다. 최여울의 손톱과 마지막으로 남긴 저주가 노아를 뒤흔들었다.

나현은 노아에게 단 하나를 원했다.

이 손으로 다시 그림을 그릴 수 있게 되는 것.

한 여자가 한 남자에게 바라기에는 터무니없이 사소한 것이었다. 그럼에도 그조차 해 줄 수 없는 자신이 한심해, 노아는 한숨이 나왔다.

똑똑—

노크 소리에 정신을 차리고, 황급히 연습장을 접어 안에 집어넣었다.

"네."

들어오라는 말은 하지 않았는데, 방문이 열리고 진후가 들어왔다. 이제 막 퇴근을 한 듯, 아직 정장 차림이었다. 그는 문을 닫고 노아의 옆으로 걸어왔다.

"나현이는 어때?"

"괜찮아."

"병원에 있겠지?"

"아니, 퇴원했어."

"하루 더 쉬라고 하지."

"싫대."

"싫다고 해도 네가 설득을 했어야지."

"나현 선배는 한 번 싫다고 하면 끝까지 싫다고 하는 사람이야."

진후의 얼굴에 비릿한 조소가 떠올랐다.

"내 앞에서 그렇게 나현이에 대해 잘 아는 척하면 이겼다는 기분이 드는 모양이지?"

"이기고 지고가 어디에 있어? 중요한 건 난 나현 선배 거고, 선배는 내 거라는 거야. 형 앞에서 내가 어떻게 행동하든, 그건 변하지 않아."

"아주 잘나셨군."

"형이 나한테 왜 그러는지 모르겠어. 형은 그런 사람 아니잖아?"

"그래, 나도 그런 사람이 아닌 줄 알았지."

"사랑하니까 변했다는 거야?"

"그럴지도."

"그런 변화를 나현 선배가 좋아할 것 같아?"

"지금은 좋아하지 않을지도 모르지. 너라는 놈에게 푹 빠진 것 같으니까."

"나중엔 변할 것 같아?"

"모를 일이잖아. 사람 마음이라는 건."

그 말에는 확답을 할 수가 없었다.

그래, 모를 일이지. 사람 마음이라는 건.

변하지 않았으면 좋겠고, 그러리라고 믿었다. 하지만 만약에라도, 정말 만에 하나라도 그런 일이 생긴다면, 나현을 원망하고 싶지 않았다.

"오늘 나현이 전 애인을 만났다."

"응, 들었어."

"들었다고? 그런데도 그녀를 혼자 두고 왔단 말이야?"

진후가 믿어지지 않는다는 표정을 지었다. 노아는 쓴웃음을 지었다.

"그러게, 그럴 수밖에 없었네."

"대체 왜?"

"몰라서 물어? 형, 정말로 몰라서 묻는 거야?"

"......"

"이번 주 주말에 어머니를 만나러 갈 수 있어. 내가 오늘 이 집에 안 들어왔으면, 저기 저 사람들이."

노아의 손가락이 방문을 가리켰다.

"한 달에 한 번뿐인 그 만남을 취소하지 않겠어?"

진후의 눈동자가 흔들렸다.

"나는 나현 선배를 사랑해, 형. 그런데 어머니도 사랑해. 내가 대체 뭘 어떻게 하길 바라는 거야? 내가 오늘 선배 곁에서 밤을 지새웠으면, 형이 이번 주말 어머니와의 만남을 지원해 주기라도 할 거야? 저 인간들의 악다구니에서 끄집어내 주기라도 할 거냐고?"

"네가…… 능력이 없는 건 내 탓이 아냐."

"형……."

"역시 넌 나현이를 지킬 수 없어. 넌 그 무엇으로부터도 나현이를 보호해 줄 수 없을 거야."

"알아, 아니까 그만 좀 해."

"나한테 그랬지? 이 가족들로부터 나현이를 보호할 수 있느냐고. 글쎄, 난 노력할 거야. 그리고 연노아. 나는 적어도 전 애인으로부터는 나현이를 보호할 수 있어."

진후가 느릿하게 내뱉는 말들이 노아의 폐부를 찔렀다. 그의 말이 옳았다. 그래서 노아는 방어할 말을 찾을 수가 없었다.

*　　　*　　　*

노아의 방에서 나온 진후는 주먹을 꽉 쥐었다가 폈다.

왜일까?

왜 노아의 얼굴만 보면 자꾸 하지 않아도 될 소리를 하게 될까? 이 추악한 질투를 고스란히 드러내게 될까?

그것이 노아를 약자라고 생각하기 때문이라는 걸, 진후는 알지 못했다.

진후가 노아를 안쓰러이 여길 수 있었던 이유는, 노아가 감히 진후의 위치에 올라올 수 없었기 때문이었다. 그러나 지금 노아는 진후가 가장 갖고 싶어 하는 것을 손에 넣었다. 절대 올라오지 못하리라 생각했던 노아가 진후를 밟고 올라선 것이다.

예기치 못한 상황이 진후를 근본부터 뒤흔들었다.

진후는 거실 소파에 앉아 진지하게 대화를 나누는 할아버지와 아버지를 잠시 지켜보다가 방으로 들어갔다.

이튿날 아침.

진후는 아침 식사를 하는 자리에서 말했다.

"저, 결혼하고 싶은 여자가 있습니다."

*   *   *

쨍그랑—

노아는 들고 있던 숟가락을 떨어뜨렸다.

하지만 그걸 나무라는 사람은 아무도 없었다. 그만큼 진후의 발언이 충격적이었기 때문이다.

진후에게는 그동안 심심치 않게 선자리가 들어왔다. 진후의 어머니인 윤 여사는 일주일에 한 번씩, 정기적인 일이라도 되는 것처럼 여자 사진을 가지고 왔다. 인물 좋고, 집안 좋은 여자들. 혹은 능력 좋고, 집안 좋은 여자들. 혹은 집안만 죽여주게 좋은 여자들.

하지만 진후는 늘 거절했다.

아직은 결혼 생각이 없습니다. 아직은, 아직은.

윤 여사는 기가 셌지만, 강직한 자신의 아들을 이기지는 못했다. 그래서 진후가 서른 살이 넘어가자 발을 동동 구르면서도, 강압적으로 밀어붙이지는 않았다.

윤 여사가 진후를 빨리 결혼 시키려는 데는 이유가 있었다. 아직 후계자가 정해지지 않았다. 진후가 얼른 결혼을 해서 손자를 보여드려야, 연 회장이 연후석을 후계자로 지목할 것이다.

연 회장은 "이젠 대를 물려 사업하는 시대는 끝났지. 혈연관계 상관 안 하고 능력 있는 사람에게 내 자리를 물려줄 생각이다." 라고 말했다.

하지만 연후석도, 윤 여사도 그 말을 완전히 믿진 않았다. 그건 자식들의 경각심을 불러일으키기 위해 떠드는 말일 뿐, 실제로는 자기 핏줄에게 사업을 물려주고 싶을 것이다.

그러니 얼른 안정적인 가정을 만들고 연후석과 연진후가 능력을 보여 연 회장 눈에 들어야만 했다.

그런 상황에서 진후에게 결혼하고 싶은 여자가 생겼단다.

두 팔 들고 환영할 상황이었다.

"어느 집안 여식이냐?"

연후석이 물었다.

노아는 떨어진 숟가락을 집어 들고 조용히 진후를 노려봤다. 진후는 노아 따위는 안중에도 없다는 듯 말했다.

"임씨 집안 여식입니다."

"임씨?"

"아버지가 그런 걸 물어본 게 아니라는 거 알잖니? 어느 가문 아이야?"

윤 여사가 나섰다. 진후는 숟가락을 내려놓고 윤 여사와 연진후, 그리고 마지막으로 연 회장을 바라봤다.

"가문은 중요하지 않다고 생각합니다. 제가 사랑하는 여자입니다."

"애 좀 봐. 가문이 왜 안 중요해? 너 설마…… 어디서 근본도 없는 여자를 결혼하겠답시고 데리고 오려는 건 아니겠지?"

윤 여사가 연 회장의 눈치를 보며 작은 목소리로 물었다.

"근본도 없는 여자가 아닙니다. 스스로 열심히 노력했고 자기 일도 제대로 해내는 똑똑한 여잡니다. 어머니도 만나 보면 마음에 드실 겁니다."

"연진후, 너!"

"여보."

연후석이 윤 여사를 말렸다.

"아버지 계시잖아."

"……하지만 진후가……."

"그 얘기는 나중에 하도록 하지."

"다음에 한 번 데리고 오겠습니다."

진후가 고집스럽게 말했다.

모두가 마음에 안 드는 표정으로 혀를 차는 동안, 연 회장은 아무 반응도 보이지 않았다. 언제나 그렇듯 무슨 생각을 하는지 알 수 없는 눈동자로 진후를 응시했을 뿐이었다.

"출근을 해야 해서 먼저 일어나보겠습니다."

진후가 일어나는 걸 보고 노아도 따라 일어났다. 평소에는 무어라 한 소리가 들려오겠지만 오늘은 아니었다. 하지만 그걸 다행이라고 생각할 여유가, 노아에게는 없었다.

진후는 주차장으로 향했고, 노아는 그 뒤를 따랐다. 진후는 노아가 따라오는 걸 알면서도 아무 말도 하지 않았다.

그가 운전석에 타자마자, 노아는 조수석 문을 열었다. 진후는 아무 일도 없었던 것처럼 시동을 걸고 차를 출발시켰다.

"미쳤어?"

노아가 물었다.

"형, 미친 거야?"

"그래, 난 나현이에게 미쳤지."

"농담 아냐. 이건 정말 미친 짓이야. 형, 대체 어쩌려는 거야?"

"네가 상관할 바 아냐."

"어떻게 상관을 안 해? 형이 지금 무슨 짓을 하는지 모르는 거야? 선배 입장은 하나도 생각 안 해, 지금?"

"충분히 생각하고 있어."

"충분히 생각하고 있다면!"

노아가 처음으로 언성을 높였다.

"이런 짓 못 해!"

"너는 못 하겠지. 하지만 나는 해."

"대체 왜! 왜 이러는 거야, 형? 내가 나현 선배를 지키지 못할 거라며? 나보다 형이 더 잘났다며? 그럼 시간을 갖고 공들여서 나현 선배의 마음을 빼앗아 가면 되는 거잖아. 대체 왜 이렇게 급하게 굴어?"

"이게 내 방식이거든."

"말도 안 돼."

"……."

"이건 말도 안 돼, 형. 나현 선배는 지금도 충분히 힘든 상황이야. 그런데 형까지 나서서 선배를 괴롭히겠다고?"

"내가……."

진후가 노아를 돌아봤다.

"나현이를 괴롭히는 걸로 보이냐?"

"그래! 마음도 없는 사람을 결혼할 여자라고 소개시키는 게,

당연히 괴롭히는 거지. 지금 형이 하는 짓은 나현 선배 전 애인이 하는 짓이랑 다를 바가 없어!"

"달라."

"똑같아. 형은 그놈만큼 미쳤어."

"네가 날 뭐라고 생각하든 상관없어."

"그래, 내 생각은 아무래도 좋겠지. 이 빌어먹을 집구석에서 내 생각을 알아주는 사람이 있을 거라고 기대하지도 않았으니까. 하지만 나현 선배 생각은? 적어도 형은 나현 선배 입장과 마음을 생각해 줘야 하는 거 아냐?"

노아의 음성이 커지면 커질수록 진후는 담담해졌다. 노아의 동요가 진후를 다시 우위에 서게 만든 것이다.

"노아야. 너랑 나현이가 하고 있는 건 제대로 된 연애가 아니야. 소꿉장난이지. 나현이는 현명한 여자니까 곧 무엇이 더 중요한지 알게 될 거야."

"그럼 나현 선배가 그걸 알게 된 다음에 가족들에게 말했어야지! 지금 이건, 빌어먹을! 나현 선배의 마음을 개무시하고 있는 거잖아! 형, 나현 선배는 형이 마음대로 휘둘러도 되는 여자가 아니야. 선배한테는 선배의 인생과 마음이 있다고!"

"그 마음이 네게 있는 한 말이지?"

"제기랄! 비아냥거리지 마. 나현 선배가 설령 다른 남자를 사랑하고 있더라도 내 대답은 마찬가지야. 나현 선배의 마음을 마음대로 가지고 놀면 안 돼!"

"그건 네가 지금 나현이 마음을 갖고 있기 때문에 할 수 있는 소리야. 네가 내 상황이 되어도 그렇게 여유 있게 말할 수 있을까?"

"여유? 형은…… 형은 내가 여유가 있어 보여?"

"……."

"나는 단 한 번도 여유를 부린 적이 없어. 나현 선배 마음을 다 가졌다고 해서 내 마음이 그저 편한 건 아니라고!"

"그렇다면 너는 왜 그 불편한 상황을 지속하고 있지? 나현이를 놔 버리고 적당한 여자를 만나면 될 것을."

"형……."

노아가 눈썹 끝을 늘어뜨렸다.

"형, 정말 몰라? 사랑하니까 불안한 거야. 사랑하니까 사랑하는 여자에게 뭔가 더 해 주고 싶어서 불안한 거라고."

진후가 피식 웃었다.

"그건 너니까 그런 거겠지. 나는 나현이에게 뭐든 다 해 줄 수 있어. 내가 나현이 마음을 얻으면 불안할 건 없을 거다."

무슨 말을 해도 통하지 않으리라는 걸, 노아는 깨달았다. 진후는 더 이상 노아가 알던 그 연진후가 아니었다. 사랑에 미친 다른 남자였다. 노아는 전혀 모르는 낯선 남자.

"나는 갖고 싶은 걸 손에 못 넣은 적이 한 번도 없어. 나는 나현이 마음을 손에 넣을 거야. 그리고 지금 네가 해 주는 것과는 비교도 안 되는 사랑을 줄 거다."

"형, 제발…… 정신 차려."

"난 제대로 생각하고 있어, 연노아."

"……"

"제대로 생각하지 못하는 건 네 쪽이야."

"……조사를 할 거야."

"뭐?"

"형네 가족들이 형이 사랑하는 여자에 대해 조사를 할 거라고. 나현 선배 인생이 철저히 까발려지겠지. 당연히 그들의 눈에는 차지 않을 거고."

"……"

"괴롭힐 거야. 나현 선배는 괴로워지겠지. 아무 짓도 하지 않았는데 심장을 쑤시는 말들을 듣게 될 거야. 알아, 형? 이게 형네 가족이 앞으로 할 일이야."

"네가 신경 쓸 문제 아냐. 그건 내가 알아서 처리할 테니까."

"형."

"그만 불러라, 연노아. 지금 나는 네 형이 아니니까."

"……끔찍하다, 정말."

차가 신호에 걸려 멈췄다.

"형은 정말 끔찍한 인간이야."

노아가 차에서 내려 문을 닫았다.

진후는 이를 악물었다.

끔찍하다고?

알고 있다.

지금 자신이 하는 짓이 얼마나 형편없는 짓인지, 진후는 알고 있었다. 하지만 어쩔 수 없었다. 여유가 없다. 나현을 놓치면 두 번 다시 이토록 괜찮은 여자를 만나지 못할 것 같았다. 그러니 무슨 짓이든 해야만 했다.

나현도 노아도 진후를 나쁜 인간이라고 생각한다면, 그래, 철저히 나쁜 인간이 되어 주자 생각했다. 어떤 방법을 쓰든 나현의 마음을 쟁취하면 그만이다.

한동안 나현이 괴로울지도 모르겠다. 그러나 그 기간이 지나고 나면, 진후는 그녀에게 더없는 행복을 안겨 줄 자신이 있었다. 겪은 괴로움이, 깨끗이 잊힐 만큼 큰 행복을.

2장

슬이는 점심을 먹은 후, 부서에서 친한 여직원들 몇 명의 팔을
잡아끌었다.

"우리 커피 마시고 들어가요."

들어간 카페에서 커피를 사고 자리에 앉자마자, 슬이가 입을
열었다.

"그런데 그거 알아요?"

"뭐?"

"뭐요?"

슬이가 은밀한 목소리를 낼 때는 늘 재미있는 소문을 가지고
오기 때문에, 다들 눈을 반짝이며 귀를 기울였다. 슬이는 주위를
한 번 둘러본 후 작은 목소리로 말했다.

"이거 진짜 아무한테도 얘기 안 한 건데…… 아, 안 되겠다. 이러면 꼭 뒷담화 까는 것 같아서 좀 그러네."

"왜, 왜, 무슨 일인데?"

"뭔데 말해 봐."

"아무한테도 말 안 할게요."

직원들이 채근했다. 슬이는 입술을 비쭉 내밀고 있다가 못 이기는 척 말했다.

"있잖아요. 제가 전에 노아 오빠한테 관심 보였던 거 아시죠?"

"아, 맞아. 그랬지."

"그런데 노아 씨 짝사랑하는 사람 있어서 관두기로 했다면서?"

"네, 그랬었는데요. 사실…… 그때 자리 마련해 주신 게 나현 언니였거든요."

거기까지 말하고 슬이는 분위기를 살폈다. 직원들은 여전히 호기심에 찬 눈으로 슬이의 말을 기다리고 있었다.

"그런데…… 있잖아요. 아, 이런 얘기하기 너무 그렇다."

"왜, 왜, 뭔데? 뭔데 그래?"

"……노아 오빠가 짝사랑하는 사람이 나현 언니였어요."

"뭐? 진짜?"

"웬일이래?"

"거짓말. 나현이었다고?"

슬이가 예상한 반응이었다.

나현은 괜찮은 여자였다. 하지만 노아의 '짝사랑' 상대로는 부족했다. 노아가 짝사랑하는 여자는 놀랍도록 예쁜 여자일 거라고, 제멋대로들 상상하고 있었던 것이다.

"나현이도 알아?"

"아는 것 같아요."

"정말? 아는데 안 받아 주는 거야? 대체 왜?"

"나현 씨가 전 남친 때문에 힘들어 했잖아. 그것 때문인 거 아냐?"

"야, 그래도 말이 안 되지. 노아 정도면 진짜 최고인데. 신입이긴 해도 어쨌든 우리 회사 다니고 있잖아. 아니, 나 같으면 그냥 얼굴만 뜯어먹을 생각으로 사귀겠다."

"그런데 나현 씨는 노아 씨가 자기 좋아하는 거 알면서, 슬이 씨한테 소개해 준 거예요?"

원하는 질문이 나왔다.

슬이는 속으로 웃으며 슬픈 표정으로 고개를 끄덕였다.

"그런 것 같아서요. 좀 충격이에요. 나현 언니, 그렇게 안 봤는데…… 놀림 받은 기분이라서. 앞으로 나현 언니를 어떻게 봐야 할지도 모르겠고."

"아, 정말 그렇겠다."

"나현 씨는 무슨 생각이었지?"

"우월감 느끼고 싶었던 거 아냐? 그런 거 있잖아. 자기 짝사랑하는 남자를 괜히 딴 여자 소개시켜 주고, 남자 가슴도 아프게 하고 그러는 거."

"그게 뭐야, 그게 말이 돼?"

"나현 씨가 그런 짓을 하고 다녔단 말이야?"

"사람 겉만 봐선 모른다더니. 괜찮은 앤 줄 알았는데."

"실망이다, 나현 씨."

이 무리를 데리고 나온 이유가 있었다.

이들은 자기 머리로 깊이 생각하는 부류가 아니었다. 들은 정보만 가지고 최악의 상황으로 끼워 맞추는 부류들. 누구든 씹을 거리만 있으면 열심히 씹어 대는 부류들.

나현이 노아와 자리를 만들어 주지 않았더라면, 그녀에게 이렇게까지 화가 나진 않았을 것이다. 그 자리에서 나현이 무슨 생각을 하고 있었을지 상상할 때마다 속이 부글부글 끓었다.

슬이는 나현을 괜찮은 여자라고는 생각했지만, 자기보다 낫다고는 생각한 적 없었다. 외모도, 능력도, 성격도, 자신이 훨씬 우월하다고 생각해 왔다.

그랬기 때문에 나현을 용서할 수가 없었다.

두고 봐, 임나현. 날 우습게 본 대가는 크게 치러야 할 거야.

* * *

분위기가 묘하다고, 윤정은 생각했다.

나현을 보는 여직원들의 시선이 곱지 않았다. 몇 명은 수군거리며 나현을 쪄려보기도 했다. 정작 나현 본인은 다른 생각을 하느라 눈치를 못 챈 것 같지만.

'어떻게 된 거지?'

여직원들의 시선이 나현과 노아 사이를 오가는 걸로 봐선, 둘의 사이를 눈치챈 것 같다.

'둘의 사이랄 게 있나? 아직 노아 씨 짝사랑인 것 같은데. 아, 그게 문제인 건가?'

그렇다면 슬이가 개입되었을 가능성이 크다. 단지 노아가 나현에게 관심이 있다고 해서 여직원들이 나현을 미워할 이유는 없기 때문이다. 간혹 사랑받는 여자라면 무조건 질투하는 여자들도 있긴 하지만, 이 부서의 직원들 중에는 없기를 바랐다.

'이거 참…… 이런 분위기는 별로인데.'

나쁘지 않은 부서였다.

팀원들 간에 사이도 좋고, 업무를 떠넘기는 일도 거의 없었다. 자기 할 일을 마치고 가는 사람에게 뭐라고 하는 사람도 없고, 특별히 파벌이 생기지도 않았다.

파벌은 여직원들 사이에서 가장 큰 문제였다. 옆 부서만 해도 파벌 때문에 울면서 회사를 그만둔 여직원이 있었다. 여자들 사이의 파벌은 상사들도 어쩌질 못했다.

그 파벌이 생기고 말았다.

'나현 씨가 전에 슬이 씨랑 노아 씨한테 자리를 마련해 줬다고 했지. 슬이 씨는 아마도…… 노아 씨의 짝사랑 상대가 나현 씨라는 걸 알게 된 것 같고. 그래서 오해했나 보네. 나현 씨가 노아

씨 마음을 알면서도 모르는 척 자리를 마련해 줬다고.'

대충 답이 나왔다.

하지만 답이 나왔다고 해서 해결방안이 있는 것도 아니었다. 슬이가 선수를 치는 바람에, 몇 시간도 되지 않아 나현이 천하의 역적이 되어 버렸다. 이런 상황에서는 윤정이 나현의 편을 들고 오해를 풀려고 한다고 해도 변하는 것이 없을 것이다.

다들 자기가 믿고 싶은 것을 믿는다. 이미 나현을 미워하게 된 무리들은, 아마도 나현이 윤정을 구슬려서 제 편으로 만들었다고 생각할 것이다. 그랬다가는 일이 더 커질지도 몰랐다.

'나현 씨가 그만두는 일은 없어야 할 텐데.'

윤정은 속으로 혀를 차며 생각했다.

*   *   *

나현은 사무실 분위기를 생각할 겨를이 없었다. 노아 때문이었다.

'무슨 일이 있나?'

노아는 평소처럼 행동하려고 애썼지만, 나현은 그의 눈빛이 어둡게 가라앉아 있다는 걸 알 수 있었다. 그는 일을 하는 와중에도 무언가에 짓눌린 듯 보였다. 이제껏 본 중에 가장 괴로운 모습이었다.

'어제 본가에서 무슨 일이 있었나? 늦게 들어가서 심하게 혼

났나?'

'혼났나'라는 생각에 쓴웃음이 나왔다. 아무리 그래도 27살 남자에게 혼났다는 표현이라니. 하지만 그보다 상황에 어울리는 표현이 없었다.

회사가 끝나고 나면 노아가 알아서 이야기를 해 주겠지만, 나현도 덩달아 마음이 무거워져서 일에 집중하기가 힘들었다. 어제 그에게 괜히 전 애인 이야기를 했나, 후회가 될 정도였다.

저도 모르게 깊은 한숨을 내쉬었다.

"선배, 무슨 일 있어요?"

노아가 물었다.

"아니요. 어깨가 좀 아파서요."

"아아. 나중에 주물러 줄게요."

노아가 싱긋 웃으며 작은 목소리로 속삭였다. 아무 일도 없는 척하는 그에게 걱정하는 티를 낼 수는 없었다. 나현도 빙그레 미소를 지어 보이고는 자리에서 일어났다.

준비실에 가서 커피라도 한잔 타 와야겠다. 아, 우선 화장실에 들렀다가.

화장실 앞에 섰을 때 안에서 여자들의 목소리가 두런두런 들려왔다. 내용까지는 잘 들리지 않았다. 문을 열자, 목소리가 뚝 끊겼다.

나현의 부서 여직원들이었다. 나현이 눈인사를 했는데, 그들은 미소조차 짓지 않았다. 그러더니 서로 눈치를 보며 나현을 밀치듯 화장실을 나가 버렸다.

'뭐지?'

묘하게 기분 나쁜 분위기라고는 생각했지만 크게 염두에 두진 않았다. 여직원들의 이상한 행동에 대해 고민할 여유가 없었기 때문이다.

볼일을 보고 나와 준비실로 향했다. 커피를 타는데 누군가 들어와서 돌아보니 호진이었다.

"오오, 나현. 마침 잘 만났다."

호진이 반갑게 인사를 하며 다가왔다.

"오빠, 커피 마시러 왔어요?"

"응, 한잔 타 가려고. 성희랑 새벽까지 노느라 잠을 못 잤어."

"커피 제 거 타는 김에 타드릴게요. 언니는 잘 지내시고요?"

"늘 똑같지, 뭐. 조만간 셋이 한번 보자. 셋이 만난 지도 오래됐지?"

"두 달 정도 됐나?"

"말 나온 김에 이번 주말에 만날까?"

"음. 일단 시간 좀 확인해 볼게요."

주말은 노아와 만나는 날이었다. 오롯이 연인으로 있을 수 있는 날.

"뭐야, 나현. 너, 혹시 연애하는 거야?"

"그런 거 아니에요."

수줍게 웃는 나현을 보며 호진이 눈을 가늘게 떴다.

"흐음. 뭔가 수상한데."

"그런데 뭐 할 얘기 있었던 거 아니에요?"

나현이 얼른 말을 돌렸다.

"아, 맞다. 그거…… 다음 달에 동문회 한다던데. 연락 받았어?"

"네, 받았어요."

"갈 거지?"

"잘 모르겠어요. 양민우도 오겠죠?"

"그 인간이야, 그런 자리 빠지지 않고 오잖아. 너랑 헤어지고
서도 왔었는데."

"마주치기 싫은데. 사실…… 어제도 찾아왔거든요."

나현은 호진에게 커피를 건네며 어제 있었던 일을 설명했다.
물론 진후와 노아의 일은 빼놓고서.

"미친. 그 인간 진짜 미친 거 아냐?"

"그러게요."

"너, 괜찮은 거냐?"

"네, 지금 살 곳도 따로 구했고."

"어디서 사는데?"

"아…… 친구가…… 방이 빈다고 해서."

"아아, 그래? 그럼 다행이네. 혼자 사는 것보다는 낫겠지."

호진은 좋은 사람이었다. 그를 속이는 게 미안했지만 어쩔 수
없었다. 아직은 노아와의 관계가 여기저기 알려져서 좋을 게 없
었다.

"아무튼 피하지 마. 너도 동문회 나와."

"글쎄요."

"우리 학교, 인맥도 중요하잖냐. 게다가 그 인간이 너와의 일에 대해서 떠벌리고 다니는데 네가 안 나오면, 다들 그놈이 하는 말을 진짜라고 생각할 거야. 그럼 너도 여러 가지로 곤란해질 거고."

호진의 말대로였다.

이 회사에만 해도 동문인 사람들이 꽤 많았다. 동기인 사람들도 몇 명 있었다.

"또 안 나가면…… 그 인간이 하는 말이 진짜가 되겠죠?"

"응. 만약 그놈이 미친 소리해 대면 내가 도와줄게. 내가 증인이잖아. 정 안 되면 주미를 불러도 되고."

"네, 그래도 되겠죠."

나현은 긴 한숨을 내쉬었다.

무엇 하나 제대로 되는 일이 없다는 생각을 하고 말았다. 이런 부정적인 생각은 하지 않으려고 노력해 왔는데.

호진과 헤어져 사무실로 돌아온 나현은 한숨을 삼키며 작업에 몰두했다. 얼른 일을 끝내고 노아와 데이트를 하고 싶다. 그러면 이 기분이 조금은 나아지겠지.

6시가 되자 노아가 퇴근을 했고, 늘 그렇듯 문자가 왔다. 하지만 이번에는 평소와 다른 내용이었다.

[선배, 오늘은 데이트를 못 할 것 같아요. 내일 봬요.]

지끈—

그의 상황을 이해하면서도 서운했다.

서운해하지 마, 임나현. 그가 얼마나 힘든 상황인지 알잖아. 이해해야 돼.

[응, 그래요. 무슨 일이 있었는지 모르겠는데 힘내요, 노아 씨.]

[네, 고마워요.]

[아, 이번 주 토요일은 시간 있어요?]

[죄송해요. 주말에도 일이 있어서요.]

또 지끈—

나현은 저도 모르게 가슴 위에 손을 얹었다.

아프다. 이번에는 좀 많이.

*   *   *

[네, 그래요. 그럼 다음에 봐야겠네요. 조심해서 들어가요.]

도착한 문자를, 노아는 물끄러미 응시했다.

'실수했어.' 라고, 생각했다.

'이런 식으로 문자를 보내는 게 아니었는데.'

진후의 일 때문에 마음이 어수선했다. 일에 집중하기 힘들 정도였지만, 나현의 기분을 살피지 못할 정도는 아니었다. 그녀가 노아를 신경 쓰고 있다는 걸 분명하게 느꼈다.

[주말에 어머니를 만나러 가는 날이라서요. 일요일에 봬요, 선배.]

제 기분이 나쁘다고 나현에게까지 퉁명스러워서는 안 된다.

[응, 일요일에 봐요.]

휴대폰을 두 손으로 꽉 쥐었다. 그렇게 하면 그녀의 온기를 느낄 수 있다는 듯이.

하지만 아무것도 느껴지지 않았다.

울고 싶을 때는 어떻게 해야 할까? 여기를 보고 저기를 봐도 답이 나오지 않을 때는, 사방이 막힌 깊은 구덩이에 빠졌을 때는, 도대체 어떻게 해야 하는 걸까?

어머니를 사랑한다. 그리고 나현 역시 사랑한다.

사랑하는 두 여자를 위해, 할 수 있는 일이 하나도 없었다.

무력감이 어깨를 짓눌렀다. 그 무게에 몸이 찌부러졌다. 그렇게 찌부러지고 찌부러지다 보면 언젠가는 땅에 박혀 보이지도 않게 되리라.

'안 돼.'

노아는 정신을 차렸다.

엘리베이터는 어느새 1층에 도착해 있었다.

'정신 차려, 정노아. 지금껏 살아남았으니까 앞으로도 살아남을 수 있어. 답은 분명히 존재할 거야.'

정말로? 지금껏 발견한 적 한 번도 없었잖아.

'아니, 있어. 반드시 발견할 거야. 오래 기다리지 않게 할 거야.'

*　　*　　*

퇴근 후 노아를 만나지 못한다는 걸 알고 나니 일할 의욕을 잃었다. 그를 만날 생각 하나만으로 꾸역꾸역 일을 한 건데, 의욕을 잃고 나자 일에 진행이 없었다. 결국 대부분이 퇴근한 후에야 간신히 마무리 지을 수 있었다.

"먼저 가 보겠습니다."

두어 명 남은 사람들을 향해 힘없이 인사를 하고 사무실에서 나왔다. 발이 무거웠다.

특별한 능력을 하나 손에 넣을 수 있다면, 그건 순간이동이면 좋겠다고 생각했다. 그런 능력이 있으면 바로 집에 가서 잠들 텐데. 노아의 손을 잡고 어디로든 도망칠 수 있을 텐데.

'아니, 노아 어머니가 아프시니까 병원비부터 해결해야 하는구나. 그러면…… 순간이동으로 다른 사람들을 여기저기 데려가 주면서 돈을 모으고, 어머니 치료비를 벌고…… 아, 내가 뭔 생각을 하는 거야.'

힘든 일이 많으니 별의별 생각을 다 하게 된다. 이러다가 미치는 게 아닌지 걱정된다.

쓴웃음을 지으며 엘리베이터 버튼을 누르고 오기를 기다렸다. 그때 누군가 나현의 옆에 와서 섰다. 누군지 확인할 기운도 없어서 멍하니 서 있는데, "얘기 좀 하자." 진후의 음성이 들려왔다.

놀랄 기운도 없었다.

"지하 주차장에 차가 있으니까 거기로 가지."

"네, 그래요. 마침 저도 할 이야기가 있었으니까요."

엘리베이터 문이 열렸다.

늦은 시간이라 아무도 타고 있지 않았다. 둘만 엘리베이터에 탔고, 무거운 침묵이 내려앉았다.

지하 주차장은 후텁지근했다. 엘리베이터 안에 있을 때부터 나현의 휴대폰이 울리고 있었다. 노아인 것 같아서 받지 않았다. 진후의 앞에서 받고 싶지 않았기 때문이다.

"받아. 난 신경 쓰지 말고."

자동차로 향하며 진후가 말했다.

속마음을 들킨 것 같아서 민망했다. 가방에서 휴대폰을 꺼냈더니 액정에 주미의 이름이 떠 있었다.

[야, 전화를 왜 이렇게……!]

"주미야. 나 지금 부장님이랑 대화 중이거든. 이따 너네 집으로 갈게."

[어? 어, 그래. 이따 봐. 치킨 시켜 둘게.]

전화를 끊자 진후가 말했다.

"목소리가 큰 친구네."

"그러게요."

"나한테 고백 받은 거 자랑하러 갔던, 그 친구인가?"

"……네."

"그래."

진후가 싱긋 웃었다. 청량한 미소였다. 진후가 노아에 대해 쓴소리한 것을 잊게 할 만큼.

하지만 나현은 정신을 바짝 차렸다. 겉으로 보이는 모습에 속아서는 안 된다. 양민우도 이런 미소를 지을 줄 알았다. 나현의 몸에 주먹질을 하면서도, 다른 사람들에게는 산뜻한 미소를 지어 주었다.

"나랑 단둘이 차를 타는 건 부담스러울까?"

"아니요, 괜찮아요."

"특별히 가고 싶은 데라도 있어?"

"딱히…… 아니, 여의도공원으로 가 주세요."

여의도공원은 주미의 집과 가까웠다.

차가 출발했다. 차를 잘 모르는 나현이지만 좋은 자동차라는 걸 알 수 있었다. 흔들림이 적고 소음도 거의 없었다.

소음이 없어서 곤란했다. 숨소리가 크게 들릴 만큼 조용해서 숨이 막혔다. 여의도공원까지 가는 길은 20분도 걸리지 않았는데, 나현에게는 그 시간이 영원처럼 느껴졌다.

주차장에 차를 세우고 여의도공원의 산책로를 걸었다. 자전거를 타는 사람들, 걷는 사람들이 심심치 않게 보였다. 다행이다. 적막했으면 호흡곤란으로 죽을 뻔했다.

가로등 아래에 있는 벤치에 나란히 앉았다. 둘 사이에는 한 사람이 앉을 수 있을 만한 공간이 남아 있었다.

"하실 말씀이 뭔가요?"

서둘러 대화를 끝내고 헤어질 요량으로, 나현이 먼저 입을 열었다.

"너도 할 말이 있다고 하지 않았어?"

"네, 그런데 부장님 먼저 말씀하셨으면 좋겠어요."

진후가 웃었다. 바람이 부는 듯 공허한 웃음소리였다.

"나한테 화가 났나 보군."

"……"

"눈치를 많이 보고 싫은 소리를 못 한다고 알고 있었는데, 화가 난 임나현은 무섭구나."

"그런 이야기를 하고 싶으셨던 건가요?"

"아니. 걱정이 돼서."

"……"

"어제 그런 일이 있어서 걱정이 됐어. 그놈이 또 괴롭히진 않았는지, 몸 상태는 괜찮은지."

"전 괜찮아요. 그 사람이 다시 찾아오지도 않았고요."

"그래, 다행이네. 내가 뭔가 도울 일이 있다면……."

"괜찮아요."

그의 말을 끊었다.

"괜찮아요, 부장님."

"……선을 긋는 건가?"

"그게 좋지 않겠어요?"

"글쎄. 나로선 그다지 기쁜 일은 아닌데."

"하지만 마음을 드릴 생각도 없는데 도움만 받고 싶지는 않아요."

"그렇군. 나중에라도 생각이 바뀌면 얘기해. 얼마든지 도와줄 테니까."

"네, 그럴게요. 감사해요."

그럴 리 없다는 투로 대답했다. 아마 진후도 나현의 대답에 담긴 의미를 깨달았으리라.

"할 말이 있다고 했지?"

"아, 네에. 혹시…… 집에서 노아에게 무슨 일이 있었나요?"

진후가 훅 숨을 내뱉었다.

그의 표정을 보고 싶지 않았지만 저도 모르게 그쪽으로 시선을 돌렸다. 진후는 인상을 찌푸리고 정면을 노려보고 있었다.

"이건 좀 심한데."

무릎에 팔꿈치를 대고 두 손을 거머쥔 그가 중얼거렸다.

"나에게 노아에 대해 묻다니. 내 마음은 정말 안중에도 없다는 건가?"

"죄송해요. 하지만 물어볼 사람이 부장님뿐이었어요."

"너무하다, 임나현."

"네, 맞아요. 전 항상 너무한 여자예요. 그러니까 저에게 이용당하기 싫으시면 그만 좋아하세요."

짐짓 도발적으로 말했다. 그가 피식 웃음을 흘렸다.

"아니, 됐어. 뭔가 오해하고 있는 모양인데, 우리 집이 그렇게 끔찍한 곳은 아니야. 노아에게 뭐라고 들었는지는 모르겠지만 나름대로 잘해 주고 있어."

"먹여 주고 재워 주니까요?"

"노아는 그저 불쌍한 자신에게 취해 있을 뿐이야. 그런 식으로 동정을 사려고 하는 거지."

"부장님은 정말로 그렇게 생각하시는 거예요?"

"그래. 나는 그 녀석이 나약하다고 생각한다. 노아가 처한 상황, 어찌 보면 좀 답답할 수도 있겠지. 하지만 정신 똑바로 차리고 이용하고자 마음먹으면, 얼마든지 이용할 수 있는 상황이야. 그런데도 노아는 우는소리만 해 대지."

"그렇군요."

"네 눈엔 내가 질투에 사로잡혀서 노아를 욕하는 못난 놈으로만 보이겠지. 하지만 너도 시간이 지나면 알게 될 거야. 내가 무슨 말을 하고 싶은 건지."

그의 마지막 말에는 한숨이 섞여 있었다. 후회인지, 분노인지 알 수 없는 한숨. 어쩌면 둘 다인지도 모르겠다.

"그럼 본가에서 문제가 있는 건 아니죠?"

"그래."

"알겠습니다. 그럼 전 이만 가 볼게요."

나현이 가방을 집어 들고 일어났다. 인사를 하기 위해 그를 돌아본 순간, 심장이 철렁 내려앉았다. 진후가 무척이나 슬픈 눈으로 나현을 올려다보고 있었기 때문이다.

늘 당당한 사람이었다. 로봇이 아닐까 싶을 정도로 감정을 철저히 지배하는 사람이었다.

그런 사람이, 넘치는 감정을 어찌해야 좋을지 모르겠다는 듯 서글픈 눈으로 나현을 응시하고 있었다. 그는 자신이 흘린 감정의 크기를 깨닫지 못하는 것 같았다.

황급히 그에게서 시선을 떼었다. 하마터면 그의 감정에 동조할 뻔했다.

나현은 산책로를 따라 빠르게 걸음을 옮겼다. 등에 따라붙는 그의 시선이 선명하게 느껴졌다. 하지만 나현은 돌아보지 않았고, 산책로 끝 우회하는 곳에 이르기까지 그의 시선이 계속해서 따라왔다.

* * *

퇴근한 연후석이 옷 벗는 걸 도와주는 아내 윤 여사에게 말했다.

"사람 써서 진후가 결혼하겠다는 여자 정보 좀 알아 와 봐."

"안 그래도 이미 손 써 뒀어요."

"결과는 나왔고?"

"오늘 낮에 시켰는데 벌써 나오겠어요?"

"거리에서 굴러먹던 여자는 아니겠지?"

"설마 진후가 그런 여자를 데리고 오겠어요? 걔가 얼마나 생각이 깊은 앤데."

"그런데 왜 누구인지 제대로 말을 못 해? 가문이 중요하지 않다는 헛소리나 지껄이고! 대체 자식 교육을 어떻게 시킨 거야?"

"아직 답이 나온 것도 아니잖아요. 의외로 괜찮은 아이일지도 모르고."

"애만 괜찮아서는 안 돼. 집안이 좋아야지. 임씨라면 청정물산 사장밖에 떠오르는 게 없는데, 그 집안에 진후 또래 아이가 없어."

"우리가 모르는 사람일지도 모르죠."

"하여간 이 문제는 당신한테 맡길 테니까, 근본 없는 계집이면 싹을 잘라 버려. 민석이 같은 일이 일어나면 안 되니까. 알겠지?"

민석은 연후석의 동생, 노아의 아버지 이름이었다.

"걱정 마세요, 제가 알아서 할 테니까."

따로 이야기하지 않아도 알아서 해결할 생각이었다. 당연한 일 아닌가. 연 회장이 후계를 지목하지 않은 이때에, 괜한 분란을 일으켜서는 안 된다. 소리 없이 깔끔하게, 필요하다면 진후도 눈치채지 못하도록 일을 처리해야만 했다.

저녁 식사에는 노아가 함께했다. 진후도 없는데 얘는 어쩐 일로 이렇게 일찍 들어왔나 싶었다. 노아가 아침은 어쩔 수 없이 같이 먹어도, 저녁은 대부분 다른 데서 먹고 들어오기 때문이었다.

윤 여사는 노아가 몹시도 싫었다.

주는 것도 없이 싫은 사람이 있다. 노아가 딱 그랬다.

'아니, 이유가 있긴 있지. 밖에서 굴러먹던 계집의 새끼니까. 이런 애가 이 집에 있다는 걸 알면 주위에서 수군거릴 거야. 안 그래도 요새 뒷말을 주고받는 것 같던데.'

연 회장이 언론이나 다른 사람들의 입단속을 단단히 해 놔서 집안일이 새어 나갈 일은 거의 없다. 하지만 아주 막혀 있는 건 아닌지라, 기업가의 여사들 사이에서는 공공연하게 이야기가 돌고 있었다.

소문을 듣는 건 좋지만 소문의 중심이 되는 건 유쾌한 일이 아니다. 그것이 나쁜 일이라면 더욱더.

게다가 노아는 무슨 생각을 하는지 도통 알 수가 없었다. 조용히 웅크리고 기회를 엿보는 늑대 같아서, 도통 마음을 줄 수가 없었다. 불쌍한 아이라고 생각해야 한다며 자신을 달래 보아도, 검은 눈동자를 마주하면 막말이 튀어나왔다.

노아는 묵묵히 수저를 움직이고 있었다. 무언가 깊은 생각에 빠진 듯한 표정이었다. 인정하고 싶지 않지만, 얼굴만큼은 진후보다 나았다. 어디에 가도 먹이고 재워 줄 사람을 찾을 수 있을 만큼 화려하고 예쁘장한 외모였다.

어쩌면 저 얼굴 때문에 더 싫은 걸지도 모르겠다. 제 어미를 똑 닮은 얼굴. 시동생의 부인이 노아를 유독 싫어했던 것도 저 얼굴 때문이었다.

'무슨 생각을 저렇게 하는 거지? 아니, 저건……'

귀담아 듣고 있다.

그걸 깨닫자 팔뚝에 소름이 돋았다.

어째서 이렇게까지 소름이 끼치는 건지는 알 수 없었다. 다만 노아가 평소와 다르다는 것만큼은 확신할 수 있었다.

그는 늘 이 자리에 있으면서도 없는 사람처럼 행동을 해 왔다. 육체만 남겨 놓은 듯 누구의 이야기도 듣지 않고, 대화에 끼지도 않았다.

그러나 오늘의 정노아는 분명히 이곳에 존재하고 있다. 육체도, 영혼도, 무서울 정도로 선명하게.

노아를 두려워할 이유는 없었다. 노아는 아무것도 가진 게 없는 인질에 불과했다. 그럼에도 신경이 쓰이는 이유는, 노아를 이 집에 들인 연 회장의 마음을 짐작할 수가 없기 때문이었다.

혹시라도 연 회장이 노아를 마음에 두고 있는 거라면 큰일이다. 그렇게 죽어 버린 둘째 아들에게 미안해서, 노아에게 뭐라도 물려줄 생각을 품고 있는 거라면 여러 가지로 곤란해진다.

'설마…… 진후 자리를 넘보는 건 아니겠지?'

그렇다면 어떻게든 진후의 존재감을 확실히 만들어 줘야만 했다. 안 그래도 바닥부터 시작하겠다고 고집을 부려서 속이 상하는데, 정노아라는 복병까지 품에 칼을 품다니.

윤 여사는 진후의 '결혼하고 싶은 여자'에 대한 조사를 서둘러야겠다고 생각하며, 숟가락을 내려놨다.

*　　*　　*

숨 막히는 저녁 식사가 끝난 후, 노아는 방으로 들어왔다. 그리고 방문에 기대어 앉아 거실에서 들려오는 소리에 귀를 기울였다.

저들은 분명 진후의 상대에 대해 알아내려 할 것이다. 그리고 나현의 집안에 대해 알게 되면 손을 쓰겠지. 진후가 반박할 틈도 주지 않고.

진후는 자기 가족들을 제대로 보고 있지 않았다. 저들이 무슨 짓까지 할 수 있는지, 한 인간을 얼마나 처참하게 만들 수 있는지, 진후는 받아들이지 않았다. 그러니까 아무런 준비도 없이 나현의 존재를 이 집에 알릴 수 있었던 것이다.

'내가 지켜야 돼.'

나현을 위해 해 줄 수 있는 건 많지 않았다. 그녀의 얼굴 하나 그리지 못하는 지금, 그녀가 곤란한 입장에 처하지 않도록 보호하는 것만큼은 해내야만 했다.

그렇게 앉아 얼마나 시간이 지났을까.

똑똑―

유쾌하지 않은 노크 소리가 들려왔다.

"네."

"얘기 좀 하자."

윤 여사의 목소리였다.

노아는 속으로 한숨을 삼켰다.

이 여자는 또 무슨 일이지?

윤 여사는 자기가 노아 아버지의 본처라도 되는 것처럼 노아를 미워했다. 싫은 기색을 숨기지 않고 문을 열었다. 윤 여사 역시 불쾌한 표정으로 안으로 들어와 방 안을 쭉 살펴봤다. 이 안에 숨겨진 무기라도 찾겠다는 듯이.

"무슨 일이십니까?"

윤 여사와 한 공간에 오랫동안 있고 싶지 않았다.

"너, 이번 주가 네 어미를 만나러 가는 날이지?"

"……네."

"딴마음 품지 마라. 회장님이 널 이 집에 들인 건, 네 아버지에 대한 배려일 뿐, 널 특별히 아껴서가 아니야. 빌어먹는 개는 개답게 꼬리를 감추고 숨어 있으면 되는 거야."

"……네."

"네게는 진후를 보좌하는 자리도 내주지 않을 생각이니, 자일화장품에 입사를 했다고 해서 기세등등할 것 없어. 집에서 천덕꾸러기처럼 주는 밥이나 넙죽넙죽 받아먹는 꼴이 보기 싫어서 내보낸 거니까."

"네."

"어디 가서 네 어미가 술집 년이라는 거 떠벌리지 말고, 누가 네 출생을 물으면 잠자코 웃기나 해. 동정심 유발하려고 나불나불 떠들어 대지 말고. 알겠니?"

"네, 잘 알고 있습니다. 그 말씀을 하려고 일부러 찾아오신 겁니까? 아니면…… 이 잘난 얼굴 한 번 더 탐하고 싶어서 찾아오신 겁니까?"

다른 건 모르겠지만 어머니를 술집 년이라고 부르는 것만큼은 참을 수가 없었다. 참아야 한다는 건 아는데, 뚝, 이성이 끊겼다.

노아의 조롱 섞인 어조에 윤 여사의 얼굴이 벌겋게 달아올랐다. 윤 여사는 눈을 부릅뜨고 노아를 노려보다가 손을 들어 올렸다.

짜악—

윤 여사의 손바닥이 노아의 하얀 뺨을 거칠게 치고 지나갔다. 노아는 고개가 돌아간 채로 가만히 서 있었다.

"그 어미에 그 아들이구나. 제 어미 피를 그대로 물려받았어. 그런 더러운 말을 입에 담다니."

'참아야 돼.'

노아는 자신을 설득했다.

'참아야 돼. 안 그러면 이번 주에 어머니를 만나러 가지 못할 거야.'

노아가 더 이상 반항을 하지 않자, 윤 여사가 휙 돌아섰다.

"두 번 다시 그런 더러운 말은 입에 담지 않는 게 좋을 거야.

한 번 더 그따위로 말했다가는, 회장님께 말씀드려서 네 어미도, 너도 쫓아낼 테니까."

쾅—

윤 여사가 거칠게 문을 닫고 나갔다.

노아는 피식 웃었다.

쫓아낼 힘도 없으면서. 그러니까 이렇게 초조해하는 거면서.

윤 여사가 왜 이렇게 모질게 구는지는 알고 있었다. 연 회장이 노아에게 한자리 넘겨줄까 봐 걱정하는 거겠지.

'욕심 많은 여자 같으니라고. 한자리쯤 물려받는다고 재산이 확 줄어드는 것도 아닐 텐데. 그리고 난 이 집에서 먼지 한 톨 안 가지고 나갈 거라고.'

노아는 이를 으득 갈며 책상으로 향했다. 연습장과 연필을 꺼 낸 후, 다시 방문에 기대어 앉았다. 밖에서 들려오는 소리에 집 중하며 그림을 그려 보려 했지만, 또다시 무서운 통증이 찾아왔 다.

눈을 질끈 감고 연습장에 얼굴을 묻었다.

나현이 보고 싶다.

주미의 아파트에 들어선 순간부터 치킨 냄새를 맡았다. 이제 막 배달을 끝낸 모양이다.

배고프다. 그러고 보니 오늘 저녁을 걸렀다.

딩동—

"누구세요?"

인터폰으로 주미의 목소리가 흘러나왔다. 어째서인지 울컥, 눈물이 날 것만 같았다. 울 만한 일은 없는데 왜 이러는 걸까? 나현은 목소리를 가다듬고 말했다.

"나야, 나현이."

"응, 잠깐만."

곧바로 문이 열렸다.

"나현. 들어와, 들어와."

반갑게 맞아 주는 주미의 모습에 또 한 번 울컥.

나현은 침을 꿀꺽 삼키며 안으로 들어갔다.

"여어, 나현. 저녁 먹었어? 치킨 막 왔어."

식탁에 앉아서 치킨 상자를 열던 윤호가 한 손을 번쩍 들며 말했다.

"배고파."

"얼른 와서 앉아. 먹자, 먹자."

주미가 나현의 손목을 잡아끌었다.

"갑자기 웬 치킨이야?"

"갑자기는 무슨. 치킨은 항상 진리지."

"그거야 그렇지만. 갑자기 전화해서 무슨 일 있는 줄 알았어."

"갑자기 우리 나현이 보고 싶어서 전화했지."

아, 이젠 못 참겠다.

나현은 두 팔을 벌려 주미를 꽉 끌어안았다.

주미는 느닷없는 포옹에 놀란 듯했지만, 그래도 나현을 마주 안아 줬다. 주미의 향기가 나현의 후각을 자극했다. 좋다, 내 친구 냄새.

"뭐야, 여자들. 질투 나게."

윤호가 볼멘소리를 하자 주미가 입술에 손가락을 댔다. 입 닥치고 치킨이나 뜯으라는 뜻이기에, 윤호는 입을 다물고 치킨을 하나 집어 들었다.

"무슨 일 있어?"

주미가 나현의 등을 토닥토닥 두드려 주며 물었다.

"아니, 그냥. 나도 네가 보고 싶었거든."

"그냥이 아닌데? 무슨 일이야, 임나현? 정노아가 속 썩여?"

"아니, 그런 거 아냐. 노아는 아무 문제없어."

"그럼?"

"그냥…… 나도 왜 이러는지 모르겠어. 뭔가 가슴이 서걱서걱해."

"괜찮아. 친구 좋다는 게 뭐야? 정노아한테 못 할 말이라도 나한테는 할 수 있잖아. 솔직하게 말해 봐. 무슨 일인데?"

나현은 주미에게서 떨어져 깊은 한숨을 내쉬었다.

"치킨, 네 남편이 다 먹겠다. 먹으면서 얘기할게."

"그래, 앉아."

주미와 윤호가 나란히 앉고, 나현이 그 맞은편에 앉았다. 한동안 아이를 낳을 생각이 없는 주미가 4인용 식탁을 마련한 이유는 오로지 나현 때문이었다. 신혼집을 마련하면서, 주미와 윤호는 언제든 편하게 놀러 오라고 했다.

오늘따라 유독 그들의 마음 씀씀이가 깊고 진하게 느껴졌다.

"노아를 사랑해. 노아도 나를 사랑하고."

이런 와중에도 치킨은 맛있었다.

"그런데 불안해."

"뭐가?"

"그걸 잘 모르겠어. 노아 표정이 조금만 안 좋아지면 신경 쓰이고 불안해. 어떻게 해야 하지, 뭘 해 줘야 하지…… 그런 생각만 들어. 그래서 마지막엔…… 숨이 막혀."

"신경 쓰이는 거야, 사랑하면 당연히 그렇게 되기는 하는데…… 숨이 막힐 정도면 좀 심각한데? 노아 표정은 왜 안 좋았던 건데?"

"잘 모르겠어. 집안사람들이 무슨 짓을 한 것 같아. 그 일 말고는 짚이는 게 없는데, 부장님은 자기 집안사람들이 그렇게까지 나쁜 놈들은 아니라고 하더라."

"흐음."

"부장님은…… 노아를 나쁘게만 말하고. 게다가 양민우도 집 앞에 찾아오고."

"뭐?"

"아…… 어제 아침에 출근길에서 마주쳤어."

주미에게는 말하지 않으려고 했는데 실수했다.

나현의 이야기를 들은 후, 당장 그놈 집에 찾아가자고 날뛰는 주미를 진정시키느라 힘들었다. 간신히 주미를 앉혀 놨더니 이번에는 윤호가 난리였다.

"그거 그 새끼, 그러다 범죄도 저지르겠는데? 아니지, 벌써 저질렀지. 널 그렇게 팬 새끼잖아! 가자, 그 새끼 집 알지? 운전, 내가 할게."

"아니, 아니. 윤호야. 잠깐만 진정하자, 우리."

"진정할 문제가 아니지. 나현이 너는 너한테 닥친 위기를 너무 쉽게 생각해. 넌 지금 어마어마하게 위험한 상황이라고!"

"어차피 노아 아틀리에서 지내고 있기도 하고…… 출근도 다른 길로 하니까 마주칠 일은 없을 거야."

"그 새끼가 또 회사에 찾아갈 수도 있잖아! 저번에야 호진 씨였나? 그분이 있었으니까 잘 마무리됐지만, 이번에도 그렇게 운 좋으라는 법 있어?"

"그래도 이 시간에 찾아가는 건 좀 그렇잖아. 만약 다음에 또 만나게 되면 말할게."

"다음에 또 만나면 늦지, 이 멍충아!"

치킨 뼈를 흔들며 외치는 윤호도 힘겹게 진정시키고 나니, 힘이 들어서 가슴의 서걱거림이고 뭐고 느껴지지도 않았다. 나현의 일이라면 자기 일보다 더 날뛰는 부부를, 나현은 긴장한 상태로 응시했다.

저러다가 언제 또 일어나서 민우를 찾아가려고 할지 몰라.

주미 부부라면 그러고도 남았다.

"그래서?"

"응?"

"그 새끼는 어떻게 해결할 생각인데?"

"아…… 글쎄. 아직 생각 안 해 봤는데."

"얼른 생각해서 답을 찾아. 넌 늘 답을 찾잖아. 그래서 우리한
테 말 안 하려고 한 거지?"

주미의 말에 당황했다.

"내가 늘 답을 찾는다고?"

그런 생각은 해 본 적이 없다.

"그래, 넌 늘 답을 찾잖아. 고등학교 때도, 대학교 때도…… 분
명 양민우 일도 답을 찾아냈을 거야. 정노아 일도."

"날 너무 과대평가하는 것 같은데."

"아냐, 아냐. 잘 생각해 봐. 너, 지금까지 해결하지 못한 문제
가 없잖아. 심지어 우리가 헤어질 뻔했을 때도, 네 덕에 위기를
모면했었고."

윤호가 추임새를 넣었다.

이 부부가 무슨 소리를 하는 거람.

나현은 도통 이해할 수가 없었다.

객관적으로 자신을 평가하면, 남의 눈치 많이 보고, 할 말도
제대로 못 하는 한심한 여자였다. 모든 문제에 답을 내릴 줄 아
는 멋진 여자라고는 생각해 본 적이 없다.

하지만 이들의 이야기를 듣고 가만히 생각해 보니, 해결하지 못한 문제가 없기는 했다. 집을 나오는 것도, 아무 지원 없이 대학을 졸업하는 것도, 대기업에 입사를 하고 양민우와 이별을 하는 것도, 결국은 해냈다.

"그리고 정노아 군 문제는 말이야. 이렇게 해 보는 건 어때?"

윤호의 입에서 튀어나온 '정노아'라는 이름에, 상념에서 벗어났다.

"조만간 우리랑 같이 한번 만나자."

"같이…… 만나자고?"

"내가 봤을 땐, 너네 문제. 그래, 큰 문제이기는 해도 네 가슴이 서걱거리고 숨이 막힐 정도의 문제는 아니라고 봐. 그런데도 그렇게 답답하고 유니크하게 느껴지는 건, 니들이 둘만 있어서야."

"둘만?"

"생각해 봐. 너희의 행동범위랑 교제범위. 니들 지금 단둘이서만 모든 걸 주고받고 있잖아. 상당히 큰 문제인데, 단둘이서만 고통을 나누고 있잖아. 그러니까 그게 유독 특별한 상황인 것 같고, 유독 숨이 막히는 상황인 것처럼 느껴지는 거야."

"과연 내 남편."

주미가 감탄한 듯 윤호를 응시했다. 주미의 시선에 힘을 얻은 윤호가 더 단호하게 말했다.

"말 나온 김에, 그 녀석이 뭐라고 하든 이번 주 일요일에 만나.

넷이 평범하게 놀자. 술도 마시고 진상도 부리고. 어때?"

"잘…… 모르겠어…… 걔가 괜찮을지."

"그것 봐. 지금 그거, 되게 이상하다니까."

"응?"

"이런 이야기가 나오면 걔한테 바로 문자를 날리거나 전화를 해서 물어보는 게 우선이야. 그런데 넌 지금 너 혼자 답을 내리고 끝내려고 하잖아. 걔가 괜찮은지는 걔가 정하게 해."

"……."

"나랑 주미랑 연애할 때 생각 안 나? 주미는 너랑 놀다가 새벽에도 전화해서 날 깨우고 그랬어. 매번 그러는 거야 문제가 되겠지만, 너넨 이제 연인이잖아. 이런 걸로 연락하기를 망설이고 껄끄러워하는 거, 걔가 해야 할 고민을 네가 대신하는 거. 그건 건강한 관계가 아니야."

"말 잘한다, 내 남편."

주미가 속 시원하다는 듯 추임새를 넣었다.

과거에 두 사람이 연애할 때를 생각해 보면, 정말로 그랬다. 주미는 갑자기 울적하다면서 새벽에 윤호에게 전화를 걸어 징징거렸고, 윤호도 가끔 친구들과 술을 마시고 새벽에 주미에게 전화를 해서 깨우곤 했다. 둘은 서로에게 연락을 할 때 지금 전화해도 괜찮을까, 그런 걸 물어도 되는 걸까에 대해 깊이 고민하지 않았다.

그랬다.

나현은 가족처럼 편한 사이인 그들이 부러웠었다.

"전화…… 해 볼게."

휴대폰을 꺼냈다.

단축번호 1번을 누르자 통화연결음이 울렸다. 얼마 지나지 않아 노아가 전화를 받았다. 조금 작은 목소리였고, 노아가 본가에 있다는 걸 알 수 있었다.

"노아 씨."

[응, 선배.]

"집이에요?"

[네. 선배는요?]

"주미네 집이에요."

[아아, 놀러 가셨구나. 재미있어요?]

"치킨 먹고 있어요."

[그래요.]

"목소리 듣고 싶어서 전화했어요."

[우와, 정말요? 고마워요.]

"뭐가 고마워요?"

[선배가 내 목소리 듣고 싶어 해 줘서요. 기뻐요, 정말. 나도 선배가 되게 보고 싶다는 생각을 하고 있었거든요.]

"아……."

노아의 나긋나긋한 음성에 취해, 주미와 윤호를 잠시 잊고 있었다. 이 부부는 깜짝 놀랄 만큼 흥미진진한 표정으로 나현을 쳐

다보고 있었다. 대놓고 남의 통화를 엿듣는 건, 이 부부만이 할
수 있는 일일 것이다.

나현은 벌떡 일어나 화장실로 들어가 문을 닫았다.

"노아 씨."

[네?]

"일요일에 시간 있어요?"

[잘 모르겠어요. 토요일에 어머니 뵙고 나면 기분이 어떨지 몰
라서. 선배한테 안 좋은 표정 보이고 싶지도 않고.]

"보고 싶어요."

[……]

"난 일요일에 노아 씨가 보고 싶을 예정이에요. 만나요, 우리."

이 정도 고집은 괜찮을까?

고집을 부리면서도 불안했다.

휴대폰에서 노아의 나직한 웃음소리가 들려왔다.

[선배, 진짜 귀여워요.]

"그런 말 들으려고 하는 말이 아니에요. 나 정말 일요일에 노
아 씨가 보고 싶을 예정이에요. 그리고…… 내 친구들도 노아 씨
가 보고 싶다고 하고."

[아…… 주미 선배요?]

"네."

[영광이네요. 그 누나가 날 보고 싶다고 하다니.]

비아냥거리는 말투가 아니었다.

[그리고 기뻐요. 선배 친구들이 날 만나고 싶어 한다는 게. 되게 신나네.]

"정말요?"

[네, 정말요. 선배 남자 친구라고 인정받은 것 같아서 들떠요.]

"그럼 일요일에 볼 거예요?"

[네, 봐요. 선배한테 누가 되지 않도록 멋지게 하고 나갈게요.]

뭘 어떻게 해도 누가 되는 일은 없을 것이다. 거적때기를 걸쳐도 반짝반짝 빛이 날 남자니까.

전화를 끊고 나왔더니 주미와 윤호가 '요 녀석 봐라.'라는 표정으로 나현을 기다리고 있었다. 괜히 쑥스러워져서 앉자마자 콜라를 따랐다.

"보겠대?"

"응, 보겠대."

"그렇게 좋아?"

"좋아 보여?"

"통화하면서 아주 그냥 입이 귀에 걸리더라. 우리 나현이가 그렇게 즐거워하는 모습을 보는 건 처음이야. 나까지 간질간질하던데. 연애하고 싶어졌어."

"넌 내가 있잖아, 마누라!"

"아, 몰라. 나현이 부럽다. 통화만 해도 웃음이 나오는 연애라니."

"넌 내가 있다고, 마누라!"

"시끄럽네요, 아저씨. 요샌 전화해도 바쁘다고 뚝 끊어 버리면서."

"그거야 자기가 마침 화장실에 갔을 때 전화했으니까 그렇지! 바지를 내리는 중이었다고!"

"한 손으로 내리는 스킬도 없어? 그 정도 스킬은 습득해 둬야 하는 거 아냐?"

"그래, 한 손으로 바지도 못 내리는 못난 남자라 미안하다! 한 손으로 바지를 근사하게 내리는, 그런 남자랑 연애를 하시든가!"

방금 전까지만 해도 역시 내 남편 운운하더니, 금세 티격태격하는 둘의 모습에 한숨이 나왔다. 더 열렬하게 다투도록, 이제 그만 빠져 줘야겠다.

"난 그만 갈게."

일어났더니 윤호가 자연스럽게 따라 일어섰다.

"어? 안 나와도 돼."

"데려다줄게."

"괜찮아, 괜찮아. 택시 타고 가도 돼."

"안 괜찮아. 양민우, 그 새끼가 찾아왔었다며? 혼자 못 보내."

"어휴. 설마 이 시간까지 진을 치고 있겠어? 괜찮아."

"안 괜찮다고. 그치, 안 괜찮지, 자기야?"

"응, 안 괜찮지. 윤호 데리고 가. 도움은 안 되겠지만."

"그래, 바지를 한 손으로도 못 내리기는 남자이긴 하지만 집 앞까지는 안전하게 모실게. 날 데려가."

하여간 이 부부는 따뜻하고 다정하다. 그래서 이 집에 올 때마다 따스한 온기가 옷 안에 가득 찬다. 여름이라 더운데도 이들이 전해 주는 온기는 좋다.

윤호가 운전하는 차를 타고 가는 길은, 진후와 함께일 때와 달리 편안했다. 윤호는 대화가 없이도 상대를 편하게 해 주는 재주가 있었다. 그래서 깐깐한 주미도 윤호에게 푹 빠진 거겠지.

"이 안쪽으로 걸어가면 돼. 일방통행이라 차 빼기 힘드니까 여기서 세워 줘."

"아냐, 앞까지 데려다줄게."

윤호는 기어코 주차할 곳을 찾아 차를 세워 두고 나현을 아틀리에 앞까지 데려다주었다.

"나현아."

"응?"

"옛날에 어디서 본 건데, 누군가 이유 없이 당신을 싫어한다면, 싫어할 이유를 만들어 줘라. 뭐, 그런 말이 있더라."

"아……."

"눈치 보지 마. 누군가 널 미워하는 걸 두려워하지도 마."

"갑자기 그런 얘기는 왜 해?"

"너, 정노아 사랑하는 거 티나. 분명 회사 사람들도 눈치챌 거야. 머지않아."

생각지도 못한 말에 심장이 쿵 내려앉았다.

"네가 아무 말도 안 한 걸 배신이라고 생각하는 사람들이 생길지도 몰라. 어쩌면 지금도 눈치채고 널 남몰래 질투하는 사람이 있을지도 모르고."

"그럴까?"

"너네 회사 사정이야 잘 모르겠지만, 아까 너랑 정노아랑 통화할 때 보니까…… 그거 숨길래야 숨길 수 없겠더라."

"……."

"음. 나는 주미를 사랑하고, 주미가 사랑하는 너도 사랑해. 너도 알지? 네가 싫어할 만한 짓을 해도, 주미는 널 싫어하지 않으리라는 거. 나도 그럴 거야."

"응, 알아."

"우리 둘은 네가 무슨 짓을 해도 네 편이니까, 적어도 회사 사람들의 부당한 질투에 대해서는 눈치 보지 마. 너랑 정노아, 그들이 아니라도 신경 쓸 문제 많잖아. 적어도 회사 사람들 사이의 문제라도 빨리 털어 내. 그리고…… 너네 부장 말이야. 너랑 정노아의 관계를 감추면 그 사람도 언젠가 분명히 문제가 될 거야. 솔직해지는 건 어려운 일이지만, 사람 사이의 문제를 해결하는데 있어서 솔직한 것만큼 빠른 것도 없어. 그러니까 용기를 내. 세상 모두가 적이 돼도, 네 편이 되어 줄 우리 두 사람이 있으니까."

진심을 담으려고 노력하며 말하는 윤호에게, 나현은 빙그레 미소를 지었다.

"응, 그렇게. 넌 과연 주미 남편이네."

윤호가 씩 웃었다.

"응, 난 과연 주미 남편이지."

토요일 아침.

노아를 따라나선 사람은 검은 정장을 입은 두 명의 남자였다. 평소에는 연 회장을 경호하는 사람들로, 노아가 어머니를 방문할 때마다 따라오곤 했다. 어머니와 둘이 도망이라도 칠까 봐 걱정이 되는 모양이다.

당연하다는 듯 주차장으로 향하는 남자에게, 노아가 말했다.

"버스 타고 갈 겁니다."

"하지만 회장님께서……."

"버스, 타고 갈 겁니다."

매번 있는 다툼이었다.

그들은 서로를 쳐다보며 어깨를 으쓱하고는 노아의 의견을 따랐다. 어디를 봐도 경호원으로만 보이는 두 남자와 함께 걸어가는 노아는 눈에 띄었다. 버스를 타자, 사람들이 흘끗흘끗 이쪽을 쳐다봤다. 하지만 경호원들은 낯빛을 바꾸지 않고 로봇처럼 서 있었다.

"도련님, 여기에 자리가 났습니다."

마침 자리 하나가 생기자, 하민이란 이름의 경호원이 말했다. 버스 안이라서 하민의 목소리는 결코 작지 않았다. 노아는 속으로 혀를 차며 얼른 빈자리에 가서 앉았다. 앉지 않으면 하민이 또다시 큰 소리를 낼 것 같았기 때문이다.

'도련님'이라는 호칭이 가지고 온 파장은 컸다.

사람들은 아예 대놓고 이쪽을 구경하기 시작했다. 어느 재벌 집의 아들이 세상구경을 나왔다고 생각하는 것 같다.

보고 싶으면 보라지.

노아는 아무래도 상관없었다.

병원이 가까워질수록 가슴이 무지근하게 눌리는 느낌에 숨을 쉬기 힘들었다.

"이번에 내려야 합니다."

하민이 말했다.

노아는 기계적으로 일어났다. 마침 급정거를 하는 바람에 비틀거리는 노아의 팔을, 하민이 단단히 붙잡았다. 노아는 인상을 찌푸리고 그의 손을 뿌리쳤다.

"괜찮으십니까?"

"형, 보호가 너무 과해요."

"다치는 곳 없이 조심히 다녀오라 하셨습니다."

주어는 없지만 '연 회장님'을 말하는 것이리라.

"도망치지 못하게 지키라고 하셨겠죠."

노아는 차갑게 말하고는 버스에서 내렸다. 하민의 대답은 들려오지 않았다.

어머니의 병실은 특실이었다. 하지만 어머니는 보통 휴게실이

나 병원 뒤의 작은 정원에서 시간을 보내곤 했다. 오늘은 어디에 계시려나.

"오늘은 병실에 계신다고 합니다."

노아의 마음을 읽은 것처럼 하민이 말했다.

심장이 철렁 내려앉았다.

힘만 생기면 돌아다니는 분이 병실에 계시다니. 몸 상태가 많이 안 좋아지신 걸까?

병실로 향하는 걸음이 빨라졌다.

문을 연 노아는 넓은 특실 안에 펼쳐진 광경에 그대로 얼어붙었다. 문을 열자마자 풍겨 오는 물감 냄새, 벽에 가득한 어린아이들이 그린 그림, 그리고 무릎에 스케치북을 펴 놓고 앉아 있는 어머니.

"어머, 노아 왔어?"

상태가 크게 안 좋아서 병실에 있는 줄 알았는데 기우였던 것 같다. 어머니의 건강해 보이는 모습을 보자 긴장이 사라지며 다리에서 힘이 풀렸다. 노아는 병실 안에 들어가 문을 닫았다.

"어머니. 밖에 안 나와 있어서 깜짝 놀랐어."

"그랬어? 어쩐지 얼굴이 사색이 됐더라니. 아하하하."

어머니의 청량한 웃음소리가 울려 퍼졌다. 노아는 어머니의 웃음소리를 사랑했다. 어머니는 아무것도 가진 게 없음에도, 모든 것을 가진 사람처럼 웃곤 했다. 아마도 저 미소가 아버지의 마음을 사로잡은 것이리라.

"웃을 일 아냐. 정말 놀랐다고."

노아가 볼멘소리를 하며 침대 가장자리에 가서 앉았다.

"뭘 그리고 있었어?"

"우리 노아 얼굴을 그리고 있었지."

어머니가 자랑스럽게 말하며 스케치북을 내밀었다.

"뭐야, 내 얼굴이 이렇게 생겼단 말이야?"

"눈, 코, 입 제대로 붙어 있잖아."

"이렇게 생긴 사람이 나돌아 다니면 뉴스에 나올걸."

"그럼 유명해지고 좋지, 뭐."

"이런 얼굴로는 유명해지고 싶지 않을 거야."

어머니는 그림에 재능이 없었다.

"너 그렇게 깐깐하게 굴면 여자한테 인기 없을걸."

"인기 없어도 돼. 사랑하는 여자만 내 옆에 있어 주면 되지, 뭐."

"미안하지만 이 엄마는 너보다 먼저 죽을 예정이야."

"죽는다는 소리하지 마."

"뭐야, 정노아. 설마 엄마한테 네 노년까지 다 챙기고 죽으라는 건 아니겠지? 나, 그렇게 힘든 일은 못 한다? 치매 걸린 노인 돌보는 게 얼마나 힘든 줄 알아?"

"아, 진짜. 그런 말이 아니라는 거 알잖아."

투덜거리는 노아를, 어머니는 애정이 가득 담긴 눈으로 응시했다.

"한 달 동안 잘 지냈어?"

"……응. 잘 지냈어."

"누가 괴롭히진 않고?"

"괴롭히긴 누가 괴롭혀. 애도 아니고."

어머니가 노아의 머리를 쓰다듬었다.

"너무 잘생긴 얼굴은 주위의 질투를 사는 법이거든. 우리 아들은 날 쏙 빼닮아서 큰일이야. 적당히 닮았더라면 좋았을 텐데."

"본인 입으로 본인 얼굴 예쁘다고 하는 거, 안 민망해?"

"사실을 말하는 건데 뭐가 민망해? 엄마, 안 예뻐?"

어머니는 화장기가 없는데도 청초한 미모를 유지하고 있었다. 긴 투병 생활 때문에 뺨이 조금 홀쭉해지긴 했지만, 그래도 아름다웠다.

"예뻐."

"엄마 말고도 예쁜 사람이, 우리 노아 옆에 있어 줘야 할 텐데."

"……있어."

"응?"

"내 옆에, 숨 막히게 예쁜 사람이 있어."

어머니의 눈이 놀람으로 커지는 것을, 노아는 조금 즐거운 마음으로 지켜봤다. 어지간해서는 놀랄 일이 없는 어머니였기 때문이다.

"너…… 애인 생겼니?"

이윽고 어머니가 노아의 팔을 꽉 붙들며 물었다.

"응, 생겼어."

"어머, 어머, 어머, 어머. 웬일이야. 애 웃는 것 좀 봐? 어머나. 너, 그 애를 엄청 좋아하는구나? 응?"

"응, 엄청 좋아해. 생각만 해도 여기가 뛰어."

노아가 가슴 위에 손을 얹었다.

"어머, 어머, 어머. 웬일이야, 웬일이야. 우리 노아, 다 컸네? 뭐야, 갑자기? 저번에 왔을 땐 그런 말 없었잖아. 누군데? 어떤 애야? 뭐하는 앤데? 성격은?"

호들갑스럽게 묻는 어머니를 보니, 저러다 심장에 무리가 가는 건 아닌지 걱정이 됐다.

"어머니, 좀 진정해. 어머니도 아는 사람이야."

"내가? 누구지?"

"고등학교 때……."

"존댓말 쓰는 선배? 나현이?"

"응."

"어머, 어머, 어머!"

어머니는 또 짧은 감탄을 연발했다. 자기가 사랑에 빠진 듯 볼에 홍조가 발그레하게 떠올라 있었다.

"말해 봐, 어떻게 된 건데? 다시 만난 거야? 동창회라도 했어?"

잡아먹을 듯 묻는 어머니에게, 노아는 천천히 그간의 일을 설명했다. 이야기를 듣는 어머니는 소녀처럼 눈을 반짝반짝 빛냈다.

"한 번 만나 보고 싶다."

이야기가 끝난 후, 어머니가 꿈꾸는 듯한 표정으로 중얼거렸다.

"우리 노아 마음을 10년간 사로잡은 아이, 실제로 한번 보고 싶어."

"응, 다음에 올 때 데리고 올게."

"그래. 데리고 오기 전에 말해 줘. 예쁘게 하고 있을 테니까."

"어머니는 뭐 안 해도 예뻐."

"어머나, 연애하더니 그런 말도 할 줄 알게 된 거야?"

어머니와 함께하는 시간은 빠르게 흘러갔다. 오렌지빛 노을이 하늘을 물들이고 병실 창문 안으로 흘러 들어올 때쯤, 노크 소리가 들렸다.

"도련님, 돌아가실 시간입니다."

노아는 티가 날 정도로 깊은 한숨을 내쉬었다. 어머니가 웃으며 노아를 끌어안았다.

"엄마는 잘 먹고 잘 지내고 있어. 요새 이 근방 애들이랑 친해져서 병실에도 자주들 놀러 와 주고. 즐겁게 지내고 있으니까 걱정하지 않아도 돼."

"응."

"우리 노아도 씩씩하게 잘 지내야 돼. 나현이한테 잘해 주고."

"응."

"미안해, 노아야."

"뭐가?"

"엄마가 이런 몸이라서."

"그런 말 하지 마. 어머니 탓도 아닌데."

"그럼 들어가 봐. 밥 잘 챙겨 먹고 감기 조심하고."

"응, 어머니도…… 잘 지내고 있어."

어머니가 자신의 건강을 걱정해 줄 때마다 심장이 욱신욱신 쑤셨다. 어머니 건강이 더 걱정인데.

무거운 발을 옮겨 병실을 나갔다.

"잘 가, 노아!"

등 뒤로 어머니의 목소리가 부딪쳤다.

돌아볼 수가 없어서 "응, 다음에 봐."라고 대답하고는 문을 닫았다. 하민이 무슨 생각을 하는지 알 수 없는 표정으로 노아를 기다리고 있었다.

"가요."

"버스를 타실 겁니까?"

"네."

복도를 걸어가는 발이 무척이나 무거웠다. 한 발, 한 발 내디딜 때마다 뿌리가 돋아 바닥에 박히는 것 같다.

"화장실 좀 다녀올게요."

하민에게 말했다.

"네. 천천히 다녀오십시오."

하민은 알고 있는 걸까?

어머니를 만나고 집에 돌아갈 때마다 병실 화장실에 들어가는 이유를? 오열하는 모습을 누구에게도 보이고 싶지 않아, 화장실에 간다는 것을 알고 있는 걸까?

언제부터인가, 하민은 늘 '천천히 다녀오라.'는 말을 덧붙였다. 어린애처럼 질질 짜는 모습, 아무에게도 들키고 싶지 않았는데.

화장실 칸에 들어가 문을 닫고 두 손으로 얼굴을 감쌌다.

어머니 앞에서 표정관리를 하느라, 손이 차게 식어 있었다.

행복할 리 없다. 즐거울 리도 없고. 그런데도 어머니는 늘 유쾌해 보였다. 아들에게 힘든 모습 보이지 않으려고 노력한다는 걸 알기에, 가슴이 미어졌다.

차라리 힘들다고, 외롭다고, 아프다고, 그렇게 투정을 부리면 나을 텐데.

어머니는 단 한 번도 우는소리를 한 적이 없었다.

일렁이는 마음을 가라앉히고 표정을 갈무리한 후 화장실에서 나왔다. 하민과 또 다른 경호원은 복도 끝에 서서 노아를 기다리고 있었다. 둘 다 노아의 표정을 주의 깊게 살피지 않았다. 그들의 배려가 고마웠다.

*　　　*　　　*

'뭘 입지?'

나현은 옷장 문을 열어 놓고 생각에 잠겼다.

'뭘 입어야 하지?'

정식 데이트는 처음이었다. 게다가 친구 부부와의 더블데이트이기도 했다. 평소와는 조금 달라야 하지 않을까 싶었다.

'이제 곧 노아가 올 시간인데.'

화장은 끝냈다. 머리도 잘 말렸다.

하지만 뭘 입어야 좋을지 알 수가 없었다.

'이 정장은 회사 가야 할 분위기고, 이 옷도 좀…… 그런데……으아, 뭘 입지?'

데이트 전에 옷 가지고 고민하는 건 처음이었다.

몇 번을 입고 벗고 하다가, 결국 가장 평범한 청바지와 흰색 티셔츠로 정했다. 마음에 들어서가 아니라, 다른 옷들은 뭘 입어도 너무 과한 느낌이 들고, 더블데이트에 안 어울릴 것 같다는 생각이 들어서였다.

딩동—

옷을 다 입었을 때 초인종이 울렸다.

나현은 서둘러 운동화를 꺼내 신고 밖으로 나갔다. 노아가 대문 앞에서 기다리고 있었다.

"우와, 선배. 그렇게 편한 차림인 거 처음 봐요."

편한 차림이라니. 3시간을 고민한 끝에 결정한 건데.

"꼭 고등학생처럼 보여요."

"정말? 너무 어려 보여요?"

"딱 좋아요. 고등학생 때로 돌아간 느낌이에요."

그가 웃으며 나현의 어깨에 팔을 둘렀다.

"그런데 노아 씨는…… 정말 차려입고 왔네요."

노아는 평소에도 잘 입지 않는 정장을 입고 있었다. 잿빛 정장 바지에 흰색 와이셔츠가 그와 무척이나 잘 어울렸다. 넓은 어깨와 긴 목덜미 부근이 섹시하기까지 했다.

"네, 선배 친구 부부 만나는 자리니까요. 격식을 차려야죠."

노아가 에헴, 하는 말투로 말했다.

"그렇게까지 격식 안 차려도 되는데."

"차려야 돼요. 나, 주미 선배 무섭거든요."

"주미가? 왜요? 무슨 일 있었어요?"

"고등학교 때, 선배한테 차이고 나서."

"내가 언제 찼어요?"

"나 싫다고 했잖아요. 차인 거지, 뭐."

"그거야 노아 씨 마음을 몰랐었으니까 그랬죠. 그래서요?"

"음, 선배를 찾아갔었어요. 보고 싶어서."

"그랬어요?"

"네. 그리고 주미 선배한테 혼났어요. 선배 그만 건드리라고."

"아아."

"무섭더라고요. 날 노려보는 거."

"응, 그럴 때의 주미는 무섭죠."

"선배를 건드렸다고 혼나면 어쩌죠?"

"그럼 혼나야죠, 뭐."

"안 지켜 줄 거예요?"

"난 주미 못 이겨요."

"으아, 더 긴장되네."

장난스러운 말투였지만 그가 정말 긴장하고 있다는 게 전해졌다. 무엇 하나 두려울 것 없어 보이는 사람이 애인 친구 만나는 일에 이토록 긴장하다니.

'나, 사랑받고 있구나.'

어제는 혼자 집에 있으면서 노아를 생각했다. 어머니를 마음껏 만날 수 없는, 볼모와도 같은 노아의 상황이 안타까웠다. 잘 만나고 있을지, 가슴 아파 혼자 울지는 않을지. 그런 생각을 하며 하루를 보냈다.

사실은 지금도 걱정스럽지만 묻지 않기로 했다. 이야기할 마음이 생기면 먼저 이야기해 주겠지.

*　　*　　*

주미와 윤호는 약속 장소인 레스토랑에 먼저 들어가서 앉아 있었다.

"되게 기대되네. 변한 거 없으려나?"

윤호가 눈을 반짝반짝 빛내며 말했다.

"남들이 보면 자기 연인 기다리는 줄 알겠다. 같은 남자인데 뭘 그렇게 눈을 빛내?"

"소문이 무성한 녀석이었잖아. 난 걔 얼굴에 대해 소문만 들었지, 실제로 본 적은 없다고. 우리 학교 여자애들도 정노아라고 하면 다들 꺅꺅거렸거든."

"얼굴이야 잘생기긴 했지. 내 타입은 아니지만."

"응, 자기 타입은 나잖아."

"너도 아니거든요. 자기가 내 타입일 거라는 확신은 어디서 나온 자신감이야?"

"내 얼굴 좋다며?"

"그거야 정이 들었으니까 좋아진 거지. 처음에는 최악이었다고."

"거짓말. 첫눈에 반했으면서."

"그건 자기겠지."

윤호를 적당히 상대해 주며, 주미는 노아와 나현이 도착하기를 기다렸다. 티는 내지 않았지만, 주미도 상당히 기대하는 중이었다.

정노아, 어떻게 변했을까?

레스토랑에 들어온 후 20분쯤 지났을 때, 주미의 맞은편으로 보이는 입구로 잘 어울리는 커플이 들어왔다. 훤칠한 키의 남자와 마른 체구의 여자. 둘은 절대 떨어지지 않겠다는 듯 손을 꼭 잡고 있었다.

'쟤들은 왜……'

둘을 보는 순간, 주미는 짜증이 치밀었다.

'저렇게 부서질 것 같은 거야?'

이제 막 사랑을 시작한 커플이라면 좀 더 달달하고 견고한 분위기여야 마땅하다. 하지만 나현과 노아는 금방이라도 부서질 듯 위태로워 보였다.

　저런 분위기는 정말이지, 옳지 않다.

3장

노아는 고등학교 때와 달라진 게 없었다. 아니, 조금 더 농밀한 남성다움이 생겼다. 고등학교 때는 예쁜 여자처럼 보였다면, 지금은 그 안에 남성미가 자리 잡았다.

왕자처럼 화려한 얼굴은 약간 어둑한 레스토랑에서도 빛이 나서 저런 걸 후광이라고 하는구나, 라는 생각이 절로 들었다. 누구라도 한 번쯤 돌아볼 만큼 매력적인 외모였지만, 그래도 역시 저런 분위기는 유쾌하지 않다.

나현은 소중한 친구였다.

주미는 나현이 살아온 인생을 알았기에, 그녀가 행복하기를 바랐다. 나현의 빈 가슴에 아낌없는 사랑을 채워 줄 연인이 생기기를 소망했다.

그런데 저 분위기는 뭐란 말인가.

"뭘 그렇게 봐?"

맞은편에 앉아 있던 윤호가 뒤를 돌아봤다.

"헉! 우와! 진짜 장난 아니네. 어이, 나현아. 여기야, 여기."

둘을 보자마자 윤호가 감탄사를 내뱉더니, 호들갑스럽게 손을 들어 올렸다.

윤호를 발견한 나현의 얼굴엔 미소가, 노아의 얼굴엔 긴장이 떠올랐다. 윤호가 주미의 옆자리로 옮겨 왔고, 둘은 맞은편에 앉았다.

"안녕하세요. 오랜만이에요, 주미 선배."

노아가 산뜻한 미소를 지으며 인사했다.

"날 기억해?"

"네, 기억하죠."

"옛날엔 반말 썼었잖아."

"그땐 제가 철딱서니가 없었거든요."

"노아 씨만큼 잘생기면 철딱서니 좀 없어도 돼요."

윤호가 끼어들었다. 주미는 그의 허벅지를 꽉 꼬집어 줬다. 눈치 없는 남자 같으니라고.

"말씀 편하게 하세요, 형님."

노아의 말에 윤호의 눈초리가 아래로 내려갔다.

"정말 그래도 돼?"

"네, 그럼요. 주미 선배 부군이신데 당연하죠."

"자기, 나보고 자기 부군이래."

윤호가 평소보다 촐랑거리는 이유는 노아의 긴장을 풀어 주기 위해서이리라. 윤호도 느낄 만큼 노아는 긴장해 있었다.

'부모님한테 인사드리러 온 것도 아닌데, 뭘 저렇게 긴장하는 거야?'

고등학교 시절의 노아를 기억하는 주미는 이 상황이 웃기기만 했다. '난 한 마리의 외로운 늑대.'라는 듯이 허세를 부리고 다녔던 주제에, 이제는 애인 친구 만난다고 덜덜 떨다니. 나현이 좋긴 좋은 모양이다. 친구에게까지 잘 보이려고 하는 걸 보면.

"배고파. 일단 밥 좀 시키자. 우린 골랐으니까 니희도 골라."

주미가 나현 커플 쪽으로 메뉴판을 내밀었다. 메뉴판을 펼친 노아가 자연스럽게 나현 쪽으로 메뉴판을 기울였다.

"선배, 뭐 먹을래요?"

"음. 노아 씨는요?"

"선배 먹는 걸로 먹고 싶어요. 난 선배 따라쟁이니까."

"그게 뭐예요."

나현이 키득키득 웃는 걸 보며, 주미는 생각했다.

'저게 뭐가 웃긴다는 거야?'

재미도 없는 말에 웃는 걸 보면, 나현도 노아가 좋아 죽겠나 보다. 사랑하는 사람과는 한자리에 있기만 해도 웃음이 나오는 법이니까.

메뉴를 정하고 요리가 나오는 동안, 그들은 서로의 근황 이야기를 했다. 대부분 윤호가 말했고, 노아가 추임새를 넣었다. 상대에게 잘 맞춰 주는 노아의 모습이 주미를 놀라게 만들었다.

'저런 성격이었나?'

처음에는 놀랍기도 하고 당혹스럽기도 했지만 시간이 지날수록 익숙해졌다. 그래서 어두워질 무렵에는 오랫동안 알고 지낸 사람들처럼 친해졌고, 윤호는 노아의 번호까지 땄다.

"주미한테 혼났을 때 전화해서 위로받아도 되지?"

윤호의 말에 노아가 하하하 웃었다.

처음 만났을 때보다 확실히 밝아진 얼굴이었다.

"네, 언제든 전화하세요."

"그런 말 하지 마. 언제든 전화하라고 하면 정말 언제든 전화할걸."

주미가 말했다.

"정말로 괜찮아요. 24시간 풀대기 상태일 거예요."

"그런 건 나현이한테나 해. 괜한 소리했다가 윤호한테 시달리지 말고."

"나현아, 주미가 또 나한테 못된 소리해."

윤호가 징징거리며 나현의 옆으로 가는 바람에, 주미는 자연스럽게 노아와 걷게 되었다.

"윤호 형님은 좋은 분인 것 같아요."

노아가 말했다.

"당연하지. 내가 선택한 남자인데."

"그러게요."

"넌 나현이가 선택한 남자잖아."

"괜찮은 남자 같아요?"

"글쎄. 네가 나현이를 사랑한다는 건 분명하게 알겠어. 나현이 볼 때 눈이 반짝반짝 빛나더라."

"그렇게 티나요?"

"엄청. 고등학교 때 왜 몰랐나 싶을 정도야."

"고등학교 때."

노아의 목소리가 낮아졌다.

"무슨 일 있었어요?"

"응? 뭐가?"

"저랑 관련해서, 나현 선배한테 무슨 일 있었죠?"

"나현이한테 못 들었어?"

"최여울이 못된 소리를 했다는 것만 들었어요."

"그래. 네가 죄책감 느낄까 봐 말 못 했나 보다. 이미 죽은 사람에 대해 뭐라 하는 것도 싫었던 것 같고."

"나현 선배는 그런 사람이니까요."

"그래, 그런 사람이지. 하지만 난 그런 사람 아냐."

노아가 옅은 미소를 지었다.

"알아요."

"딱 잘라서 안다고 하니까 그건 그것대로 기분 나쁘네. 네가 생각하는 것처럼 무서운 사람은 아니거든? 그땐 나도 정말 화가 나 있었다고."

"네, 알아요. 무슨 일이 있었던 거예요?"

"최여울이……."

주미는 그날의 일을 떠올렸다. 끅끅 울음을 참던 나현의 가녀린 어깨와 일그러진 얼굴도.

"사람을 썼어."

"사람을…… 쓰다니요?"

"최여울 추종자들이 있었잖아. 기억하지?"

"아, 네. 최여울 따라다니는 남자애들이 있었죠. 질 나쁜 녀석들도 있었고."

"그래. 그 애들이 나현이를 때렸어."

"네?"

"집에 가는 길에 골목에서 기다리고 있었대. 네가 귀찮아 하는데 왜 자꾸 접근하는 거냐, 한 번만 더 네 곁에 있는 걸 보게되면 가만 안 둘 거라고 흠씬 두들겨 팼대. 게다가…… 강간까지하려고 했던 모양이야. 나현이는 그 직전에 간신히 도망쳤고."

우뚝—

노아가 멈춰 섰다. 주미도 멈춰 서 그를 올려다봤다.

"정말이에요, 그게?"

노아가 낮게 가라앉은 음성으로 물었다.

"거짓말 같아?"

주미는 그 일에 노아의 잘못이 없다고는 생각하지 않았다. 노아가 태도를 조금만 더 확실히 해 줬더라면, 그런 일은 생기지 않았을 것이다.

"나는…… 몰랐어요."

"그랬겠지."

"알았더라면……."

"됐어, 지난 일이잖아. 그 일을 가지고 계속 미안해하면 나현이가 더 불편해할 거야. 가자, 애들이 이상하게 생각하겠다."

앞서 걷던 나현과 윤호가 꽤 멀어져 있었다.

노아가 다시 걷기 시작했다.

"나현이가 굳이 그 일을 너한테 말하지 않은 건, 없던 일로 할 수 있기 때문일 거야. 그러니까 굳이 상기시키지 마."

"하지만 사과를……."

"최여울이 한 짓이잖아. 그리고……."

할까 말까 망설였던 말이 있었다. 주미는 하기로 결정했다.

"내가 오늘 하루 종일 너희를 보면서 느낀 건데, 너랑 나현이의 관계. 이 상태로는 별로야. 오래 못 갈 거야."

"네?"

"너랑 나현이가 서로를 사랑하는 건 알겠어. 그런데 너희는 서로에게 너무 조심스러워. 서로 미안해하고, 지켜 주지 못해서 미안해하고…… 지칠 거야, 그런 관계. 아무리 사랑해도 지치는 관계가 있어. 아니, 사랑하기 때문에 더 지치는 관계가 있지. 지금 너희 두 사람이 딱 그래."

"난 절대 나현 선배 손을 놓지 않을 거예요."

"사람 마음과 관계에, 절대라는 건 없어. 사랑한다는 건 그저 미안해하고 불안해하기만 하는 관계가 아냐. 미안함은 최대한 적게, 고마움을 최대한 많이. 그래야 건강한 관계가 되는 거야. 그런데 너흰 어떠니?"

노아는 찔린 듯한 표정을 지었다.

"연인이라는 건 말이야, 함께 있을 때 편안해야 돼. 그런데 너흰 오히려 불안해 보여. 걱정 돼."

"그렇게 불안해 보여요?"

"응."

주미의 솔직한 대답에 노아는 입을 꾹 다물었다.

"나는 나현이를 사랑해. 그래서 나현이가 사랑하는 너도 사랑할 거야."

노아가 주미를 돌아봤다. 주미는 저 멀리 가고 있는 나현의 뒷모습을 응시하며 말을 이었다.

"사랑한다는 게 어떤 건지 알아? 단점까지도 미워할 수 없다는 거야. 네 약한 부분을, 나도, 나현이도 사랑해. 그러니까 불안해하지 마. 네 불안함이 나현이를 흔들 거야."

"저는…… 나현 선배를 지켜 줄 힘이 없어요."

주미가 피식 웃었다.

"그 말 나현이한테 하면, 나현이가 뭐라고 대답할 줄 알아?"

노아가 고개를 저었다.

"나현이는 분명 이렇게 말할 거야. 나는 내가 지킬 수 있어요, 노아 씨. 어때, 비슷했어?"

"별로요."

"솔직하긴. 하여간 나현이는 네가 생각하는 것만큼 약하지 않아. 그러니까 지켜 주네, 뭐네 그런 생각으로 불안해하기보다는, 두 사람이 함께 행복해질 생각이나 해."

*　　*　　*

"무슨 생각을 그렇게 해요?"

주미 부부와 헤어져 집으로 돌아오는 길, 노아는 생각에 잠겨 있었다.

"주미 선배는 생각보다 무서운 사람은 아니었어요."

"그래요?"

"응. 좋은 사람이더라고요."

"당연하죠, 내 친구인데."

노아가 빙그레 웃으며 나현의 머리를 쓰다듬었다.

"맞아요, 선배 친구였죠."

"오늘 즐거웠어요?"

"네, 정말 즐거웠어요. 다음에 또 만나고 싶어요."

"응, 다행이다. 불편할까 봐 걱정했는데."

"윤호 형님이 유쾌한 분이더라고요. 주미 선배랑 잘 어울리던

데요. 두 사람, 소꿉친구였다면서요?"

"응, 신기하지 않아요? 소꿉친구 사이의 감정이 우정에서 사랑으로 바뀌고, 부부가 되는 거."

"우리도 일종의 소꿉친구잖아요."

"아니에요. 노아 씨에 대한 내 감정은, 처음부터 사랑이었는 걸."

"앗, 나돈데!"

나현이 웃음을 터뜨렸다. 노아는 나현의 손을 꼭 잡고 걸으며 말했다.

"어제 어머니께 선배 얘기를 했어요."

"아……."

"어머니가 선배를 굉장히 만나 보고 싶어 하더라고요."

"그럼…… 같이 뵈러 가면 되죠."

"아마 힘들 거예요. 동행이 허락되지 않아서."

"아아. 그럼…… 음. 방법을 찾아볼게요."

"방법이요?"

"응, 어머님을 뵐 수 있는 방법."

"무리하지 않아도 돼요."

"무리 아니에요. 나도 노아 씨 어머니 뵙고 싶은걸. 노아 씨랑 많이 닮았어요?"

"어머니는 늘 내가 당신을 쏙 빼닮았다고 하세요."

"그럼 엄청 아름다우시겠네요."

"선배 눈엔……."

그가 걸음을 멈추고 나현을 내려다봤다.

"내가 아름다워 보여요?"

"네, 무척."

그의 눈썹 끝이 아래로 휘어졌다.

"내 눈에도 선배가 무척 아름다운데."

그의 얼굴이 가까워졌다. 나현은 눈을 감고, 그의 입맞춤을 받아들였다. 어째서인지, 아주 오랜만에 그와 키스를 하는 듯한 느낌이 들었다.

처음에는 가벼웠던 노아의 입맞춤이 점점 농밀해졌다. 그의 뜨거운 입술이 나현의 입술을 부드럽게 빨아들였다. 그는 나현의 허리를 끌어안고, 다른 손으로 가슴을 움켜쥐었다.

이곳이 인적 드문 골목이라 다행이라고 생각하며, 나현은 그의 가슴을 가만히 밀어냈다.

"여기 바깥이에요."

"난 밖에서 하는 것도 좋은데."

"변태."

"일부러 상기시켜 줄 필요 없어요. 잘 알고 있으니까."

"이렇게 시도 때도 없이 만지고 싶어 하면서, 아까는 용케 참았네요."

"선배 친구들 앞이라서 경건한 마음으로 임했거든요."

"경건은 무슨."

나현이 웃으며 다시 그의 손을 잡고 걸었다.

"선배는 나랑 같이 있을 때 어때요?"

"솔직한 대답을 원해요?"

"네."

"가끔 불안하고, 가끔 어려워요. 자주 행복하고요."

"아……."

"며칠 전에 주미네 집에 놀러 갔다가 주미 부부한테 혼났어요. 연인인데 너무 눈치를 보는 것 같다고. 그건 건강한 관계가 아니라고."

"나도 아까 혼났어요."

"아, 주미한테 혼났구나?"

"네."

"우리 둘 다 혼나기만 하네."

"그러게요."

"걱정 마요. 나중에 우리도 주미 부부를 혼내 줄 날이 올 거예요."

"과연 그런 날이 올까요?"

"걔네 엄청 싸우거든요. 별일 아닌 걸로 싸우고, 토라지고. 나중에 우리가 혼내 주자고요."

노아가 웃었다.

"그래요."

"그래서 말인데…… 나 이제 노아 씨 귀찮게 할 거예요. 아무

때나 전화하고, 문자 보내고 그럴 거야. 표정 안 좋아 보이면 무슨 일이냐고 막 물어보고."

"우와, 그거 기대되는데요?"

"뭘 또 기대한대요."

"기대되죠. 선배가 나한테 집착하겠다고 해 주는데. 이왕이면 아주 끈적끈적하게 집착해 줘요."

"아니, 그런 집착까지는 좀 무리일 것 같은데."

"안 돼요. 이왕 할 거라면 제대로 해 줘요. 시시콜콜 간섭하고 잔소리하고 궁금해하고."

"어휴. 그럼 금방 질릴걸요."

"안 질려요."

그가 나현의 머리카락에 쪽 입을 맞췄다.

"10년 동안 선배 생각을 했어요. 그러니까 이다음 10년, 그리고 또 다음 10년…… 질릴 일은 절대로 없을 거예요. 지금까지 그랬던 것처럼."

*　　　*　　　*

윤 여사는 심부름센터에서 온 서류 봉투를 열었다. 그 안에는 나현에 대한 정보가 잔뜩 들어 있었다.

보고서를 한 장, 한 장 넘길 때마다 윤 여사의 얼굴이 점점 일그러졌다. 부글부글 끓는 화를 가라앉히며 마지막까지 다 읽은 윤 여사는, 보고서를 집어 던졌다.

"연진후, 이 멍청한 녀석."

진후가 고른 여자니까 아주 엉망은 아닐 거라고 생각했다. 하지만 임나현이란 이름의 여자는 기가 막힐 정도로 형편없었다.

이름 없는 중소기업 부장인 아버지는 고졸이었고, 가정주부인 어머니 역시 고졸이었다. 심한 가정폭력이 있는 집안이고, 그걸 견디다 못한 나현은 고등학교를 졸업하자마자 집을 나왔단다. 제 어머니까지 버리고.

나현 자체만 봤을 때는 나쁘지 않았다.

명문대학교 졸업에 자일 화장품에서 근무 중. 직원들과의 관계도 나쁘지 않고, 문제를 일으킨 적도 없었다.

"그래도 그렇지. 이따위 계집이랑 결혼을 하겠다고 나서?"

말도 안 된다.

만의 하나라도 나현과 진후가 결혼을 하게 되면, 그 후의 일은 안 봐도 뻔했다. 가진 것 없는 나현의 부모는 사위 덕 좀 보겠다며 뻔뻔하게 이것저것 요구해 댈 것이다.

그런 사돈은 공식적인 자리에서 소개할 수도 없다. 바닥에서 살아온 인간들은 아무리 좋은 옷을 입혀도 촌스러움을 벗어 버릴 수 없으니까.

상상하는 것만으로도 끔찍했다.

윤 여사는 아랫입술을 지그시 깨물었다.

'회장님이 아시기 전에 얼른 손을 써야겠어.'

일주일이 지나고 나서야, 나현은 묘한 분위기를 눈치챘다.

'아무래도 따돌림을 당하는 것 같은데.'

여직원들의 이상한 시선, 수군거리다가 나현이 등장하면 갑자기 멈추는 대화, 저들끼리만 가는 커피숍, 회사 끝난 뒤 어울릴 때도 나현만 제외, 자꾸만 나현에게 떠넘기는 업무.

일주일 동안 눈치채지 못한 것이 이상할 정도로, 여직원들은 노골적으로 나현을 따돌리고 있었다.

—너, 정노아 사랑하는 거 티나. 분명 회사 사람들도 눈치챌 거야. 머지않아.

불현듯 윤호의 말이 떠올랐다.

윤호의 조언을 들은 후, 회사 사람들에게 알리긴 알려야겠다고 생각하고는 있었다.

하지만 일이 바쁜데다가 적당한 기회를 찾을 수가 없었다. 느닷없이 벌떡 일어나서 "우리 사귑니다!"라고 선포할 수는 없는 일 아닌가.

'그렇다고는 해도 이렇게까지 따돌릴 일인가? 하긴. 고등학교 때도 노아랑 좀 친하다 싶은 여자애들은 다 따돌림 당했었지. 아니, 그래도 그건 고등학교 때잖아! 지금은 사춘기 여학생이 아니라고.'

회사에서 잘생긴 남자와 연애를 한다는 이유로 따돌림을 당한다면, 그것처럼 창피한 일도 없을 것이다.

'단지 노아랑 사귀는 게 들켜서 그런 것 같진 않은데. 뭐가 문제지?'

아무튼 분위기가 이렇게 되는 바람에, 노아와의 교제 사실을 알리기가 더 어려워졌다. 여직원들과의 대화에 낄 수도 없는 상황이 되어 버렸으니까.

'그렇다고 단체 메일로 공지를 할 수도 없고. 이걸 어쩌나.'

이거 참 난처하게 됐다.

'그래도 의외로 기분은 괜찮네.'

따돌림을 당하는 입장이 되면 처참할 기분일 거라고 예상했다. 생각보다는 덤덤하게 현실을 받아들이는 자신의 모습이 달가웠다.

'그래, 뭐. 회사 사람들 아니어도 나한테는 주미가 있으니까. 다른 친구들도 있고. 문제는…… 자꾸 나한테 업무를 떠넘기는 건데.'

유독 바빴던 이유가 바로 그 부분 때문이었다.

나현 씨, 이것 좀 부탁해. 나현 씨, 이것 좀 해 줘요. 나현 씨, 이거 나현 씨가 해야 할 것 같아요.

그런 식으로 하나둘 업무가 늘어났다. 지금까지는 별생각 없이 네, 네 하면서 받아들였다. 하지만 이게 따돌림의 방법 중 하나라면 '네, 네.'하는 건 관둬야 한다.

─눈치 보지 마. 누군가 널 미워하는 걸 두려워하지도
마.

또 윤호의 목소리가 들려왔다.

'그래, 뭐. 이미 이유 없이 미움을 받고 있는 거, 내가 잘한다고
달라질 것도 없겠지.'

나현은 속으로 한숨을 삼켰다.

"주혜 언니, 민희 언니. 우리 이따 점심 먹고 디저트 먹으러 가
요."

한 톤 높은 슬이의 목소리가 들려왔다. 나현은 미간을 좁혔
다.

그동안은 의식하지 않아서 몰랐는데, 이제는 알겠다. 따돌림
의 중심이 윤슬이라는 것을.

'아, 슬이였나?'

그렇다면 이해가 됐다.

슬이 입장에서는 나현이 배신자일 것이다. 노아의 마음을 알
면서도 슬이에게 잘해 보라고 자리를 만들어 준 배신자.

나현은 그때 노아의 마음을 전혀 모르는 상황이었지만, 슬이
는 그걸 몰랐다. 아마 알면서도 슬이를 우습게 만들기 위해 자리
를 마련해 줬다고 생각하겠지.

'골치 아프게 됐네.'

슬이는 적으로 돌리면 무서운 타입이었다. 고등학교 때도 슬이 같은 타입이 있었다. 앞장서서 친구를 만들고, 파벌을 만들고, 누군가를 따돌리는 것을 당연하게 여기는 아이. 자신의 마음에 집중해, 타인의 마음을 제대로 보지 않는 아이.

불편한 타입이기는 해도, 그런 아이들과 관계가 나빠진 적은 없었다.

'아, 슬이 씨랑은 잘 지내고 싶었는데.'

남의 속도 모르고, 노아가 나현의 손목을 콕콕 찔렀다.

"선배, 휴게실 가서 커피 한잔할래요?"

다른 때였다면 매몰차게 거절했을 것이다. 여기 회사잖아요, 라고 하면서.

하지만 이미 들통 난 거, 아무래도 좋겠지 싶은 마음이 들었다. 그래, 미워하려면 실컷 미워해라.

"응, 가요. 커피 마셔요."

노아와 나현이 동시에 일어나자, 여직원들의 시선이 동시에 이쪽으로 향했다. 사무실을 빠져나간 후, 그들이 뭐라고 수군거릴지 예상이 됐지만 나현은 모르는 척했다.

"무슨 일 있어요?"

휴게실에서 캔커피를 뽑으며, 노아가 물었다. 나현은 그의 긴 다리와 넓은 어깨, 그림처럼 예쁜 얼굴을 응시했다.

"어떻게 알았어요?"

"나야 늘 선배 얼굴만 보고 있으니까요."

"일하는 중에도?"

"멀티가 가능하거든요."

"잠자리가 360도로 시야를 확보할 수 있다던데."

"으아, 선배를 향한 마음을 잠자리라고 표현하다니. 심해요, 선배."

"맞아요, 난 심해."

나현이 웃으며 긴 의자에 가서 앉았다. 노아가 커피 두 잔을 가지고 나현의 옆에 와서 앉았다.

"정말 무슨 일이에요?"

"아무래도 나 따돌림 당하는 것 같아."

"따돌림?"

"응, 여직원들 분위기 이상한 거 못 느꼈어요?"

"아…… 그런 건 좀 관심이 없어서."

"하긴. 남자들은 잘 모르더라고요. 여자들 사이에서 벌어지는 암투."

"무섭네요, 암투라니."

"하여간 이유는 대충 짐작이 가요."

"왜요? 선배가 잘못한 거 없잖아요. 아, 선배가 너무 예뻐서 그런가?"

"푸핫!"

나현은 크게 웃음을 터뜨리고 말았다. 이런 말도 안 되는 이유를 대다니. 노아 눈에 콩깍지가 제대로 씐 모양이다.

"왜 웃어요? 여자들, 원래 자기보다 예쁜 여자한테 질투하고 그러잖아요."

"푸하하하하하."

"개그 하는 거 아닌데."

놀림을 당한다고 생각했는지 노아가 얼굴을 붉혔다.

"아하하하하하. 내가 정말 노아 씨 덕분에 살아요."

노아의 얼굴이 대번에 밝아졌다.

"정말요? 내 덕에 살아요?"

"네, 노아 씨 덕에 살아요."

방금 전까지만 해도 가라앉았던 기분이 노아 덕분에 깨끗해 졌다. 여자들에게 질투 받을 만큼 예쁜 얼굴이라고 생각해 주는 남자가 있는데, 기분 나쁠 일이 무엇이 있겠는가.

"내가 뭐 도와줄 건 없어요? 왕따 주동자 찾아볼까요?"

"아뇨, 아뇨. 지금 상황에서 노아 씨가 끼어들면 더 엉망이 될 거예요. 내가 알아서 할게요."

"선배는 선배가 지킬 수 있으니까?"

"응, 나는 내가 지켜요. 노아 씨도 내가 지켜 줄 거고."

"에이, 그런 말은 날 너무 멋없는 남자로 만들잖아요. 기생오라비가 된 기분이야."

"지켜 준다고 할 때 고맙게 받아들여요. 내가 지킬 땐 또 확실하게 지키거든."

노아의 눈이 반달 모양으로 휘어졌다.

"든든하네요. 공주님이 된 것 같아요."

"어울려요."

"아, 선배. 이 부분에서는 선배가 '아니에요. 왕자님이죠.'라고 말해 줘야 하는 부분이에요."

"우리 좀 유치한 대화를 하는 것 같지 않아요?"

"사랑하면 유치해진다잖아요. 난 여기서 더 유치해질 자신 있어요."

어째서인지 노아가 의기양양한 표정을 지었다. 그런 노아가 귀여워서 나현은 주위를 둘러본 후 그의 뺨에 가볍게 입을 맞췄다. 노아가 눈을 크게 떴다.

"웬일이에요? 선배가 밖에서 먼저 스킨십을 다 하고?"

"귀여워서요."

"그럼…… 덮쳐도 돼요?"

"어휴, 얘기가 왜 또 그렇게 흘러가요?"

덮치는 시늉을 하는 노아를 밀어내고 일어났다. 나현은 아쉬운 듯 입맛을 다시는 그의 이마를 톡톡 두드렸다.

"들어가 볼게요. 다시 한 번 말하지만, 이 문제에 노아 씨는 끼어들지 마요."

"네, 기사님."

장난스럽게 말하는 노아의 볼을 꼬집어 준 후 휴게실에서 나왔다.

사무실로 들어가자 또다시 여직원들의 시선이 모였다. 나현은 무시하고 자리에 가서 앉았다. 미움 받아도 상관없다고 생각하고 나니, 타인의 시선이 아무렇지도 않게 느껴졌다.

회사에서는 내 일만 확실하게 잘하면 되는 거지.

한 시간 정도는 일을 하느라 다른 생각을 할 여유가 없었다.

"나현 씨."

누군가의 부름에 고개를 들어 보니, 나현보다 5살 많은 김 대리였다. 김 대리는 슬이와 친한 여직원 중 한 명이었고, 그동안 나현에게 자기 일을 많이 떠넘기기도 했다.

"이것 좀 부탁해. 안에 필요한 자료 넣어 뒀어."

"싫어요."

나현이 김 대리가 내민 USB를 보며 말했다.

그동안 나현은 무슨 일이든 웃으면서 받아들였다. 사무실 안에서 목소리를 높인 적도 없었다. 때문에 조금 큰 목소리로 단호하게 '싫다.'라고 말하는 모습이, 사무실 안을 술렁거리게 만들었다.

관심을 갖지 않았던 남자 직원들까지도 이쪽을 돌아봤다.

김 대리가 당황한 듯 눈을 크게 떴다.

"어? 뭐라고?"

"싫다고요."

"아니, 이거 정리만 하면 되는 간단한 업무고……."

"대리님이 하셔야 하는 일이잖아요."

"나현 씨. 지금 태도가 그게 뭐야?"

"지금까지 계속 대리님 업무 대신해 드렸잖아요. 지금은 저도 해야 될 업무가 있어요. 대리님 거, 대신 못 해 드려요."

나현이 또박또박 말하자 김 대리의 얼굴이 붉어졌다.

"나현 씨, 지금 굉장히 건방진 거 알아?"

"잘 모르겠어요. 대리님 업무를 대신해 달라고 하시는 거 다해 드리다가, 오늘은 저도 제 업무가 있어서 못 해 드리겠다고 하는 건데. 이게 건방진 건가요?"

"아니, 언제 그렇게 내 업무를 대신해 줬다고. 남들이 들으면 나현 씨가 내 일 다 대신해 준 줄 알겠네."

"해 준 거 맞지, 뭐."

뒷자리에 앉아 있던 윤정이 중얼거렸다. 혼잣말 같지만 작은 목소리는 아니었다.

김 대리가 도끼눈을 하고 윤정의 뒤통수를 쏘아봤지만, 윤정은 돌아보지 않았다.

"요새 나현 씨 허구한 날 야근하긴 했지."

윤정이 또 혼잣말처럼 말했다.

"이 대리는 끼어들지 마."

김 대리의 말에 윤정이 깜짝 놀란 듯 뒤를 돌아봤다.

"어머, 언니. 제가 뭐라고 했나요?"

같은 대리에 입사동기이기는 하지만 김 대리가 윤정보다 나이가 많았다. 윤정은 눈을 동그랗게 뜨고 김 대리의 대답을 기다렸다. 누가 봐도 윤정이 나현을 도와주는 모양새였다. 나현은 생각지도 못한 윤정의 지원에 고마움을 느꼈다.

윤정은 사무실 안 누구보다도 눈치가 빠른 사람이라, 여직원들이 나현을 따돌린다는 걸 알고 있을 것이다. 그런데도 나현의 편을 들어주었다.

"거, 이제 그만하지?"

남직원 중 누군가가 말했다.

"보니까 요새 나현 씨 매일 야근하던데…… 나도 김 대리가 나현 씨한테 일 넘기는 거 여러 번 봤고."

최 과장이었다. 김 대리는 벌게진 얼굴로 최 과장을 돌아보며 무언가 변명을 하려고 했다.

그때, 부장실의 문이 열리고 진후가 나왔다. 그는 살짝 미간을 좁히고 사무실 안을 돌아봤다.

"무슨 일 있습니까?"

그의 등장에 사무실이 조용해졌다. 김 대리가 "아무것도 아니에요."라고 중얼거리며 허둥지둥 자기 자리로 돌아갔다.

"아무 문제없는 거겠지요?"

진후가 한 번 더 물었다. 굳이 문제를 끄집어내 분란을 일으킬 생각은 없기에, 다들 "네, 괜찮습니다."라고만 답했다.

진후의 시선이 나현에게서 멈췄다.

그는 걱정스러운 듯 나현을 응시하다가 다시 부장실 안으로 들어갔다. 나현은 어깨가 움직일 정도로 크게 한숨을 내쉬었다.

―누군가 이유 없이 당신을 싫어한다면, 싫어할 이유를
만들어 줘라.

윤호의 말이 떠올라 피식 웃었다.
미움 받는 거, 생각보다 나쁘지 않다.

*　　*　　*

화장실에서 손을 씻고 있는데 화장실 문이 열렸다. 들어오려
던 슬이가 나현을 발견하고는 멈칫하더니 도로 나가려고 했다.
거울로 그 모습을 지켜보던 나현이 그녀를 불렀다.

"슬이 씨."

슬이의 어깨가 흠칫 떨렸다. 그녀는 잠시 망설이다가 결심한
듯 휙 돌아서서 안으로 들어왔다. 나현 따위 아무래도 좋다는 듯
한 표정이었다.

"슬이 씨."

이번에도 슬이는 대답하지 않았다.

"나한테 뭐 화난 거 있어요?"

"언니야말로 나한테 뭐 잘못한 거 있어요? 그런 건 왜 물어
요?"

"슬이 씨. 나 슬이 씨랑 싸우고 싶지 않아요."

"그래요, 싸우는 게 아니라 착한 척하면서 뒤에서 호박씨 까려

는 거였겠죠."

"슬이 씨……."

"언니, 정말 너무한 거 알아요? 어떻게 그래요? 내가 그렇게 우스웠어요? 아무리 그래도 그건 아니죠. 노아 오빠랑 짜고 그런 자리 만든 거예요? 오빠랑 언니랑 둘이서 날 가지고 놀 계획을 세웠다는 걸 생각만 해도 역겨워요."

역시 그 일 때문이었나 보다.

인상을 찡그리고 쏟아붓는 슬이를 보며, 나현은 속으로 한숨을 삼켰다. 슬이가 충분히 오해할 만한 상황이었다.

"나 언니 좋게 봤어요. 좋은 사람이라고 생각했는데, 언니가 나한테 그런 짓을 할 줄은 몰랐어요. 그날 먼저 가서 얼마나 날 비웃었어요? 그러고 나서 노아 오빠 만난 건 아니에요? 노아 오빠랑도 일찍 헤어졌는데 둘이서 날 비웃었어요?"

"그런 거 아니에요, 슬이 씨."

"아니긴 뭐가 아니에요."

슬이의 눈가가 빨개졌다.

"진짜 배신당한 기분이에요. 회사 사람한테 이런 식으로 놀림당하는 일이 생길 줄은 몰랐어요."

오해가 생각보다 깊었다. 노아와 나현의 관계를 눈치챈 후 오만 가지 상상을 한 모양이다.

"슬이 씨, 이러지 말고 이따가 회사 끝나고 잠깐 만나요. 내가 다 설명할게요."

"만날 생각 없어요! 언니가 하는 변명 들을 생각도 없고요."

"슬이 씨가 오해하는 게 있어요. 나도 슬이 씨 좋아하고 이런 관계로 지내고 싶지 않아요. 오해 풀고 싶어요."

"됐다고요."

"회사 끝나고 건너편 커피숍에서 기다릴게요."

"안 갈 거라고요."

슬이는 휙 돌아서서 화장실을 나왔다.

쏟아 내고 나니 속이 시원했다. 나현의 난처한 얼굴을 보니 기분도 좀 나아졌다.

아까 사무실에서는 놀랐다. 나현이 그런 식으로 나올 줄은 몰랐기 때문이다. 하마터면 직원들에게 따돌림의 주동자가 자신이라는 것을 들킬 뻔했다.

'오해라니. 그게 오해일 리 없잖아.'

나현과 노아가 주고받은 쪽지는 아직도 슬이의 지갑 속에 들어 있었다.

사무실로 들어가자마자 노아의 모습이 눈에 확 들어왔다. 모니터를 응시하고 있던 그의 눈이 슬이에게로 향했다. 슬이는 움찔하며 시선을 피했다가 슬쩍 그를 쳐다봤다. 그는 여전히 슬이를 응시하고 있었다. 슬이가 무슨 짓을 하는지, 무슨 생각을 하는지 알고 있다는 듯이.

'나현 언니가 노아 오빠한테 다 얘기했겠지. 짜증 나.'

슬이는 인상을 찌푸리고 자리로 돌아가 노아의 뒷모습을 지켜봤다. 그는 다시 일을 하고 있었다. 곧 나현이 사무실로 돌아왔고, 그가 고개를 돌리는 게 보였다.

'내가 들어왔을 때 나현 언니인 줄 알았던 모양이네.'

속이 부글부글 끓었다.

'나현 언니 같은 사람이 뭐가 좋다고. 흔해 빠진 얼굴에 남의 눈치나 보는 사람인데. 아까는 좀 놀라긴 했지만.'

일하는 내내 자꾸 나현과 노아의 뒷모습이 시선이 갔다. 둘의 사이를 알게 된 후 틈틈이 둘의 모습을 훔쳐보게 되었다. 회사에서는 사귄다는 분위기를 풍기지는 않았다. 유독 대화를 많이 하지도 않고, 그렇다고 어색하지도 않은, 평범한 직장동료 같은 느낌.

그러나 때때로 나현을 응시하는 노아의 눈동자에 가득 담긴 애정을 발견할 때가 있다. 그 눈빛이 얼마나 달콤한지, 같은 여자로서 질투가 났다.

만약 내가 연인이었다면 저런 눈으로 나를 바라봤겠지, 라는 생각을 지울 수가 없었다.

6시 30분쯤 되었을까.

신입인 노아가 가장 먼저 퇴근했고, 그다음에 몇몇 사람들이 먼저 가 보겠다며 나갔다. 나현은 다섯 번째로 나갔는데, 7시 20분경이었다.

그때부터 슬이는 일에 집중하기 시작했다. 딴생각을 하느라 시간 내에 일을 끝내지 못했다. 곧 월말이 오면 이보다 바빠질 텐데.

서두른다고 서둘렀는데도 일이 다 끝났을 때는 9시를 훌쩍 넘긴 시간이었다.

'설마 아직까지 기다리진 않겠지? 노아 오빠랑 데이트라도 하겠지. 아니면 같이 있거나.'

나현과 노아가 슬이 이야기를 하며 하하호호 웃을 것을 생각하니 속이 뒤틀렸다.

'아, 짜증 나.'

회사에서 나와 곧바로 전철역으로 향했다. 집까지는 전철을 타고 30분이 넘게 걸린다. 얼른 집에 가서 저녁을 먹어야겠다. 급하게 일을 처리하느라 저녁도 걸렀다.

전철역 개찰구에 카드를 찍고 들어가 집으로 가는 방향의 승강장 앞에 섰다. 곧 전철이 도착했다.

열린 문을, 슬이는 물끄러미 응시했다.

많은 사람들이 타고 내렸다.

―슬이 씨는 봄 햇살 같아요.

언젠가 나현이 했던 말이 떠올랐다.

'언제였더라.'

아마 슬이가 입사하고 두 달쯤 지났을 때인 것 같다. 슬이는 타고난 사교성으로 주위 사람들과 금방 친해졌다. 어느 날 슬이

와 나현 둘이서 커피를 마시게 되었는데, 그때 나현이 슬이를 가
만히 응시하다가 그런 말을 했다.

　　—슬이 씨는 봄 햇살 같아요. 보고 있으면 그 밝음에 전
　염될 것 같아.

무척 다정한 목소리였지만 나현의 눈빛은 조금 슬퍼 보였다.

전철 문이 닫혔다.

슬이는 주먹을 꽉 쥐었다.

왜일까.

나현이 이 시간까지 기다리고 있을 거란 생각이 들었다. 그리
고 슬이가 오지 않으면 내일 아침까지라도 기다릴 거란 강한 확
신이 생겼다.

맞은편의 카페는 24시간 운영하는 곳이었다.

'안 갈 거야. 갈 이유가 없잖아. 기다리든 말든 내가 신경 쓸
일이 아니지. 난 안 가겠다고 분명히 말했으니까.'

또 전철이 왔다.

문이 열렸지만 탈 수가 없었다. 발바닥에 뿌리가 내린 듯 꼼짝
도 하지 않았다.

＊　　＊　　＊

'안 오려나?'

9시가 넘었을 때, 나현은 작게 한숨을 내쉬며 커피를 리필하러 카운터로 향했다. 운 좋게 소파 자리에 앉아서 다행이었다. 그러지 않았으면 장시간 앉아 있느라 힘들었을 것이다.

커피를 받아 돌아선 나현은 그대로 굳었다.

지금까지 나현이 앉아 있던 자리의 맞은편에 누군가 앉아 있었다. 슬이는 아니었다.

우아하게 틀어 올린 헤어스타일, 연보라색의 셔츠와 감색 바지를 입은 중년의 여자. 꼿꼿하게 앉은 자세가 기품이 있어 보였다. 그리고 여자의 뒤에는 검은 정장을 입은 사내가 서 있었다.

'누구지?'

처음 보는 얼굴이었다.

'자리가 있다는 걸 모를 리가 없는데.'

테이블 위에는 나현이 놔둔 쟁반과 빨대, 그 옆에는 나현의 가방이 그대로 놓여 있었다. 아무리 봐도 빈자리로는 보이지 않았다.

그냥 다가가서 자리가 있다고 말하면 되는 일이지만, 발걸음이 쉬이 떨어지지 않았다. 불길한 예감이 들었기 때문이다.

저런 표정, 저런 자세로 앉아 있는 중년 여성에 대해서 알고 있다. 오래전 양민우의 어머니가 나현을 찾아왔을 때, 저런 분위기였다.

등줄기가 서늘해졌다.

'노아 어머니……일 리는 없고. 누구지?'

나현을 찾아올 만한 중년 부인은 없었다.

'슬이 어머니……일 리도 없지.'

본능적으로 중년 여자와 마주치면 안 된다는 생각이 들었다. 하지만 자리로 가는 수밖에 없었다. 그곳에 가방이 있었기 때문이다.

"여기 자리 있는데요."

테이블 옆에 서서 말했다.

중년 여자는 나현을 돌아보지도 않고 말했다.

"앉아요. 할 이야기가 있어서 왔어요, 임나현 씨."

이런 상황 역시, 나현은 알고 있었다. 민우 어머니를 처음 만났을 때의 기억 때문에, 이 상황이 데자뷰처럼 느껴졌다.

나현은 속으로 한숨을 삼키며 맞은편에 앉았다.

중년 부인은 나현의 얼굴을 꼼꼼히 살펴봤다. 그녀의 눈에는 조롱과 멸시가 담겨 있었다. 이것 역시 민우 어머니와 똑같다. 뒤에 서 있는 검은 정장의 남자만 아니었더라면, 민우 어머니가 성형수술을 하고 찾아온 게 아닐까 의심했을 것이다.

게다가 나현은 이제 중년 부인의 정체를 알 것도 같았다.

"진후 엄마예요."

예상대로였다.

"나에 대해서는 이미 알고 있겠지요."

윤 여사의 말에 나현은 가만히 고개를 저었다.

"아니요, 처음 뵙는 것 같은데요. 언제 뵌 적이 있었던가요?"

윤 여사가 미간을 좁혔다.

"이미 우리 진후 집안에 대해 다 알아봤을 텐데. 시치미 뗄 거 없어요."

"정말로요. 전 음……."

상대를 뭐라 불러야 할지 알 수 없었다. 진후는 그저 회사 상사일뿐이었다. '어머님'이라고 부르고 싶지 않았다. 그리고 '어머님'이라고 불렀을 때 돌아올 반응 역시 알고 있었다.

아마도 '누가 네 어머니야?' 따위의 호통이 돌아올 것이다.

"아주머니를 처음 봬요. 보통 회사 부장님의 어머님에 대해서는 알아보지 않으니까요."

'아주머니'라는 호칭 때문인지, 말대꾸 때문인지 윤 여사의 얼굴이 일그러졌다.

만약 오늘 최 대리와의 일이 없었다면, 나현도 순순히 윤 여사가 원하는 반응을 보여 줬을 것이다. 하지만 이젠 나현도 지칠 만큼 지쳤고, 될 대로 되라는 심정이었다. 갑작스럽게 찾아온 회사 상사의 어머니에게까지 잘 보이고 싶지 않았다.

"아주머니라니…… 이래서 없이 자란 것들은…… 쯧."

윤 여사가 나현 들으라는 듯 중얼거렸다. 나현의 기분을 상하게 하려는 의도가 명백했지만, 그다지 기분이 나쁘지 않았다. 없이 자란 게 사실이니까.

"그런데 무슨 일이시죠?"

윤 여사의 투정을 들어 줄 기분이 아니라서 단도직입적으로 물었다. 윤 여사는 조금 당황한 듯했지만 곧 표정을 갈무리하고 말했다.

"우리 아들에 대해 얼마나 알고 있는지는 모르겠지만, 우리 진후, 아가씨와 어울리는 상대가 아니에요. 진후가 능력도 있고 돈도 잘 버는 것 같아서 잡아 보자 싶었던 것 같은데, 아가씨는 우리 진후 감당 못 해요."

왜 이런 소리가 나오는 건지, 나현은 도통 알 수 없었다.

진후가 나현에게 고백을 해 온 것은 사실이었다. 하지만 나현은 진후를 받아 주지 않았다. 윤 여사가 일부러 찾아와서 나현에게 이런 소리를 늘어놓을 이유가 전혀 없는 것이다.

'뭐가 어떻게 돌아가는 거야?'

나현은 가만히 윤 여사를 응시했다.

"헤어지도록 해요."

"네?"

생각지도 못한 말에 새된 목소리가 튀어나왔다.

그걸 다른 의미로 받아들인 윤 여사는, 그럴 줄 알았다는 듯 조소를 머금었다.

"그래요, 진후 엄마가 일부러 찾아와서 이런 말을 하는 거, 아가씨 입장에서는 조금 우습기도 하겠죠. 하지만 아가씨가 알아 둬야 할 게 있어요. 이건 아가씨를 위한 제안이에요."

"아…… 저기……."

"내 말 들어요, 임나현 씨. 진후는 아가씨가 모르는 것을 가지고 있고, 아가씨는 그걸 감당하지 못해요. 잠자코 헤어지도록 해요. 그게 아가씨에게 좋은 일이니까."

"아, 그러니까…… 음…… 아주머니."

"거절은 듣지 않겠어요. 돈 봉투 같은 것도 주지 않을 거예요. 괜히 질척거리지 말아요. 드라마에서 보던, 그런 운 좋은 상황은 일어나지 않을 테니까."

"음, 아주머니?"

"신데렐라가 되고 싶었겠죠. 바닥에서 살던 여자들이 그런 걸 꿈꾼다는 거 알아요. 하지만 아가씨도 바보가 아니라면 알겠죠? 현실에서 그런 일은 존재하지 않는다는 거."

윤 여사는 자신의 역할에 취한 것 같았다. 나현의 이야기를 들을 생각도 하지 않고 저 혼자 떠드는 윤 여사를 향해, 나현은 황망한 시선을 던졌다.

이 아줌마, 대체 뭐야?

썩 좋지 않은 집안이라는 것은, 노아에게 들어서 알고 있었다. 하지만 직접 경험하는 것은 듣기만 하는 것과는 달랐다. 게다가 이건 나쁘고 좋고를 떠나서, 약간 정신이 이상한 것처럼 보이기까지 한다.

난 연진후와 사귀지 않는다고!

이 아주머니, 망상증이라도 있는 거 아닐까?

"아가씨도 아가씨 입장이 있을 테니 이번 주까지는 시간을 줄게요. 이번 주 중에 우리 진후와 정리하도록 하세요. 알아들었지요?"

"저, 아주머니. 전혀 못 알아들었는데요."

윤 여사가 불쾌한 듯 미간을 좁혔다.

"집안은 쓰레기여도 아가씨는 좀 다를 줄 알았는데. 이런 식으로 나오겠다는 건가요?"

"아뇨, 아주머니. 그런 의미가 아니라…… 아주머니, 뭔가 오해하시는 것 같은데요. 저, 연진후 부장님이랑 사귀는 사이 아닙니다."

"누굴 속이려 들어?"

윤 여사가 말투까지 바꿔 가며 차갑게 말했다. 하지만 나현은 조금도 두렵지 않았다. 두려울 이유가 없었다. 이게 진실이니까.

"속이는 게 아니에요, 아주머니. 무슨 얘기를 어떻게 들으셨는지 모르겠는데, 연진후 부장님과 저는 아무 사이도 아닙니다. 아, 꼭 사이를 규정해야 한다면 부장님과 부하직원 사이? 딱 그 정도예요."

나현이 차분하게 설명하자 윤 여사의 눈동자가 흔들렸다.

"하지만 진후 말로는 아가씨와 결혼을 할 거라고……."

윤 여사가 작게 중얼거리는 말을, 나현은 똑똑히 들었다.

"연진후 부장님이 저랑 결혼할 거라고, 댁에 말씀하셨다고요?"

"아니, 그런 게 아니라……."

"아, 그렇구나. 그래서였구나."

이제야 퍼즐이 맞춰졌다.

그 퍼즐은 나현을 무척이나 참담하게 만들었다.

진후가 이런 식으로 나올 줄은 꿈에도 생각하지 못했다. 아무 사이도 아닌데 집안에 먼저 알리다니.

'그래서였구나. 노아가 요새 계속 뭔가 고민하는 듯이 보였던 게.'

노아도 한집에 사니까 이 사실을 알고 있었을 것이다. 차마 나현에게 말하지 못한 이유는 부끄럽기 때문일까, 아니면 진후를 감싸 주기 위해서일까.

'아니, 날 위해서겠지. 내가 괜히 신경 쓸까 봐.'

속이 부글부글 끓었다. 이 모든 사태를 만든 진후를 향한 분노였다. 진후가 있지도 않은 말을 하는 바람에, 시달리지 않아도 될 일을 마주하게 되었다.

가슴이 성에가 낀 것처럼 차가워졌다.

"정말 단단히 오해하셨네요, 아주머니. 저는 사랑하는 사람이 있는데, 그 사람이 아주머니의 아들은 아니거든요."

윤 여사의 얼굴이 붉어졌다.

자기가 잘못한 것이면서도 인정하고 싶지 않은 듯 나현을 노려봤다. 이 모든 일이 나현 때문이라는 듯이.

나현은 담담히 그녀의 시선을 받아 냈다.

"아가씨가 우리 집안이 어떤 집안인지 몰라서 그런 식으로 나오는 모양인데…… 말과 행동을 조심하는 게 좋을 거예요."

"어떤 집안인지…… 제가 왜 모른다고 생각하시죠?"

"뭐요?"

"어떤 집안인지 알고 있어요, 아주머니. 그 집안을 등에 업고 있는데도, 제 눈에는 연진후 부장님이 매력적으로 보이지 않더라고요. 굉장히 자부심을 가지신 것 같은데, 죄송해요. 바닥 인생을 살다 보니, 드높은 곳에 있는 게 잘 보이지 않아서 얼마나 좋은지도 가늠할 수가 없어요. 이해하시겠지요?"

진후를 향한 분노 때문에 말이 제멋대로 흘러나왔다. 윤 여사는 속이 뒤집히는 듯 이를 악물었다. 당장이라도 나현의 뺨을 후려칠 기세였다.

때릴 테면 때려라. 그 자리에서 경찰에 신고할 테니까.

간신히 화를 가라앉힌 윤 여사가 우아한 미소를 지으려고 애쓰며 말했다.

"조심해요, 아가씨. 사람 마음이라는 게 어떻게 될지 모르는 거거든. 나중에 가서 우리 진후에게 매달릴 생각하지 말아요. 우리는 바닥에서 기어 올라오려는 여자를 받아 줄 생각 없으니까."

"기어 올라간다고 어디까지 올라갈 수 있겠어요? 걱정 마세요. 그 집안의 번쩍임이 보이지 않는 곳에서 멈출 테니까. 전 아마 평생 그 집안이 얼마나 있는 집안인지, 대단한 집안인지 모르고 살 거예요."

윤 여사의 콧등에 주름이 생겼다.

윤 여사가 테이블을 내려다봤다. 자기 앞에 물컵이라도 있었으면, 하는 표정이었다.

나현은 슬쩍, 자기 앞에 있는 머그컵을 가까이 끌어왔다. 커피를 뒤집어쓰고 싶지 않았기 때문이다.

"아가씨는 예의라는 걸 배울 필요가 있겠네요."

"아주머니도요."

"……오늘 일이 진후 귀에는 안 들어가게 입조심하도록 해요."

"아드님이 그렇게 무서우시면 이런 짓을 하지 말지 그러셨어요."

"내가 조용히 이야기하니까 우습게 보이나 보죠?"

"그럴 리가요. 그저 저도 사람인지라 화가 난 거예요. 아주머니가 실수하신 건데 사과 한 마디 없으시잖아요."

윤 여사가 피식 웃었다.

"사람? 아가씨는 내 눈에 아가씨가 사람으로 보일 거라고 생각하나 보죠? 오만하군요."

"제가 사람 아닌 다른 걸로 보인다면, 아주머니 눈에 이상이 생긴 거겠죠. 아니면 정신의 문제거나."

윤 여사가 눈을 부릅떴다.

"아가씨는 내가 지금 당장, 이 자리에서 무슨 일을 할 수 있는지 꿈도 못 꿀 거예요."

"네, 그런 꿈은 별로 꾸고 싶은 생각이 없어요."

"까불지 말아요, 임나현 씨. 계속 기어오르면 아가씨뿐 아니라 아가씨 집안도 무사하지 못할 테니까."

윤 여사에게는 그것이 선전포고, 혹은 근사한 협박이었을 것이다. 하지만 나현은 그 말을 듣는 순간 부드럽게 미소를 지었다.

다음 순간 나현의 입에서 나온 말은, 윤 여사야말로 꿈도 꾸지 못했던 말이었다.

"그거 잘됐네요. 그 집안, 무사하지 않기를 늘 기도했거든요."

윤 여사는 나직하게, "임나현 씨. 오늘 내게 기어오른 걸 후회할 거예요." 라는 말을 남기고 자리를 떠났다.

그녀가 나간 후, 나현은 깊은 한숨을 내쉬었다.

정말 지긋지긋하다.

'이게 웬일이야?'

나현이 커피를 리필하고 자리로 돌아갔을 때, 슬이는 막 커피숍에 들어오던 참이었다. 어디선가 본 듯한 중년 부인과 나현이 함께 있었고, 들려오는 내용이 심상치 않아 뒷자리에 앉아 엿들었다.

'웬일이야, 웬일이야!'

생각지도 못한 진후의 이름, 그리고 윤 여사의 협박과 나현의 말대꾸.

'부장님이 자일 그룹 사람이었단 말이야?'

윤 여사가 우리 집안 운운할 때에야, 그녀를 어디서 봤는지 기억해 냈다. 뉴스에서 봤다. 자일 그룹 회장과 그 가족이 나오는 뉴스.

나현은 윤 여사가 어떤 집안사람인지 안다고 말했다. 그런데도 전혀 밀리지 않고 말대꾸를 했다. 아니, 밀리기는커녕 지금 상황은 누가 봐도 나현의 승리였다.

'우와, 나현 언니. 장난 아니네. 대체 무슨 일인 거야? 왜 부장님이랑 나현 언니가 엮이는 거지?'

아침 드라마보다 흥미진진한 상황이었다. 하지만 마지막에 나현의 말.

"그거 잘됐네요. 그 집안, 무사하지 않기를 늘 기도했거든요."

들뜬 기분이 싹 가라앉았다.

그 말을 하는 나현의 음성이 무척이나 슬펐기 때문이다. 그 속에 담긴 오만 가지의 감정이 휙 몰아쳐 오는 듯한 느낌이 들었다. 동시에, "슬이 씨는 봄 햇살 같아요. 보고 있으면 그 밝음이 전염될 것 같아."라는 말을 할 때의 눈빛과 겹쳐졌다.

윤 여사가 나간 후, 슬이는 망설였다.

지금 나현에게 가 봐도 되는 걸까, 아니면 오늘은 그냥 모르는 척하고 돌아가야 하는 걸까?

* * *

'나현 선배는 윤슬이랑 무슨 일인 거지?'

사실 오늘은 노아와 나현이 데이트를 하기로 한 날이었다. 그런데 업무 중에 나현에게서 문자가 왔다. 오늘 데이트를 취소해야 할 것 같다고, 슬이와 할 이야기가 있다는 문자였다.

무슨 일이냐고 물었지만, 나현은 나중에 이야기해 주겠다고만 했다. 흘긋 나현의 옆모습을 확인하니 심각해 보여서, 노아는 알겠다고 하고 퇴근을 했다.

커피숍 2층 창가에 앉아, 지나다니는 사람들을 구경했다. 일찍 집에 들어가고 싶지 않을 때마다 하는 일 중 하나였다. 이 습관은 최여울이 죽은 후에 생겼다.

그림을 그릴 수 없게 된 후, 다시 그릴 수 있도록 갖은 노력을 다했다. 아름다운 경치를 보러 다니고, 사람들의 다양한 표정을 구경했다. 많은 것을 접하다 보면 그림을 그릴 수 있는 순간이 올 거라고 믿으면서.

하지만 아무 소용없었다.

그림을 그리려고만 들면 최여울의 저주가 손등의 흉터를 찍어 눌렀다.

나현의 몸을 만졌을 때, 그림을 그릴 수 있을 거라 생각했다. 나현은 늘 노아의 뮤즈였으니까.

오산이었다.

그녀의 아름다운 몸도 저주를 이기지 못했다.

어떻게 해야 이 저주를 풀 수 있을까. 설마 영영 풀려나지 못하는 건 아니겠지?

그림을 그릴 수 있게 된다면, 그리고 싶은 것이 잔뜩 있었다. 하지만 가장 먼저 그리고 싶은 건 나현이었다. 그녀의 아름다운 나체를, 온화한 눈동자를, 백옥 같은 피부를 도화지 안에 담고 싶었다.

휴대폰이 울렸다.

나현인 줄 알고 얼른 휴대폰을 꺼냈는데, 액정에는 다른 이름이 떠 있었다.

[김윤호]

'어쩐 일이지? 무슨 일 있나? 나현 선배한테 또 무슨 일 생긴 건 아니겠지?'

가슴이 철렁했다.

전화를 받자마자 윤호의 유쾌한 목소리가 들려왔다.

[노아, 퇴근했어?]

"네, 무슨 일 있으세요?"

[일은 무슨. 나현이랑 데이트 중이야?]

다행이다. 나현에게 문제가 생긴 건 아닌 모양이다.

"아니요. 오늘은 버려졌어요."

[그래? 마침 잘됐다. 주미도 오늘 친정에 가서 내가 혼자거든. 술이나 마시자.]

"술……이요? 형님이랑 저랑 둘이요?"

[왜? 남자끼리는 싫으냐?]

"아뇨, 그런 게 아니라……."

당황했다.

더블데이트를 한 날, 헤어지는 길에 윤호가 "자주 연락하고 친하게 지내자."라고 말하기는 했다. 하지만 예의상의 말일 거라고만 생각하고 있었다. 이렇게 정말로 연락을 해 올 줄은 몰랐다.

그리고…….

'와, 좀 기쁜데?'

그의 전화에 즐거워하는 자신의 모습이 신선했다.

"어디서 마실까요?"

[신촌에서 보자. 젊은 애들 구경도 하고 기운도 받을 겸.]

* * *

나현은 커피가 담긴 종이컵을 가만히 응시했다.

'부장님은 대체 무슨 생각이었을까? 나랑 아무 관계도 아닌데 집안에 그런 식으로 알려 버리다니. 결혼이 애들 장난도 아니고.'

죽고 못 살 만큼 사랑하는 연인도, 결혼 진행 과정 중에 헤어지는 경우가 허다하다. 그런데 사귀지도 않은 상황에서 집안에 나현의 존재를 알린 진후의 저의를 짐작조차 할 수 없었다.

무슨 생각이었을까? 그렇게 하면 나현과 결혼할 수 있을 거라고 생각한 걸까?

'그렇게까지 나쁜 사람은 아닐 줄 알았는데.'

이래서야 양민우가 하는 짓과 다를 바가 없다.

맞은편 자리에 누군가 앉는 기척이 느껴졌다. 윤 여사가 돌아온 줄 알고 천천히 고개를 들었는데, 슬이가 앉아 있었다. 윤 여사 때문에 슬이와의 약속을 잊고 있었다.

"슬이 씨."

언제 온 걸까? 설마 윤 여사와의 일을 본 건 아니겠지?

"다 봤어요, 언니."

나현의 마음을 읽은 것처럼 슬이가 단도직입적으로 말했다. 나현은 몇 번째인지 모를 한숨을 삼키며 고개를 끄덕였다.

"그래요, 다 봤군요. 못 봤기를 바랐는데."

"아까 그 아줌마, 자일 사람 맞죠? 회장님 첫째 며느리."

"어떻게 알았어요?"

"예전에 뉴스에 자일 그룹 사람들이 나온 적이 있거든요. 그때 봤어요."

"아아, TV에도 나왔었구나."

"어떻게 된 거예요? 부장님이랑 언니 사이에 무슨 일 있었던 거예요? 노아 오빠는 어쩌고요?"

슬이는 호기심 반, 걱정 반을 담은 눈으로 나현을 보고 있었다. 나현은 그녀가 얘기를 다 듣지 않으면 순순히 물러서지 않으리라는 걸 깨달았다.

"얘기가 길어요. 밖으로 새어 나가도 안 되는 이야기이고."

나현의 말에 슬이가 입에 지퍼 채우는 시늉을 했다. 나현은 커피를 한 모금 마시고 천천히 이야기를 시작했다.

*　　*　　*

윤호와의 시간은 즐거웠다.

그는 오랫동안 알아 온 친구처럼 노아를 대했다. 편하게 대화를 하고 술을 마시다 보니 시간이 빠르게 흘러갔다.

윤호는 술을 꽤 잘 마시는 편이었다. 노아는 슬슬 위험하다 싶을 정도로 취했는데, 더 많이 마신 윤호는 멀쩡했다.

"누나라고 불러 봐."

문득 윤호가 말했다.

"형님, 이상한 취미가 있으시네요. 누나라고 불리고 싶어 하실 줄은 몰랐습니다."

"아니, 아니, 아니. 나 말고. 나현이 말이야."

"아…….."

"사귀는 사이에 선배가 뭐냐, 선배가. 자기라든가, 누나라고 불러 봐."

그런 생각을 안 해 본 건 아니었다.

선배라는 딱딱한 호칭 말고, 연인 사이에 어울리는 달콤한 호칭을 사용하고 싶었다. 하지만 '선배'가 익숙해져 버려서 호칭을 바꾸기가 쉽지 않았다.

"아니면 이름을 불러 주든가. 나현아, 하고."

"그렇게 해 보고 싶기는 한데……."

"그런데?"

"좀…… 쑥스러워서……."

"으하하하하하하."

노아의 솔직한 반응에 윤호가 눈을 크게 떴다가 곧 웃음을 터뜨렸다. 그의 화통한 웃음소리에, 다른 손님들이 무슨 일인가 싶어 이쪽을 쳐다봤다.

"야, 진짜 신기하네. 지금이 고등학교 때였으면 좋겠다. 그럼 우리 학교 여자애들한테, 정노아가 사실은 굉장히 숙맥에 쑥스러움이 많다고 말해 줄 수 있을 텐데. 애들 엄청 놀랄걸."

"뭘 이런 걸 동네방네 알리고 싶어 하십니까."

노아가 볼멘소리로 투덜거렸다.

"하하하하. 고등학교 때, 네 소문만 듣고 엄청 재수 없는 놈일 거라고 생각했거든. 허세 많고 잘난 체하고, 그런 녀석일 줄 알았는데, 역시 사람은 알고 봐야 돼. 너, 진짜 귀엽다."

"멋있진 않고요?"

"얼굴이야 깜짝 놀랄 만큼 멋있는데 성격은 생긴 거랑 좀 다르네. 나현이가 홀딱 빠질 만해."

"나현 선배가 저한테 홀딱 빠졌어요?"

"응, 보면 모르겠어? 이제 와서 하는 말이지만…… 나현이가 전 애인이랑 사귀는 것도 지켜봤어. 확실히 그때랑은 달라."

"그래요?"

"응, 다르지. 그때는 그냥 의무처럼 사귀었다면, 지금 나현이
는 널 볼 때마다 눈에서 꿀이 떨어지더라. 좋아 죽겠다는 게 나
한테까지 느껴질 정도야."

나현이 자신을 사랑한다는 건 알고 있었다. 하지만 다른 사람
에게 듣는 것은 느낌이 달랐다. 가슴이 간질간질했다.

불현듯 나현이 미치도록 그리웠다. 그녀의 향기, 그녀의 체온
을 느끼고 싶었다. 그녀를 만지고 키스하고 안고 싶어졌다.

"나현이 보고 싶어 죽겠냐?"

윤호가 싱글싱글 웃으며 물었다.

"네, 보고 싶어 죽겠어요."

"오늘 하루 종일 회사에서 봤을 텐데 또 보고 싶어?"

"회사에서 볼 때랑은 다르죠. 둘만 있을 때가 좋지."

"어때? 연인이랑 한 회사에서 근무하는 거? 나현이가 네 상사
나 마찬가지인데, 불편하거나 질투 나진 않아?"

"그런 것보단…… 안고 싶은데 참아야 하는 게 힘들어요. 가
끔 나현 선배가 진짜 귀여울 때가 있거든요. 그럴 땐 회사라는
걸 잊고 쓰다듬을 뻔해서, 깜짝 놀라기도 해요."

"푸하하하하. 와, 진짜 닭살 돋는 커플이네. 질투 난다, 야."

"네, 더 닭살 커플이 되려고요. 10년 동안 떨어져 있었던 만큼
더 많이 사랑해 주고 싶어요. 나현 선배를 행복하게 해 주고 싶

어요."

진심 어린 노아의 말을 들으며 윤호가 빙그레 웃었다.

"네가 행복하면 나현이도 행복할 거야. 나현이가 행복하면 너도 행복한 것처럼."

*　　*　　*

"웬일이야…… 웬일이야……."

노아와 나현의 긴 인연, 노아와 진후의 관계, 그리고 진후와 나현의 이야기를 들은 슬이는 '웬일이야'만 연발했다. 생각지도 못한 진실을 제대로 받아들이기 힘든 것 같았다.

한동안 멍한 표정이던 슬이가 고개를 휘휘 젓고는, 나현에게 들은 이야기를 정리했다.

"그러니까 언니. 노아 오빠랑 언니는 고등학교 때부터 서로 짝사랑했던 사이. 노아 오빠는 부장님의 사촌 동생. 부장님은 언니한테 고백했다가 까인 상태. 그런데 부장님이 느닷없이 집안에 결혼할 여자라고 언니를 소개했다, 이거죠?"

"응, 그거예요."

"우와, 이거 진짜 복잡하네. 우와. 진짜 상상도 못 했는데. 부장님이 그런 짓을 하다니. 우와."

슬이의 반응을 이해할 수 있었다. 나현도 '우와'를 연발하고 싶을 만큼, 이 상황이 믿어지지 않았으니까.

"일단 정리할게요, 언니."

"응, 그래요."

"죄송해요."

"……."

"제가 언니를 오해했어요. 진짜로, 정말로, 완전 너무 많이 죄송해요. 너무 창피해요. 나이 먹고 따돌림이나 시키다니…… 정말 죄송해요."

슬이는 고개를 푹 숙이고 있었다. 진심으로 후회하는 듯 보였다. 창피하다는 말대로, 그녀의 얼굴은 붉게 물들어 있었다.

"괜찮아요, 슬이 씨. 오해할 만한 상황이었으니까."

"그래도 따돌리거나, 그런 짓은 하지 말았어야 했는데. 제가 어떻게 됐나 봐요. 언니가 질투 나기도 했고…… 아, 진짜 내가 미쳤지."

그럴 때가 있다.

무언가 툭 끊어진 듯, 자신을 잃어버리는 때. 나답지 않은 행동을 하게 될 때.

슬이도 그랬던 것이리라.

슬이는 나현의 기분이 풀리다 못해 황망해질 만큼 사과를 했다. 그러더니 이번에는 표정을 바꾸었다. 어쩌면 저렇게 표정이 다양한지, 신기할 지경이었다.

"자, 이번엔 우리 부장님 뒷담화를 해 봐요."

진지하게 선언하는 그녀의 모습에 나현은 웃고 말았다. 나현에게 있어서 진후는 굉장히 무거운 주제였다. 그런데 슬이의 한 마디로 그렇게 어둡지만도 않은 이야기가 되어 버렸다.

다행이다. 윤 여사를 만나 불쾌한 어둠에 가라앉아 있을 때, 슬이가 와 주어서.

슬이는 진후가 한 짓이 얼마나 비열한 일인지에 대해 한참을 떠들었다. 그리고 마지막으로 예리한 결론을 내렸다.

"부장님은 지금 언니한테 미쳐 있어요. 그래서 머릿속에 한 가지 생각밖에 없을 거예요. 노아 오빠를 엿 먹일 생각."

나현의 생각도 슬이와 같았다.

"노아 오빠를 이길 수 없을 것 같고, 그렇다고 억지로 언니를 가질 수 있을 것 같지도 않고. 그러니까 연적인 노아 오빠를 초조하게 만들려는 거겠죠. 집안을 끌어들이면, 노아 오빠가 어떻게 해 줄 수 없다는 걸 아니까."

한숨이 흘러나왔다.

"부장님 어머니가 그런 식으로 나와서 차라리 다행이에요. 만약 언니와의 결혼을 두 손 들고 환영했으면, 문제가 더 커졌을걸요."

듣고 보니 윤 여사의 행동이 고맙기까지 했다. 슬이의 말대로 그 집안에서 나현을 받아들인다면, 골치 아픈 상황이 될 뻔했다.

슬이와 헤어져 집으로 돌아오는 버스를 탔다. 거의 막차인지라 사람이 별로 없었다.

하루 사이에 참 많은 일이 있었다. 고단하다.

무거운 눈꺼풀을 간신히 들어 올리는데 휴대폰이 울렸다. 노아에게서 걸려 온 전화였다.

심장이 철렁 내려앉았다.

윤 여사와의 일이 있었던 터라, 혹시라도 윤 여사가 노아에게 해코지를 한 게 아닌지 걱정됐기 때문이다.

'아니, 난 노아 이름을 꺼내지 않았으니까.'

쓴웃음이 흘러나왔다.

사랑하는 남자에게 전화가 올 때마다 무슨 일이 있나 싶어 철렁철렁 내려앉는 이 심장을 어찌해야 좋을까. 이건 좋은 현상이 아니다.

"응, 노아 씨."

안 좋은 기분을 드러내지 않으려고 노력하며 전화를 받았다.

[선배, 어디예요?]

"집에 가는 길이요. 노아 씨는요?"

[아틀리에 앞이요.]

"아아. 집에 안 들어갔어요?"

[응, 술 좀 마셨어요.]

그러고 보니 목소리가 평소와 조금 달랐다. 혀가 꼬인 말투가 귀여웠다.

"곧 도착해요."

[버스정류장으로 갈게요. 빨리 보고 싶어.]

"응, 이따 봐요."

[전화 끊지 마요.]

노아가 칭얼거리듯 말했다. 나현의 입가에 미소가 번졌다.

취한 정노아는 칭얼거리는구나.

얼른 그를 만나고 싶다.

4장

　윤호와 술을 마셨다는 노아의 이야기를 듣다 보니, 어느새 내려야 할 정류장이었다. 뒷문에 서 있노라니 정류장 의자에 앉아 있는 그의 모습이 보였다.

　그는 구부정하게 앉아 휴대폰을 귀에 대고 있었다.

　정류장의 불빛이 그의 예쁜 윤곽선을 비추고 있었다. 그 모습을 보자 불현듯 10년 전의 어느 정경이 떠올랐다.

　—보여 주고 싶은 그림이 있어요.

　야간자율학습을 끝내고 돌아가는 길이었다. 무거운 가방을 들고, 오늘은 아버지가 안 들어왔으면 좋겠다는 생각을 하며 걷고 있었다. 그래서 길목에 누군가 서 있다는 것도 깨닫지 못했다.

　—보여 주고 싶은 그림이 있어요.

　그는 인사도 하지 않고 말했다. 그런 시간에 그런 곳에 있는
것이 당연하다는 듯이.
　생각지도 못한 그의 음성에 고개를 들자, 가로등 불빛에 감싸
인 그의 모습이 시야 안으로 뛰어 들어왔다. 교복을 단정하게 입
고 서 있는 그는 숨이 턱 막힐 정도로 아름다웠다.

　—그림이요?
　—네, 선배. 다음 주에 학교로 가져갈게요.
　—어떤 그림인데요?
　—보면 알아요.

　그런 대화를 나눈 이튿날, 최여울과의 일이 있었다. 그래서 나
현은 노아에게 "네가 싫어."라는, 마음에도 없는 말을 내뱉었다.
　'어떤 그림이었을까?'
　그러고 보니, 최여울 때문에 충격을 받아서 노아가 보여 주겠
다고 한 그림에 대해 잊고 있었다.
　'노아도 기억하려나?'
　버스에서 내리자 그가 고개를 들었다.

흐트러진 고수머리가 유독 사랑스러워서, 나현은 그의 머리를 쓰다듬었다. 그의 얼굴에 감미로운 미소가 번졌다. 그는 반달 모양으로 눈을 접고 나현을 향해 두 팔을 벌렸다.

어린아이 같은 그의 모습이 귀여웠다.

그리고 다음 순간, 노아는 나현이 상상도 못 한 말을 내뱉었다.

"누나."

심장이.

"안아 줘, 누나."

미친 것처럼 뛰기 시작했다.

두근두근두근.

빠르게 뛰는 심장 소리가 노아의 귀에도 들릴 것 같았다.

취한 듯 발간 볼, 웃느라 가늘어진 눈, 나현을 향해 뻗은 두 팔. 그리고 '누나'라는 애교스러운 호칭.

'어떡하지?'

나현은 저도 모르게 뒤로 물러섰다.

'덮치고 싶어!'

당혹스러울 정도로 은밀한 욕망이 끓어올랐다.

'으아, 이런 거, 여자도 느끼는 감정인가? 정상이야?'

남자가 여자를 덮치고 싶어 한다는 말은 들어 봤지만, 여자가 그런다는 말은 들어 본 적이 없다.

"누나, 안아 줘요."

나현이 품에 안기지 않자, 그가 다시 칭얼거렸다.

누나, 라는 호칭이 대단히 놀라운 호칭은 아니었다. 실제로 나현도 대학 후배들에게는 누나라고 불렸다. 하지만 노아의 '누나'는 의미가 남달랐다.

심장이 떨어져 나갈 것 같다.

두근. 두근. 두근.

"저기…… 노아 씨……?"

"빨리, 누나."

노아가 또 칭얼거렸다.

상당히 취한 모양이다.

'아, 어떡해. 귀여워 죽겠네.'

강아지 같았다. 복슬복슬한 갈색 털을 가진, 애교 많은 강아지.

나현은 주춤주춤 다가갔다. 나현이 잡을 수 있는 거리 안에 들어오자, 그가 나현의 손목을 잡아 끌어당겼다.

"앗!"

힘을 이기지 못하고 그의 허벅지 위에 털썩 앉았다. 그가 나현의 허리를 감아 도망치지 못하도록 꽉 끌어안았다.

"누나, 보고 싶었어요."

그가 나현의 등에 얼굴을 묻고 속삭였다.

"누나 냄새도 맡고 싶었고."

"저기……."

"이름 불러 줘요."

"……이, 이름?"

"얼른."

"아…… 이름…… 음…… 이름 부르는 거 좋죠."

친구들에게 그의 이야기를 할 때는 노아라는 이름을 부르지만, 그의 앞에서는 불러 본 적이 한 번도 없었다. 언젠가 그의 이름을 부를 때가 오리라고는 생각했지만, 지금은 마음의 준비가 안 되어 있었다.

"누나, 내 이름 싫어요?"

"네? 아뇨, 그런 거 절대 아니에요. 왜 싫어요? 이름 엄청 예뻐요."

"응, 그럼 불러 줘, 이름."

"아…… 음…… 저기…… 음, 얼굴 보고. 얼굴 보고 부를게요."

"응."

노아의 팔에서 힘이 빠졌다.

나현은 일어나서 그를 내려다봤다. 그는 고개를 들어 나현을 가만히 응시하고 있었다. 그의 새까만 눈동자가 유독 예쁘게 빛났다.

"저…… 흠흠. 음……."

나현은 크게 심호흡을 했다.

세상에, 남자 친구 이름 부르는 게 이렇게나 어렵고 간지러운 일이었다니!

"그러니까……."

그래도 이왕 부르는 거라면 달콤하고 멋지게 불러야 하지 않을까? 사족은 붙이지 말고, 마음 단단히 먹고.

나현은 그를 지그시 응시하며 말했다.

"노아야."

처음에 그는 아무 반응도 보이지 않았다. 그가 못 들은 거라고 생각해서 조금 더 크게 불렀다.

"노아야."

그가 벌떡 일어났다.

"안 되겠어요, 누나."

"응?"

"해야겠어."

"엑?"

"아, 오늘은 얼굴만 보고 돌아갈 생각이었는데…… 안 되겠어. 하고 싶어졌어."

"아니, 저기…… 노아 씨?"

"이름."

"네?"

"이름 불러."

"아…… 으응, 노아야?"

"응."

"너, 취한 거 아니었어?"

"조금 취했어."

"정말? 멀쩡해 보이는데?"

"누나가 이름 불러 줘서 술이 확 깼어."

그가 나현의 손목을 잡고 아틀리에를 향해 걷기 시작했다.

"저기, 정말로 하게?"

"응."

"술 많이 마시면 하기 힘들지 않아?"

"10년 동안 참은 남자를 무시하지 마. 며칠이라도 할 수 있으니까. 못 믿겠으면 내일 연차 내."

"아니, 믿을게."

그가 웃었다. 그의 청명한 웃음소리가 듣기 좋았다.

아틀리에에 들어가자마자 그의 손이 나현의 허리로 향했다.

"나 샤워부터 하고 싶어."

나현의 말에 그의 눈이 반짝 빛냈다. 뭔가를 꾸미는 듯한 눈빛이다.

나현은 불안함을 느끼며 주춤 뒤로 물러섰다. 하지만 그에게 손목이 붙잡혀 있어서 멀리 도망칠 수는 없었다.

"같이하자."

"안 돼."

"같이해. 내가 씻겨 줄래."

"씨, 씻겨 주다니! 내가 애도 아니고."

"누나는 귀여워. 내가 씻겨 줄 거야."

"아, 아니······ 노아 씨······ 아니, 노아야. 음······ 씻겨 주는 건 좀······ 나중에······."

"우리 이제 반말 쓰는 사이잖아. 몸 정도는 씻겨 주는 사이가 된 거야, 누나."

"아니, 절대. 반말 쓴다고 몸을 씻겨 주는 거라면, 주미도, 윤호도······ 어, 그리고······."

"반항하지 말고 따라와, 누나. 오늘은 같이 샤워해."

그가 막무가내로 나현의 손을 잡아끌었다.

누군가와 샤워를 같이하다니.

나현은 그 흔한 목욕탕 한 번 가 본 적이 없었다. 맞고 산 어머니는 몸의 멍 때문에 목욕탕에 갈 수 없었다. 자연스럽게 나현 역시 목욕탕에 갈 일이 생기지 않았다.

다른 누군가와 몸을 씻는 행위는, 나현의 인생에서 한 번도 없었던 것이었다. 상상도 해 본 적 없었다.

거실에서 노아는 나현을 마주 보고 섰다.

"긴장돼?"

"당연하지. 난······ 이런 거 생각 못 해 봤는데."

"왜 못 해 봐? 해 본 적 없어?"

"응."

"기쁘네. 나랑 처음이라니."

그의 입가에 은은한 미소가 맺혔다.

"나는 뭐든 누나랑 처음이야."

그가 나현의 이마에 입을 맞췄다.

"같이 씻고 싶어. 허락해 줄 거야?"

눈을 반짝반짝 빛내며 이렇게 말하는데 누가 거절할 수 있을까.

결국 고개를 끄덕이고 말았다.

그의 표정이 대번에 밝아졌다. 그는 나현의 허락이 떨어지자마자 열심히 나현의 옷을 벗기기 시작했다.

늘 분위기가 달아올랐을 때 자연스럽게 옷이 벗겨지곤 했었다. 이렇게 맨 정신에 옷이 벗겨지는 건 처음이라 민망하고 부끄러웠다.

오늘따라 단추가 있는 블라우스라 옷 벗기는 속도가 더뎠다. 단추를 푸는 일에 열중한 그의 모습이 재미있어서 조금 웃었다.

"웃지 마, 나 지금 긴장했어."

"왜 긴장했어?"

눈앞에 보이는 그의 머리를 쓰다듬으며 물었다.

"누나도 처음이라며? 누구랑 같이 씻는 거. 나도 처음, 누나도 처음이니까."

"뭘 그런 걸로 긴장해?"

"긴장돼. 누나가 모르나 본데, 난 늘 누나 앞에서 긴장해."

"……정말?"

"응. 멋없는 남자야, 나는. 그런데도 반해 줘서 고마워."

고맙다니. 멋없다니. 전혀 그렇지 않았다.

이런 사소한 일에 긴장하는 그가 얼마나 사랑스러운지, 그는 모르나 보다.

"나는 정말 최고의 남자랑 사귀고 있구나."

저도 모르게 중얼거린 말에, 그가 고개를 번쩍 들었다.

"정말로 그렇게 생각해?"

"응."

"나는…… 지금 유일하게 할 수 있는 그림조차 못 그리는데?"

"널 생각하면 저절로 웃음이 나와. 누군가를 웃게 해 주는 사람은 세상에서 가장 멋진 사람인 거 아냐?"

"……."

"술 냄새 참 싫어했는데 너한테서 나는 술 냄새는 좋아. 누군가랑 같이 씻는 거, 상상조차 안 해 봤는데 너랑 같이 씻을 생각하니까 설레. 네가 최고로 멋진 남자가 아니었다면, 난 이런 기분 못 느꼈을걸."

그가 웃으며 다시 단추를 풀기 시작했다.

"얼른 씻겨 줘야겠군."

"왜 얘기가 거기로 튀어?"

"전생에 목욕탕 주인이었나 봐. 누나를 씻겨 주고 싶어서 죽겠어."

"목욕탕 주인이 씻겨 주기도 해?"

깜짝 놀라서 물어봤더니 그가 미간을 좁혔다.

"정말로 몰라서 묻는 거야?"

"으응. 가 본 적이 없어서."

"정말?"

"응."

그의 미간에 생긴 주름이 더 깊어졌다.

"그렇구나."

그는 더 이상 캐묻지 않고 다시 나현의 옷을 벗기는 데 열중했다. 아마 나현이 목욕탕을 못 간 이유를 유추해 낸 것이리라.

멍투성이의 어머니, 그리고 시간이 흘러 나현의 몸에도 생기기 시작한 구타의 흔적.

묻지도, 동정하지도 않는 그에게 고마웠다.

나현의 옷을 다 벗긴 노아는 본인의 옷도 벗었다. 그의 옷을 벗는 데는 오랜 시간이 걸리지 않았다.

언제 봐도 근사한 근육질의 몸이 눈앞에 드러났다. 눈 둘 곳을 찾을 수가 없어서 시선을 돌렸다. 시야 끝에 그의 페니스가 언뜻 스쳤다.

그의 물건은 단단하게 힘이 들어가 있었다.

모르는 척하는 나현의 손목을 잡고, 그는 욕실 안으로 들어갔다.

"물은 뜨거운 게 좋아, 좀 미지근한 게 좋아?"

"좀 미지근한 거."

"응, 잠깐만."

그가 욕조 마개를 막은 후, 물을 틀었다.

쏴아아아—

시원한 소리를 내며 물이 쏟아져 내렸다.

"여기 수압 좋더라."

쑥스러움을 감추고자 중얼거린 말에 그가 크게 웃었다.

"이 무드 없는 여자 같으니라고."

샤워기는 따로 있었다.

그는 샤워기의 물 온도를 적당히 맞추고 나현을 손짓으로 불렀다. 나현은 조금 망설이다가 그에게 다가갔다.

"머리 감겨 줄게."

"머리는 내가 감을게."

"내가 다 씻겨 주고 싶어서 그래, 누나."

그의 손에서 샤워기를 빼앗을 수는 없을 것 같았다.

"눈 감고 있어."

"응."

약간 구부정한 자세로 눈을 감았다. 머리 위에 딱 좋은 온도의 물이 쏟아져 내렸다. 그의 손가락이 나현의 머리카락을 헤집었다.

그는 천천히 조심스럽게 나현의 머리를 감겨 주었다. 샴푸를 하고 그다음에는 트리트먼트를 하고.

눈을 감고 있어서 다른 감각이 예민해졌다. 머리에 닿는 그의 손끝이 무척이나 감미롭게 느껴졌다.

이쯤이면 머리 감기기가 끝났겠구나 싶을 때, 등에 따뜻하고 부드러운 것이 닿았다. 그의 입술이었다.

그는 나현의 배에 살며시 손바닥을 대고 넘어지지 않도록 고정한 후, 등에 입을 맞추고 있었다. 그의 입술이 목덜미에서 척추를 따라 천천히 아래로 내려갔다.

"하아…… 노아야. 잠깐만."

"싫어."

그가 등에 입술을 댄 채 말했다.

간지러움을 동반한 전율이 닿는 곳곳마다 일어났다. 나현은 몸을 움츠리면서도 그의 입술이 만들어 내는 달콤한 쾌감을 받아들였다.

그는 나현의 둔부를 더듬으며 계속해서 등을 애무했다. 입술과 혀가 등에 묻은 물기를 닦아 내듯 스쳤다. 나현은 잘게 몸을 떨었다.

"앗!"

그가 엉덩이 사이의 계곡을 핥는 바람에, 나현은 비명 같은 신음을 내지르고 말았다. 생각지 못한 부위에 닿은 혀의 자극이 무척이나 강했다. 그는 나현의 반응이 만족스러운 듯 후우, 바람을 불어 넣었다.

"아, 노아야."

"좋아."

"뭐, 뭐가? 내 엉덩이가?"

"물론 누나 엉덩이도 좋지만…… 누나가 내 이름 불러 주는 거."

그는 나현의 엉덩이골 사이에 입을 댄 채로 대답했다. 저릿저릿한 감각이 나현의 다리와 아랫배를 에워쌌다. 그는 나현이 다리를 벌리도록 하고 그 안으로 얼굴을 밀어 넣었다.

나현은 넘어지지 않도록 두 손으로 세면대를 붙잡았다. 그의 혀가 축축하게 젖은 나현의 질 안으로 깊이 들어왔다. 안에서 움직이는 이물감에 나현은 전율했다.

사실 그가 머리를 감겨 줄 때부터 몸이 반응하고 있었다. 때문에 안으로 들어온 그의 혀가 가져다준 자극이 무척이나 강했다.

그는 부드러운 혀로 나현의 속살을 휘저었다.

"훗…… 으훗…….."

"이름 불러."

"노아야. 아, 노아야."

그는 나현의 다리 사이를 집요하게 애무했다. 그의 혀가 겉살과 속살을 번갈아 핥고 빨았다. 거침없는 그의 애무에 나현의 다리가 바들바들 떨렸다.

"누나."

그의 숨결이 은밀한 부위에 닿았다.

"으…… 응?"

"사랑해."

"나, 나도…… 핫……!"

나현이 대답하는 중에 그의 혀가 아주 깊이 들어왔다. 나현은 세면대를 꽉 붙잡았다. 아랫배 부근에서 달콤한 폭발이 일어난 것 같았다. 탱탱한 엉덩이에 힘이 들어가는가 싶더니, 곧 움찔움찔 떨리기 시작했다.

그와 동시에 자세를 바로 한 노아가, 갑작스럽게 나현의 안으로 자신의 거대한 물건을 밀어 넣었다.

충분히 젖고 벌어진 나현의 동굴은, 커다란 침입자를 무리 없이 받아들였다. 그러나 이미 한 번 절정을 느꼈기에, 삽입이 가져오는 자극이 무서울 정도로 강했다.

"홋!"

나현은 숨을 들이마시며 허리를 뒤로 꺾었다. 그가 나현의 어깨를 꽉 잡아 내리눌렀다. 자연스럽게 나현의 상체가 굽혀지며 세면대에 가슴이 닿았다.

그 상태로, 그가 움직였다.

그의 물건이 나현의 부드러운 속살을 자극하며 들어왔다가 나가기를 반복했다. 그는 빠르고 강하게 움직였다. 살과 살이 부딪쳐 퍽, 퍽, 야한 소리를 냈다.

나현은 고개를 들어 거울에 비치는 그의 모습을 확인했다. 인상을 살짝 찌푸린 그는 입을 꽉 다물고 있었다. 나현의 몸에 열중한 그의 모습이 좋았다.

"뭘 그렇게 봐?"

시선을 느낀 그가 잠시 움직임을 멈추고, 거울에 비친 나현을 향해 물었다. 그의 입가에 옅은 미소가 떠올랐다.

"내 남자 친구 참 잘생겼다 싶어서."

"그거 알아?"

그가 페니스를 끝까지 빼냈다가 푹 찔러 넣었다.

"읏!"

"누나가 날 내 남자 친구라고 할 때마다."

또다시 페니스 끝이 입구까지 빠져나갔다가 깊숙이 들어왔다.

"심장이 뛰어. 살아 있는 기분이야."

그의 움직임이 다시 빨라졌다. 계속되는 자극에 나현은 더 이상 거울로 그의 얼굴을 구경할 수가 없었다. 헐떡이며 신음했다. 그의 숨소리 역시 거칠어졌다.

그의 물건이 더 커진다 싶을 무렵, 나현은 또 한 번 절정을 느꼈다. 처음보다 배는 강한 달콤한 쾌감이 나현을 강타했다. 나현이 세면대를 꽉 붙잡고 전율에 몸을 떨 때에, 그의 물건이 한 번 깊이 들어왔다가 빠져나갔다.

"읏……."

그의 낮은 신음 소리와 함께 뜨거운 액체가 나현의 엉덩이를 적셨다.

나현은 더 이상 버티지 못하고 주저앉았다. 엉덩이가 바닥에 닿기 전, 그가 먼저 나현을 끌어안아 자신의 허벅지에 앉혔다. 나현은 숨을 몰아쉬며 그의 가슴에 얼굴을 묻었다.

그는 다정하게 나현의 머리와 등을 쓰다듬었다.

"씻겨 준다더니."

"응, 씻겨 줄게."

"힘들어."

"응, 내가 다 씻겨 줄게. 누난 가만히 있어."

"그러다가 또 하려고."

"응."

"빈말로라도 부정 좀 해 봐."

"난 누나한테 거짓말 안 하거든."

그는 웃음기가 묻어나는 음성으로 말하고는, 나현을 번쩍 안고 일어났다. 그리고 물이 가득 차 넘치는 욕조에 나현을 앉혔다. 따뜻한 물이 섹스로 지친 나현의 몸을 감쌌다.

물을 잠근 노아도 욕조 안에 들어왔다.

그와 마주 보는 자세로 앉아 있는 것이, 생각보다 부끄럽지 않았다. 나현은 손바닥으로 찰방찰방 물을 튀기다가 말했다.

"본가에 가 봐야 하지 않아?"

"괜찮아, 오늘은."

"정말?"

"응, 괜찮아. 발 주물러 줄게."

그가 자기 쪽으로 뻗어 있는 나현의 발을 주물렀다. 따뜻한 물 안에서 발 마사지를 받다니. 최고의 휴식이었다.

"마사지 잘하네."

"응, 못하는 게 없지?"

"그러게. 내 남자 친구는 얼굴도 잘생기고, 마사지도 잘하고.

정말 못하는 게 없네."

그의 입술이 부드럽게 휘어졌다.

"내 여자 친구는 발도 예쁘고, 가슴도 예쁘고, 얼굴도 예쁘고. 안 예쁜 구석이 없네. 뭘 먹고 자라서 이렇게 예쁠까."

그는 흥얼거리는 목소리로 나현을 칭찬했다.

—누나가 날 내 남자 친구라고 할 때마다 심장이 뛰어. 살아 있는 기분이야.

그 말이 무슨 뜻인지 알 수 있었다.

그가 나현을 '내 여자 친구'라고 해 주자 같은 기분을 느꼈기 때문이다. 가슴이 간질간질하면서 유쾌하게 두근거리는, 봄 햇살 아래에 서 있는 듯한 느낌.

"누나, 우리 다음에 같이 찜질방에 가자."

"찜질방?"

"응, 가 본 적 없지?"

"가 본 적 없긴 한데…… 넌 가 봤어?"

"응."

"의외다."

"왜? 그런 데 안 갈 것 같아?"

"응. 넌 늘 쓸쓸한 외톨이 늑대 같았거든. 찜질방이랑은 안 어울려."

그가 웃었다.

"외톨이 늑대라는 표현은 좀 귀엽다."

"넌 귀여우니까."

"누난 내가 귀여워 보여?"

"응."

"그럼 곤란한데."

"왜?"

"남자는 여자 친구한테 멋있게 보이고 싶어 하는 법이잖아."

"멋있기도 해."

"그럼 다행이고."

그가 나현의 발가락에 쪽 입을 맞췄다.

"주말에 찜질방에 가자. 시설 깨끗하고 괜찮은 데 알거든."

"응, 그래."

"누나랑 하고 싶은 일이 많아."

"나도."

"누나 그거 알아?"

"뭐?"

"지금 내가 누나랑 하고 싶어 하는 거, 10년 전부터 하고 싶었던 것들이야."

"……."

"누나를 짝사랑하기 시작했을 때부터 상상했어."

믿어지지 않았다.

지금의 정노아라면 그럴 수 있겠다고 생각하지만, 과거의 정노아는 그럴 이미지가 아니었다. 평범한 남고생 같지 않았던 그의 모습을, 나현은 똑똑히 기억하고 있었다.

그런데 나현과 함께 찜질방 데이트를 하고 싶다는 생각을 했다니.

"뭘 하고 싶었는데?"

"같이 놀이공원도 가고 동물원도 가고 독서실에서 같이 공부도 하고. 삼청동 거리도 걸어 다니고, 집에 돌아가는 길에 포장마차에서 떡볶이도 사 먹고…… 가끔은 아침에 같이 등교하고, 같이 하교도 하고. 같은 학원에 다니고. 그런 상상."

"평범했네?"

"응, 평범한 남고생이었으니까."

아니, 평범함을 넘어서서 순수하기까지 했다.

"너는 그런 생각 안 할 줄 알았는데."

"대체 내 이미지가 어땠기에?"

"주미랑 윤호가 말해 줬잖아. 한 마리의 고고한 늑대 같았다고."

"그냥 마음을 터놓을 친구가 없는, 숙맥 남고생이었을 뿐이야."

"그렇구나."

"실망했어?"

"아니, 더 좋아졌어."

"정말?"

"응, 정말. 그런데 노아야."

"응?"

"너, 그거…… 다시 커졌어."

맑은 물 안으로 그의 페니스가 꼿꼿이 일어선 것이 보였다.

"응, 커졌네."

"우리 지금 되게 맑고 순수한 얘기하고 있었던 것 같은데."

"너무 맑고 순수해서 반응했나 봐."

"그게 뭐야…… 넌 시도 때도 없이 반응해?"

"누나랑 있을 때만."

"나 오늘 두 번이나 느꼈어. 또 하면 힘들어."

"걱정 마, 안 해."

"걔는 엄청 하고 싶어 하는 것 같은데?"

그가 웃음을 터뜨렸다.

욕실 안에 그의 경쾌한 웃음소리가 울려 퍼졌다.

"누나, 말 놓으니까 되게 다르다. 그런 말도 할 줄 알아?"

"그러게. 나도 이런 걸로 농담해 보는 건 처음이야."

"진작 놓을걸."

"그러고 보니, 무슨 심경의 변화가 있어서 갑자기 날 누나라고 부른 거야? 술기운에?"

"아니."

"그럼?"

"나한테는 훌륭한 조언자가 있거든."

"누구? 윤호?"

"엇? 어떻게 알았어?"

"오늘 윤호 만나서 술 마셨다며."

"아, 맞다, 그랬지."

그와 평범한 대화를 나누고 있다는 게 신기했다. 나현은 좁은
욕조에서 몸을 움직여 그에게로 가서 안겼다.

"이러면 위험한데."

그가 나현의 가슴을 움켜쥐며 중얼거렸다.

"참아."

"단호하네."

"응, 반말을 쓰는 나는 단호해. 다시 존댓말 써 줄까?"

"아니, 지금이 좋아. 단호한 여자가 내 이상형이거든."

"정말?"

"응. 누나가 하는 건 뭐든 내 이상형이야."

어쩌면 이 남자는 이렇게 듣기 좋은 말만 골라서 할까.

그의 체온과 따뜻한 물, 그의 목소리가 나현의 가슴에 행복으
로 다가왔다. 그와 이런 시간을 보낼 수만 있다면, 나현은 무엇
이든 할 수 있는 기분이었다.

"누나, 사랑해."

그가 속삭였다.

"응, 나도."

"누나, 나는 지금 세상을 다 가진 기분이야."

그도 나현과 같은 것을 느끼고 있었나 보다. 나현은 빙그레 웃으며 그의 손등에 입을 맞췄다.

"응, 나도."

*　　　*　　　*

연후석은 새벽 2시가 넘어서야 집에 들어왔다. 방에 들어온 그의 몸에서 여자 향수 냄새가 났다. 수많은 정부 계집들 하나와 뒹굴다가 온 것이리라.

연후석이 밖에 딴 여자를 뒀다는 것쯤은 알고 있었다. 그런 것은 아무래도 좋았다. 연 회장에게 며느리라고 인정받고 있는 건 윤 여사였으니까.

"오늘 그 아이를 만나고 왔어요."

"그 아이?"

"진후가 결혼하고 싶다던 아이."

"아아, 그래? 어때?"

"어떻긴요. 남자 홀리는 계집애가 어떻겠어요?"

나현은 진후와의 결혼에 대해 모르고 있었다는 말은 하지 않았다. 그 이야기를 하면 성질머리 더러운 남편은 분명 죄 없는 윤 여사에게 자식 교육 운운하며 성질을 낼 것이다.

"보통 계집애가 아니에요. 한 마디도 안 지고 말대꾸를 하더라고요."

"예뻐?"

"……얼굴은 예쁘장하더군요."

"흐음."

"하지만 눈에 띄는 얼굴은 아니에요. 남자가 반할 만한 구석
은 없어요. 화장하면 다들 그 정도 얼굴은 되니까."

"그래?"

연후석은 금방 흥미를 잃은 듯 옷을 벗기 시작했다.

"그래서 돈 좀 쥐어 줬더니 관두겠대?"

"아뇨. 쉽게 물러설 생각 없는 것 같더라고요."

윤 여사는 나현의 말을 떠올렸다. 사랑하는 사람은 있지만 그
게 아주머니 아들은 아니라는 그 말.

하지만 사람 마음이라는 게 그렇게 쉬운 게 아니다. 나현이 사
랑한다는 남자가 얼마나 대단한지는 모르겠지만, 진후가 마음
먹고 나서면 나현도 진후에게 마음을 열게 되리라.

그때가 되면 늦는다.

애초에 싹을 잘라야만 했다. 나현이 '자일 그룹'의 '자' 자만 나
와도 치를 떨고 두려워하도록.

'월 40만 원짜리 방에서 사는 주제에.'

나현의 건방진 모습을 떠올리기만 해도 속이 부글부글 끓었
다.

우선은 나현의 집 계약을 파기시켜야겠다. 웃돈을 얹어 준다

고 하면 집주인은 신나서 계약을 끝낼 것이다. 나현 같은 계집은 길바닥에 나앉아 봐야 사람 무서운 줄을 알 것이다.

"자일 화장품에서 그 아이를 내보내는 게 좋을 것 같아요. 매일 얼굴을 보면 그만큼 정이 더 깊어질 테니까, 진후랑 부딪칠 일 없게 해야죠."

"그래, 내가 그쪽에 얘기해 두지."

"이쪽 바닥에 발도 못 디디게 해요. 거래처랑 계열사에 다 얘기해 두세요. 입사원서도 통과하지 못하게."

"거야 어렵지 않지만…… 쥐도 궁지에 몰리면 고양이를 무는 법이야. 비빌 언덕이 없어지면 더 진후한테 매달리지 않겠어?"

"정 안 되면 과격한 방법을 써도 되는 거잖아요. 상관없죠?"

"수습하는 거야 어렵지 않지. 뭐든 사용해. 반드시 진후한테서 떨어뜨려야 돼. 내일 당장이라도 사람 쓰든가."

"알겠어요."

연후석에게서 뭐든 사용하라는 말이 떨어졌으니, 일이 더 쉬워졌다. 무슨 짓을 해도 연후석이 마무리를 지어 줄 것이다.

'아니, 일단은…… 그 계집애 가족을 이용하는 게 좋겠어. 갑자기 밀어 대면 진후가 눈치챌지도 모르니까, 그 계집애 스스로 회사를 관두고 도망치게 만들어야지.'

윤 여사의 입가에 잔인한 미소가 떠올랐다.

'아가씨, 내게 버르장머리 없이 군 대가는 클 거야.'

＊　　＊　　＊

윤 여사와의 만남 이후 며칠은 평온하게 흘러갔다.

회사에서는 노아와 존댓말을 사용하고, 둘만 있을 때는 반말을 사용하게 되었다. 둘만의 은밀한 즐거움이었다.

행복한 시간은 빠르게 지나갔다.

여름이 깊어지며 태풍이 왔다. 비바람이 몰아치는 날, 힘겹게 버스를 탔다. 하늘에 먹구름이 얼마나 심한지 아침인데도 저녁같이 어두웠다.

'장마 얼른 끝났으면 좋겠다.'

비 오는 날의 출근길은 유독 힘들다. 꿉꿉한 공기와 자꾸만 닿는 젖은 우산.

맑게 갠 날이 그리웠다.

얼른 에어컨이 나오는 회사 안으로 들어가고 싶었다. 원래 에어컨 바람을 좋아하지는 않는데, 이런 날에는 에어컨에 기댈 수밖에 없었다.

버스에서 내려 발길을 서둘렀다. 그러다가 그만 빗길에 미끄러지고 말았다.

휘청—

넘어진다, 라고 생각했는데 누군가 나현의 허리를 가볍게 감싸 안았다.

노아일 거라고 생각했다.

"괜찮아?"

하지만 들려온 목소리는 노아의 것이 아니었다. 나현은 소스라치게 놀라 몸을 바로 세우고 뒤를 돌아봤다.

진후가 어색하게 웃으며 나현을 보고 있었다.

"부장님······."

"조심하고 다녀. 빗길이잖아."

"아, 네에."

진후는 우산을 들고 서 있었지만 팔과 어깨 부분이 많이 젖어 있었다. 나현을 부축해 주다가 그런 것이리라.

"저기, 도와 주서서 감사해요."

"응."

"그런데······ 차로 출근하시지 않으세요?"

"아아. 요샌 안 해."

"아······."

"왜냐고 안 물어봐?"

그가 회사를 향해 걸음을 옮기며 말했다. 진후와 동행하고 싶지 않지만 방향이 같아서 나란히 걷는 수밖에 없었다.

"왜요?"

"요새 매일 너랑 같이 출근하고 있어."

"네?"

"몰랐어?"

"아니, 저······ 무슨 말씀이신지······ 모르겠는데요."

"네 전 애인이 걱정돼서, 매일 아침 네가 이용하는 버스정류장 근처에서 기다려. 네가 버스를 타면 나는 택시를 타고 뒤를 따르고."

상상도 못 했다.

나현은 휘둥그레 뜨고 진후를 올려다봤다. 하지만 진후는 나현 쪽으로 시선을 돌리지 않았다. 그의 얼굴이 붉게 물든 이유를 알 수 없었는데, 곧 그 이유를 알게 되었다.

"이거 참, 이런 식으로 내 자신을 어필해야 하다니. 창피하군."

"아……."

윤 여사가 찾아오지 않았더라면, 그의 배려에 고마움을 느꼈을지도 모르겠다. 노아한테는 미안한 말이지만, 조금 두근거렸을지도 모른다.

하지만 지금은 그의 행동이 그저 스토커가 하는 짓으로만 느껴졌다. 그는 나현의 입장도 생각하지 않고 집안사람들에게 나현을 결혼하고 싶은 여자라고 말했다. 그런 진후가 하는 행동을 곱게 받아들일 수가 없었다.

"앞으로는 그러지 않았으면 좋겠어요."

"응?"

나현이 이런 식으로 말할 줄은 몰랐는지, 진후가 당황한 표정을 지었다.

"부장님이 걱정하실 문제 아닙니다. 앞으로는 이런 일 하지 않으셨으면 좋겠어요. 아니, 하지 말아 주세요."

"······나현아."

"솔직히 말씀드리자면, 불쾌해요."

"불쾌하다고?"

"네. 불쾌해요. 싫어요. 하지 말아 주세요."

진후가 인상을 찌푸렸다.

"네가 걱정돼서 한 일이야. 널 부담스럽게 할 생각은 없었어."

"전 지금 부담스러운 게 아니라 싫다고 말씀드리는 거예요. 싫고 불쾌하다고요."

"너, 무섭다."

"네, 전 무서운 여자예요. 그러니까 절 좀 피해 주세요."

"못 그래. 그러고 싶은데 이 마음이 접어지질 않아."

"그 마음, 제가 어쩔 수 있는 게 아니니까 품고 계셔도 괜찮은데요. 그래도 이런 행동은 하지 말아 주세요. 정말 싫어요."

"걱정돼."

"말씀드렸잖아요. 걱정도, 사랑하는 것도 부장님 마음대로 하세요. 그거, 제가 어떻게 못 해요. 그런데 이런 행동은 정말 싫어요."

진후의 행동이 싫은 것도 있지만, 그의 행동이 윤 여사의 귀에 들어갈까 걱정이었다. 윤 여사가 알게 되면 무슨 짓을 해 올지, 생각하고 싶지도 않았다. 그와 얽히는 일은 이쯤에서 끝내고 싶었다.

나현이 바라는 건 하나였다.

오롯이 노아만 생각할 수 있는 것.

다른 일들로 속을 썩고 싶지 않았다.

"내가 어떻게 해야, 네 마음을 한 조각이라도 얻을 수 있을까?"

진후가 참담한 표정으로 중얼거렸다.

나현은 그의 행동을 도통 이해할 수가 없었다. 아무리 나현이 좋아도, 이 정도로 말하면 물러서야 정상이었다.

그의 행동은 애절해 보인다기보다는, 답답하기만 했다. 벽에 대고 얘기하는 기분이다.

"우리 같은 한국말을 하고 있는데, 의미가 통하지 않는 것 같아요. 부장님은 제 마음 한 조각 가져가지 못하실 거예요. 이 마음, 전부 다 노아 거거든요. 그러니까 이러지 마세요. 저, 힘들어요."

그는 무슨 말을 하려는 듯 입술을 달싹거리다가 다물었다. 회사 안에 들어왔기 때문이었다.

엘리베이터 문이 열렸고 진후가 먼저 탔다. 나현은 타지 않았다.

열림 버튼을 누른 진후가 나현에게 물었다.

"안 타십니까?"

엘리베이터 안에는 주차장에서부터 타서 올라온 다른 직원이 있었다. 나현은 이름도 모르는 그 직원에게 감사함을 느끼며 대답했다.

"먼저 올라가세요. 전 다음 엘리베이터 타려고요."

진후의 눈썹이 꿈틀거리는 것을, 나현은 무시했다. 진후가 열림 버튼에서 손가락을 떼었고, 엘리베이터 문이 닫혔다. 나현은 안도의 한숨을 내쉬며 다른 엘리베이터가 오기를 기다렸다.

*　　*　　*

"으으! 비도 오는데 오늘 저녁에 술이나 마십시다!"

점심 식사 중 누군가가 외친 말 때문에, 급하게 저녁 회식이 결정되었다. 대부분 참석하는 분위기인 이유는, 지난주까지 정신없이 바빴다가 이제 조금 한가해졌기 때문이었다.

"부장님도 오시려나?"

"안 오시겠죠. 지금까지 참석한 적 없잖아요."

"연말에는 오시잖아."

"그건 연말이니까 그런 거고…… 일단 물어는 볼게요."

진후에게 물어보는 역할은 윤정이 맡았다.

점심시간이 끝나고 윤정이 바로 부장실에 들어가 저녁 회식을 알렸다. 점심시간도 없이 일하던 진후는, 보고를 받고는 가볍게 고개를 끄덕였다.

"알겠습니다. 참석하도록 하죠."

"네?"

"저녁 회식, 참석하도록 한다고요."

"아…… 정말요?"

"참석 안 하기를 바라고 물어보신 겁니까?"

진후가 모니터에서 눈을 떼고 윤정을 쳐다봤다.

"아, 아뇨. 그런 건 아닌데…… 네, 알겠습니다. 그럼 오신다고 알릴게요. 아, 특별히 드시고 싶은 메뉴 있으신가요?"

"없습니다. 평소처럼 편하게 진행하도록 하세요."

"네, 부장님."

꾸벅 인사를 하고 나온 윤정은 크게 심호흡을 했다. 편하게 진행하라니. 진후가 끼는데 그게 가능할 리 없다.

진후가 회식에 온다고 하자 다들 뒤숭숭한 분위기였다. 물론 여직원들은 쌍수를 들고 환영했다. 진후는 상당한 미남이고 능력도 있었다. 친해져서 나쁠 게 없는 남자다.

사심 가득한 여직원들과 달리 남자 직원들의 안색은 좋지 않았다. 진후는 직원들에게 부당하게 대하지는 않지만, 그래도 상사는 상사였다. 진후의 부하직원 중에는 진후보다 나이가 많은 사람도 있었다. 젊은 상사는 불편할 수밖에 없다.

"부장님도 오신다는데 괜찮은 집으로 골라야겠네."

"평소처럼 편하게 진행하라던데요."

"어떻게 그래? 단체석 있는 데로 예약해 둬야겠다."

평소에는 삼겹살이나 곱창을 먹으러 가는데, 이번에는 회로 결정됐다. 일반 횟집이 아닌, 단체석이 있는 일식집으로.

[가기 싫어진다.]

노아에게 메시지가 왔다. 나현도 마찬가지였다.

[나도. 그래도 가야지.]

[갔다가 일찍 나오자.]

[응, 분위기 봐서.]

[회식할 때 누나 옆자리는 내가 찜.]

"노아 씨."

그때, 누군가 노아를 부르는 바람에, 노아와 나현은 소스라치게 놀랐다. 나현은 얼른 휴대폰을 감췄고, 노아는 고개를 들었다.

노아 앞자리의 김 대리였다.

"누구랑 그렇게 웃으면서 문자를 해?"

"아…… 그게…… 애인이요."

노아의 대답은, 진후가 회식에 온다는 것보다 더 큰 파장을 불러일으켰다. 모두의 시선이 노아에게로 향했다. 심지어 사실을 아는 슬이와 윤정, 그리고 당사자인 나현조차도.

"애인? 노아 씨, 애인 없다고 하지 않았어?"

"네, 그랬었는데 생겼어요."

"정말? 나 몰래?"

"하하하하. 그러게요, 김 대리님한테 보고하는 걸 깜박했네요."

"이야, 노아 씨. 재주도 좋아."

"재주가 좋긴. 노아 씨 얼굴이면 가만히 있어도 여자들이 달려들 텐데. 없는 게 이상했던 거지."

다른 직원이 끼어들었다.

나현은 생각했다.

다들 노아가 이번에 처음으로 여자를 사귀었다는 걸 알면 어떤 표정을 지을까. 그것도 10년간 짝사랑을 해 왔다는 걸 알면.

슬이 때문에 나현을 따돌리던 여직원들에게는, 슬이가 모든 게 오해였다고 잘 이야기를 해 두었다. 하지만 노아가 애인이 생겼다고 하자, 다들 나현을 향해 의심스럽단 시선을 보내고 있었다.

상관없었다.

이제 슬슬 노아와의 관계를 밝힐 때가 되긴 했다.

"노아 씨 애인은 어때? 예뻐?"

"네, 엄청 예뻐요."

"오오, 그래? 하긴…… 그러니 노아 씨 마음을 사로잡았겠지."

"게다가 능력도 있고요."

"오오오. 그래?"

"네, 진짜 멋진 여자예요."

그만해!

나현은 비명을 지르고 싶어졌다.

이래서야 노아와의 관계를 밝힐 수가 없다.

다들 무섭도록 예쁘고 능력 있는 여자를 상상하고 있을 것이다. 그런 와중에 '내가 노아 애인입니다!'라고 말할 용기가 있는 여자가 몇이나 될까.

'아, 슬이 씨는 말할 수 있을 거야. 하지만 보통은 부담스럽다고, 이 사람아!'

나현의 마음을 아는지 모르는지 노아는 팔불출처럼 해실해실 웃으며 애인 자랑을 했다. 그러면 그럴수록 직원들의 기대감은 높아졌고, 여직원들은 나현에게서 의심스러운 시선을 거뒀다.

어마어마하게 예쁘고 몸매도 좋고 능력도 있어서, 정노아라는 왕자 같은 남자를 사랑의 포로로 만든 여자. 그런 여자가 나현일 리는 없다고 판단한 것이리라.

울어야 할지 웃어야 할지 모를 상황이었다.

나현은 오늘 회식 끝나고 둘만 있게 되면, 노아의 멱살을 잡고 흔들어 줘야겠다고 결심했다.

*   *   *

총 21명 중 5명이 빠졌다.

단체석의 테이블은 두 개로 나뉘어져 있었다. 그리고 나현의 왼쪽에는 진후가, 오른쪽에는 노아가 자리를 잡았다. 나현으로서는 가장 원하지 않았던 구조였다.

맞은편의 슬이가 안쓰럽다는 시선을 보내왔다. 나현은 쓴 미소를 지어 주고는 젓가락을 들었다.

이래서야 음식 맛을 느낄 수 있을지나 모르겠다.

진후의 참석으로 무거운 분위기일 줄 알았던 회식은 시간이

지날수록 유쾌해졌다. 진후는 간간이 농담도 하고 받아 주기도 하면서 직원들과 어울렸다.

하지만 나현은 그다지 즐겁지 않았다.

진후가 계속 나현을 챙겨 주고 있었고, 이 자리에서는 그것을 거부할 수 없었기 때문이다. 게다가 노아도 지지 않겠다는 듯 나현을 챙겨 주는 중이었다.

모르는 사람들 눈에는 양손에 꽃을 쥔 행운아로 보이겠지만, 나현은 그저 이 자리에서 도망치고 싶을 뿐이었다.

난처한 듯 젓가락을 놀리는 나현을, 윤정은 지켜보고 있었다.

'웬일이야. 부장님도 나현 씨를 좋아하는 거였어? 우와, 부장님도 그런 줄은 상상도 못 했는데. 남자는 남자였구나. 로봇인 줄 알았더니.'

진후는 눈치 빠른 윤정뿐 아니라, 모두가 깨달을 정도로 나현을 챙겨 줬다. 부지런히 나현의 앞 접시에 회를 옮겨 주고, 나현이 먼 접시로 팔을 뻗으면 몸을 일으키면서까지 접시를 가져다가 나현의 앞에 놔주었다.

그래서 나현이 멀리 있는 것을 먹지 않겠다고 결심하고 있을 때, 다른 직원들은 전부 속으로 '웬일이야, 무슨 일이야, 어머나, 어머나. 부장님이 나현 씨를 좋아하나 봐.' 따위의 생각을 하는 중이었다.

노아는 잔뜩 짜증이 난 상태였다.

'아주 작정을 했군.'

집안에 결혼할 여자가 있다는 것을 알렸으니, 이제 회사 사람들에게 인지를 시킬 모양이다. 연진후가 임나현을 좋아하고 있다, 라고.

'그렇게 놔둘 순 없어, 형.'

양쪽에서 챙겨 주는 바람에 나현이 난처해하는 것은 알고 있었다. 하지만 어쩔 수 없다. 노아가 가만히 있으면, 그녀가 더 난처해질 것이다.

"선배, 옷에 간장이 살짝 튄 것 같은데요."

사실 그런 건 없었다. 다만 사람들의 시선을 끌고 싶을 뿐이었다.

"아, 정말요?"

"네, 어디 봐 봐요."

노아는 냅킨을 들고 나현의 옷자락으로 손을 뻗었다.

"이야, 우리 노아 씨가 나현 씨 엄청 챙겨 주네."

구석에 있던 남자 직원이 말했다.

'예스!'

원하던 반응이 나왔다.

예상대로 다른 직원들도 끼어들기 시작했다.

"그러게, 아까부터 엄청 챙겨 줘."

"그냥 선배라서 챙겨 주는 게 아닌 것 같은데?"

"뭐야, 노아 씨. 어마어마하게 예쁜 애인 있다면서, 왜 우리 순진한 나현 씨를 자꾸 건드려."

"괜히 우리 나현 씨 마음 설레게 하지 마."

여기저기서 한마디씩 던졌다. 노아의 계획대로라는 것을 모르는 나현은 당황할 수밖에 없었다.

'어쩌지? 난 내가 노아의 예쁘고 능력 좋고 몸매 좋은 애인이다, 라고 말할 수 있을 만큼 뻔뻔하지 않다고!'

애인이라는 걸 알리기에는 지금 같은 적기가 없었다. 하지만 아무래도 부끄럽다. 노아가 팔불출처럼 자랑만 해 대지 않았어도 더 수월했을 텐데.

"나현 씨는……."

진후가 한마디 하려는지 입을 열었을 때였다.

"네, 그냥 선배라서 자꾸 챙겨 주는 게 아닙니다."

노아가 진후의 말을 끊었다.

"사실 제가 나현 선배를 그냥 선배라고만 생각한 적이 한 번도 없어요."

오늘 자일 화장품 마케팅부서 사람들은 여러 번 놀랐다. 다들 눈을 휘둥그레 뜨고 노아를 쳐다봤다. 진후는 시야 밖으로 밀려난 지 오래였다.

"10년 전에 고등학교에서 나현 선배를 처음 만났을 때부터 쭉 사랑해 왔거든요."

노아의 선언에 모두의 입이 벌어졌다. 그리고 그를 향하고 있던 시선이 나현에게로 옮겨졌다. 모두가 숨을 죽이고 나현의 반응을 기다리고 있었다.

두려워하던 순간이 왔다.

이렇게 모두의 주목을 받는 건 처음이다.

나현은 꿀꺽 침을 삼킨 후, 물을 한 모금 마셨다. 그리고 모두를 둘러보며 뻔뻔하게 말했다.

"네, 제가 그 어마어마하게 예쁘고, 능력 있고, 몸매 뛰어난 애인이랍니다."

사람들의 시야 밖으로 밀려나는 건 처음 있는 일이었다. 진후는 모멸감을 느꼈다. 모두 진후의 존재를 잊은 것 같았다. 심지어 옆자리의 나현조차도.

노아의 애인이라는 것을 고백하는 그녀는 무척이나 행복해 보였다. 전신에 별가루가 묻은 듯 반짝반짝 빛이 났다.

연인이라는 것을 알린 후, 노아와 나현은 서로를 마주 봤다. 둘의 눈동자는 오롯이 상대만을 담고 있었다. 질투 날 정도로 아름다운 눈동자였다.

'오늘은 내가 실수했군.'

슬슬 사원들에게도 자신의 마음을 알릴 생각이었다. 연진후가 임나현에게 마음이 있다, 라는 것을 알려 두면 나머지는 알아서들 추측하리라는 예상이었다.

일종의 여론몰이를 할 생각이었는데 그게 오히려 노아와 나현의 마음을 부추기고 말았다. 이런 식으로 사귄다는 사실을 알릴 줄이야.

진후가 자리에서 일어났지만 아무도 알아채지 못했다. 다들 새로운 사내커플에게 축하 인사를 건네는 중이었다.

진후는 주먹을 꽉 쥐고 그곳을 벗어났다.

기분, 최악이다.

아무것도 몰랐던 것처럼 노아와 나현에게 축하 인사를 건네며, 슬이는 진후의 뒷모습을 지켜봤다. 딱딱하게 경직된 그의 어깨가, 그의 분노를 짐작케 했다.

진후가 한 짓을 들었기에 걱정이 됐다.

궁지에 몰린 쥐는 고양이를 물게 되어 있다. 평소에는 노아가 쥐일지 모르겠지만, 이 상황에서는 진후가 쥐였다.

'부장님이 못된 짓을 꾸미진 않겠지?'

*　　　*　　　*

나현을 집 앞까지 데려다주고 돌아오는 길은 즐거웠다. 본가에 돌아가는 발걸음이 이렇게 가벼운 건 처음이다.

오늘이라면 그림을 그릴 수 있을까?

본가 정문의 문을 열고 들어갔다. 거실의 불은 꺼져 있지만 희미하게 빛이 새어 나오는 곳이 있었다. 차고였다.

이 시간에 차고에 있을 만한 사람은 없었다. 하지만 노아는 그 안에 누가 있는지 알 것 같았다.

들뜬 기분이 서늘하게 가라앉았다.

깊은 한숨을 내쉬고 차고로 향했다.

문을 열자 잘 타고 다니지도 않는 여러 대의 자동차가 눈에 들어왔다. 그리고 한 차에 시동이 걸려 있었다. 진후의 자동차였다.

똑똑—

옆으로 가서 창문을 두드렸다. 운전석에서 눈을 감고 있던 진후가 노아라는 걸 확인하더니 차창을 내렸다.

"뭐지?"

"여기서 뭐해?"

"보다시피 차 안에 앉아 있지."

"그만 자야지."

진후의 얼굴에 비릿한 미소가 떠올랐다.

"지금 내게 싸움을 거는 거냐?"

"왜 이게 싸움을 거는 거라고 생각하는 거야?"

차창이 올라갔다.

노아는 인상을 찡그리고 선팅이 된 창문을 노려봤다.

진후를 싫어하지 않았다. 아니, 오히려 좋아했다. 사촌이란 관계로 만나지 않았더라면 좋았을 거라고 생각할 만큼.

나현에게 진후에 대해 이야기를 한 적이 있다. 거짓이 아니었다. 진후는 올곧고 정직하고 어른스러웠다. 이 집안에서 유일하게 인간적인 면을 가지고 있는 순수한 사람이라고 생각했다.

하지만 지금 진후가 보이는 행동은 최악이다.

지금껏 노아가 알아 온 연진후가 아니었다.

유치하고 얕은 생각만 가지고 움직인다. 차라리 좀 더 세련되고 치밀한 방법으로 공격을 해 왔더라면, '역시 무서운 사람이었어.'라고 생각했을 것이다. 지금 보이는 행동들은 너무나 치졸해서, 진후답지 않았다.

무엇이 진후를 이렇게 만든 걸까?

탁—

운전석의 문이 열렸다.

내리지 않을 줄 알았는데, 진후가 차에서 내려 노아를 응시했다. 자동차를 사이에 두고, 두 남자는 서로를 응시했다.

"나한테 할 말이라도 있는 거냐?"

"나는 형이랑 싸우고 싶지 않아."

"글쎄. 우리 관계가 회복될 것 같지 않은데."

"형."

"나는 나현이를 사랑해. 그 마음만큼은 너보다 못하진 않을 거라고 생각한다."

"사랑하는 마음을 겨룰 생각도 없어."

"그래? 그럼 너와 나의 능력을 겨뤄 볼까?"

결국 제자리걸음이었다.

"됐어, 형. 얘기하고 싶지 않으면 얘기하지 않아도 돼. 들어가서 잠이나 자."

노아는 돌아서서 차고 문으로 향했다. 진후가 노아의 등에 대고 말했다.

"내가 나현이를 포기하는 일은 없을 거야, 연노아."

노아는 돌아보지 않았다. 하지만 진후에게 한 가지 질문을 던졌다.

"왜?"

*　　*　　*

'왜라니.'

욕실에 들어간 진후는 차가운 물에 몸을 맡긴 채 생각에 잠겼다.

차고에서 나가기 전, 노아가 던진 질문이 뇌리를 떠나지 않았다.

'왜긴 왜야? 내가 나현이를 사랑하기 때문이지.'

그렇게 대답하면 그만이었다. 하지만 그 당시에는 입술이 열리지 않았다. 노아의 질문에 다른 의미가 담겨 있을 것 같았기 때문이다.

아니, 별 의미 없는 질문이었을 것이다. 진후의 사랑을 인정하지 못한 노아가, 진후의 마음을 어지럽히기 위해 괜한 질문을 던진 것이리라.

'생각하지 말자.'

진후는 샤워기를 잠갔다.

질문에 대해 고민하는 동안 계속 차가운 물을 맞고 있었더니, 몸이 싸늘하게 식어 있었다. 하지만 육체의 냉기는 서늘해진 심장의 온도를 이기지 못했다.

진후는 수건으로 몸을 닦고 나왔다. 그러는 동안에도 노아의 질문이 머릿속에 들러붙어 있었다.

* * *

금요일 저녁.

퇴근하려고 일어서는데 앞자리의 김 대리가 흘긋 쳐다보더니 씩 웃었다.

"오오오. 나현 씨. 데이트 가?"

"네? 아하하하."

"딱 걸렸어. 노아 씨 나가고 정확히 10분 후에 일어서다니. 딱 티나."

"하하하하하."

"뭐하고 놀아?"

윤정이 물었다.

김 대리 덕분에 부서 사람들이 전부 이쪽에 관심을 보내고 있다. 이래서야 노아와 데이트를 할 때마다 일일이 보고를 하게 생졌다.

"하긴 뭘 하겠어. 금요일 밤이고 성인남녀잖아! 게다가 이제 막 사귀기 시작했고. 심지어 노아 씨는 10년 동안 짝사랑을 했대. 10년 짝사랑한 남자의 마음이 어떻겠어?"

"아, 김 대리. 그거 성희롱이야."

"뭐야, 이 대리. 무슨 상상을 하는 거야? 10년간 짝사랑을 한 만큼 신나게 놀 거라는 거지!"

윤정과 김 대리가 툭탁툭탁 다투는 동안 나현은 얼른 사무실을 나왔다.

노아는 회사 건너편의 카페에서 나현을 기다리고 있었다. 의자에 다리를 꼬고 앉아 휴대폰을 보고 있는 노아의 모습은 그림처럼 근사했다. 커피숍 안의 여자들이 노아를 흘끗흘끗 훔쳐보고 있었다.

문 열리는 소리에 고개를 든 노아가 나현을 발견했다. 그의 얼굴 전체에 달콤한 미소가 번졌다. 꿀 떨어진다, 라는 표현을 이럴 때 사용해야 한다는 걸 깨달았다.

그의 얼굴을 좀 더 감상하고 싶어서 가만히 서 있었다. 그랬더니 그가 일어나서 나현에게 다가왔다.

"왔어?"

그가 나현의 머리를 쓰다듬으며 물었다.

"응."

"커피 한잔할까, 아니면 바로 갈까?"

"음. 저녁 먹고 가자."

"이거, 이거. 우리 임나현 씨는 찜질방을 즐길 줄 모르시는구만."

"응?"

"저녁은 찜질방에서 먹어야지."

"안에 먹을 걸 팔아?"

나현이 눈을 동그랗게 떴다. 그게 귀여워 죽겠다는 듯 그가 나현의 이마에 쪽 소리가 나도록 입을 맞췄다.

"안 되겠다, 바로 찜질방으로 가자."

그가 나현의 손을 잡았다.

"아, 혹시나 해서 하는 이야기인데 난 오늘 누나를 만지지 않을 거야. 아주 경건한 마음으로 데이트를 할 생각이니까 괜한 기대 품지 마."

"그런 기대 품은 적 없거든!"

"과연."

"정말로 그런 기대한 적 없어!"

"후후후."

"뭐야, 그 웃음은?"

"누나를 믿는다는 웃음."

"눈빛은 전혀 안 믿는 것 같은데? 난 누구처럼 만질 생각으로 머릿속이 가득 차 있지 않네요."

"네, 네."

"정말이라니까."

그의 옆구리를 쿡 찔렀다. 그가 유쾌하게 웃으며 나현의 허리를 감싸 끌어당겼다. 그의 손이 자연스럽게 나현의 날씬한 배에 닿았다.

"안 만진다며?"

"이 정도는 괜찮잖아."

그가 나현의 배를 살살 문질렀다.

"변태."

"네, 네."

"너 내 말 잘 안 듣지?"

"그럴 리가. 내 귀는 누나를 향해서만 열려 있어."

"거짓말쟁이. 다른 사람들 말도 다 들으면서."

"그래서 질투했어?"

"전혀요."

버스를 타고 이동했다. 중간에 내려서 한 번 더 갈아탔다. 택시로 왔다면 금방 도착할 거리지만, 버스는 돌아서 가는 바람에 조금 시간이 걸렸다.

"자, 누나. 이제부터 찜질방 이용법을 설명해 줄게."

그가 짐짓 진지한 표정으로 말했다.

"계산을 하고 들어갈 거야. 그러면 거기서 옷을 갈아입어. 절대로 발가벗은 채로 이동하면 안 돼."

"……응."

"주위를 둘러보면 찜질방 입구가 보일 거야. 모르겠으면 사람들에게 물어봐. 길 잃지 않게."

"날 아주 바보로 생각하는구나?"

"난 바보인 누나도 사랑해."

"바보 아니거든요."

이마에 입을 맞추려는 그의 가슴을 밀어내며 말했다. 그의 눈이 가늘어졌다.

"응, 그래. 바보 아닌 걸로 치자."

"어휴. 너 반말 쓰기 시작하니까 정말 얄미워졌어."

"그래서 친구가 없었지."

"너무 쉽게 인정하는 거 아냐?"

"얄미움도 내 매력이라고 생각하니까."

"말이나 못 하면."

"아무튼 잘 들어, 누나. 길 잃지 말고 찜질방 입구로 들어오면 내가 기다리고 있을 거야. 날 발견하면 빠르게 달려와서 내 품에 안기면 돼."

"그것까지 해야 하는 거야?"

"응, 안 그러면 찜질방 입장 불가."

"네, 그러시겠지요."

그가 나현의 볼을 꼬집었다.

"비아냥거리지 마, 임나현 씨."

"날 우롱하려고 들지 마, 정노아 씨."

찜질방은 노아가 계산했다. 나현의 첫 경험이니만큼 오늘은 자신이 지불하고 싶다고 했다.

그와 헤어져 여탕으로 들어갔다. 옷을 갈아입고 주위를 둘러보자 찜질방으로 들어가는 입구가 보였다. 거기로 나가자마자 노아를 찾을 수 있었다.

노아는 자신을 발견하면 빠르게 달려와 안기라고 했지만 도저히 안길 수 있는 분위기가 아니었다. 그는 심각한 표정으로 통화를 하는 중이었다.

나현은 가만히 서서 그가 통화를 끝내길 기다렸다. 이윽고 전화를 끊은 노아가 크게 한숨을 내쉬었다. 가슴이 아릴 정도로 짙은 한숨이었다.

나현을 발견한 노아가 옅은 미소를 지었다. 더 이상 즐거워 보이지 않는 미소여서, 심장이 철렁 내려앉았다.

나현은 천천히 걸어가 그의 앞에 섰다.

"무슨 일이야?"

"아무것도 아냐."

"나한테 거짓말하지 마, 노아야."

그가 미간을 좁혔다.

"정말로 별일 아냐. 자, 그럼 일단 우리……."

"노아야."

"……어머니가 쓰러졌었대."

그의 음성에 아픔과 걱정이 섞여 있었다.

"그럼 가 봐야지."

"아니, 이제 괜찮대. 잠깐 심장발작이 있었던 거래."

"가 봐야지, 노아야."

"……못 가, 누나."

"뭐?"

"오늘은 방문이 허락된 날이 아냐. 난 갈 수 없어, 누나."

그는 미소를 짓고 있었다. 하지만 나현은 그 미소에 섞인 눈물을 느낄 수 있었다. 그는 웃지만 울고 있었다.

가슴이 미어졌다.

타인의 슬픔에 이렇게까지 공감할 수 있다는 것이 신기했다.

"가, 노아야."

"말했잖아, 누나. 나는……."

"네 어머니를 만나러 가는 거잖아. 그들의 허락은 필요 없어."

"내 상황 알잖아. 그들의 명령을 거부하면 어머니는……."

"그런 일 없을 거야."

왜 이런 말이 튀어나왔는지, 나현은 알 수 없었다. 하지만 확신했다. 지금 노아가 어머니를 만나러 가도, '그들'이 병원비를 끊지 않으리라는 것을.

그래서 말했다.

"그러니까 가 봐."

"누나. 난 정말……."

"오늘은 날 믿어 봐, 노아야. 괜찮을 테니까."

노아의 눈썹 끝이 아래로 내려갔다. 그는 잠시 망설이다가 나현이 내민 손을 붙잡았다. 그의 손은 차게 식어 있었다.

"응, 그럼 가 볼게. 미안해, 누나. 오늘……."

"노아야."

그의 사과를 끊었다. 그가 미소를 지으며 나현의 이마에 입을 맞췄다.

"응, 고마워. 이따 연락할게."

노아가 떠난 후, 나현은 찜질방을 둘러봤다. 금요일 밤을 즐기러 온 사람들이 보였다. 커플, 가족, 친구. 혼자 온 사람들은 없었다.

'첫 경험을 혼자 해 보는 것도 괜찮겠지.'

*   *   *

불타는 금요일을 즐기기 위해 대학 동기들을 만난 호진은 인상을 찌푸렸다. 방금 말도 안 되는 말을 들었기 때문이다.

"뭐?"

"그러니까…… 나현이가 민우 형한테 엄청 매달리고 있다더라고. 민우 형이 어떻게든 떼어 내려고 했는데, 심하다던데. 민우 형 직장까지 찾아오고 그랬대."

"뭔 소리야, 그게?"

"아, 그리고 보니까 너 나현이랑 같은 회사지? 회사에선 멀쩡하게 행동하냐?"

"당연하지! 야, 계속 말해 봐. 뭔 소리를 들은 거야?"

"아니, 뭐…… 니들도 들었지? 나현이가 민우 형이랑 헤어지고 만난 남자, 완전 개쓰레기였다며? 나현이가 그 남자 애를 임신했는데도 패서 유산했다던데. 그래서 간신히 그 남자랑 헤어지고 민우 형한테 그립다고 찾아왔대."

"응, 맞아. 그래서 민우 형이 그만하라고, 끝나지 않았냐고 하는데도 잘하겠다고 앞으로 실수 안 하겠다고 해서 민우 형이 고민인가 보더라고. 민우 형이 나현이 많이 좋아하긴 했잖아. 많이 아끼고."

"둘이 오래 연애했지. 나현이가 바람만 안 피웠으면 결혼했을 텐데."

"아, 그게 나현이가 바람 피워서 헤어진 거였어? 내가 듣기론 나현이가 결혼에 원하는 거 엄청 많았다던데. 아파트 30평 이상으로 해 오고, 결혼식은 이렇게 해 달라고 하고…… 나현이가 원하는 걸 다 맞춰 줄 수가 없어서 이별했던 거 아냐?"

"그것도 있긴 한데, 바람피운 것도 있을걸. 걔가 안 그렇게 생겼는데 상당히 문란했다더라고. 그러고 보니, 호진이 너랑도 친하지 않았냐? 너한테는 꼬리 안 치든?"

호진은 벌어진 입을 다물 수가 없었다.

민우가 나현과 헤어진 후 안 좋은 소문을 흘리고 다닌다는 것은 알고 있었다. 하지만 이 정도인 줄은 몰랐다. 자기가 하던 짓을 전부 나현의 짓으로 돌리다니.

게다가 소문이 생각보다 넓게 퍼져 있었다. 이러면 수습하기
도 힘들리라.

'임신에 유산이라니…… 어떻게 이런…….'

즐기러 나온 술자리인데 머리가 지끈지끈 아파 왔다.

"나현이는…… 그런 애가 아냐."

간신히 한 마디를 내뱉었다.

"뭘 아냐. 소문 쫙 돌았어. 걔 그런 애라는 거 모르는 사람이
없을걸. 네 앞에선 착한 척하나 보지?"

"아니, 절대 그런 거 아니고. 니들도 나현이 겪어 봤으니까 알
잖아. 걔가 그럴 애냐? 걔, 그런 애 아냐. 바보 같을 정도로 순진
한 애라고."

"네 앞에선 이미지 관리 제대로 했나 보다. 하긴, 여우가 괜히
여우겠냐."

"이미지 관리라니. 그런 거 아니라고!"

"너 제대로 속고 있는 거다. 얌마, 너는 결혼할 사람도 있는데
임나현한테 그러면 안 되지."

"아니, 내가 뭘 어쨌다고! 내가 결혼할 사람도 나현이 좋아한
다고!"

"좋아하는 척하는 거겠지. 네가 나현이한테 의심 없이 헤벌쭉
하는데, 좋아할 여자가 어디 있냐?"

"아니라고. 아, 니들이 진실을 몰라서 그래. 어차피 그 이야기

전부 양민우한테서 나온 소리일 거 아냐. 사실은 양민우가 나현이 팼다고. 여자를 팼다니까? 그래서 헤어진 거야."

"넌 나현이한테 들은 소리일 거 아냐. 걔가 설마 너한테 자기 잘못을 얘기했겠냐?"

사람은 자기가 믿고 싶은 것을 믿는 경향이 있다. 그것이 자극적인 소재라면 더욱 그러했다.

호진은 자신의 친구들이 '임나현은 쓰레기'라는 진실을 믿기로 했다는 걸 깨달았다. 토끼인 줄 알았던 임나현이 사실은 쓰레기 여우더라. 얼마나 자극적이고 즐거운 이야깃거리인가.

이들에게 무슨 소리를 해도 통하지 않으리란 절망감에 호진은 입을 다물었다. 그걸 호진이 뒤늦게 깨달은 거라고 오해한 친구들은 제멋대로 떠들어 대기 시작했다.

호진은 이제 위까지 쿡쿡 쑤시기 시작했다.

이제 수습불가다.

'이걸 어쩌나?'

* * *

병실 문을 연 노아는 그 자세 그대로 굳어 버렸다. 어머니만 있을 줄 알았던 병실에 생각지도 못한 방문객이 있었던 것이다. 침대를 향해 서 있어서 뒷모습만 보였지만, 노아는 그가 누군지 바로 알 수 있었다.

'연 회장이 왜?'

그러고 보니 복도에 검은 정장을 입은 사람들이 서 있었다. 어머니의 상태를 확인해야 한다는 생각에 그들을 대수롭지 않게 생각한 것이 문제였다.

연 회장의 옆으로 언뜻 보이는 어머니는 잠들어 있었다.

문 열리는 소리를 들은 연 회장이 천천히 뒤로 돌아섰다. 그와 시선이 마주쳤다.

연 회장은 노아를 보고도 놀란 표정이 아니었다. 그렇다고 노한 표정도 짓지 않았다.

그는 늘 그렇듯 속을 알 수 없는 표정으로 노아를 보고 있었다. 노아는 살짝 고개를 숙였다.

"계신 줄 몰랐습니다."

"그래."

"죄송합니다, 방문일도 아닌데 찾아와서."

"그래."

"발작이 일어났다는 소식을 들었습니다. 가만히 있을 수가 없어서…… 찾아왔습니다."

"그래, 잘했다."

"……잘했다고요?"

"그래. 그럼 있다 가거라."

연 회장이 문 쪽으로 걸어오기에, 노아는 얼른 옆으로 비켜섰다. 연 회장은 노아를 돌아보지 않고 병실에서 나갔다.

탁—

병실 문이 닫혔다.

하지만 노아는 꼼짝도 하지 않고 그 자리에 서 있었다.

'잘했다고?'

연 회장은 허튼소리를 하는 작자가 아니었다.

'방문일도 아닌데 찾아온 게 잘한 거라고?'

그가 한 말의 의미를 도통 파악할 수가 없었다. 그리고 그가 이곳에 찾아온 이유도.

"왜 거기 그러고 있어?"

한참 동안 굳어 있던 노아가 어머니의 목소리에 퍼뜩 정신을 차렸다. 어느새 깨어난 어머니가 이쪽을 보고 있었다.

"어머니."

"올 줄 몰랐는데."

"발작이 일어났다고 들었어."

"그래, 너한테도 연락이 가는구나."

"당연하지. 내가 어머니 아들인데."

"그러게, 이 잘생긴 청년이 내 아들이지."

어머니가 웃으며 몸을 일으켰다.

"그냥 누워 있어."

"아니야, 괜찮아."

"괜찮긴. 몸은 좀 어때?"

"괜찮아. 잠깐 발작이 일어난 거였어. 소란 떨 정도는 아니었는데. 덕분에 우리 아들 얼굴도 보고 좋네."

어머니가 미소를 지었다. 노아는 침대 옆에 앉아 어머니의 손을 잡았다. 손은 따뜻하고 혈색도 좋아서 조금 안심했다.

"금요일인데 데이트는 안 해?"

"하다가 왔어."

"뭐야, 그 애랑 데이트 도중에 놔두고 온 거야?"

"응."

"그 애가 서운하겠다."

"나현 누나가 가 보라고 했어. 안 가면 혼날 분위기라서 온 거야."

"그런 거였어?"

"응. 그 누나, 화나면 무섭거든."

어머니의 눈이 가늘어졌다.

"누나라고 부르네?"

"응."

노아는 자신의 얼굴에 미소가 떠오르는 걸 똑똑히 느꼈다. 그런 존재였다, 임나현은. 이름만 나와도 미소를 자아내는 존재.

"나현이 누나는 찜질방에 가 본 적이 없대."

"어머, 그래? 그 또래 아가씨들은 다들 가 보지 않나?"

"……가정폭력 때문에."

어머니의 표정이 굳었다.

"몸에 멍 때문에 못 갔을 거야. 누나네 어머니도, 누나도."

"그렇구나. 그런데도 참 잘 자랐네. 한 남자 마음을 이렇게 사로잡을 만큼."

"응, 정말 잘 자랐어. 그리고 기가 막히게 예뻐."

"어이구, 아주 푹 빠졌구나."

"어머니는 알잖아. 얼마나 오랫동안 푹 빠져 있었는지."

"그럼, 알지."

어머니와 대화를 나누다 보니 몇 시간이 훌쩍 지나갔다. 어머니는 내색하지 않으려 했지만 졸린 기색이 역력했다. 슬슬 가 봐야겠다. 노아가 있으면 어머니는 편히 주무시지 못하리라.

"어머니, 나 슬슬 가 볼게."

"응, 그래. 조심히 들어가."

"응. 아, 그런데…… 어머니, 혹시 연 회장님. 병원에 자주 오셔?"

"글쎄? 난 한 번도 뵌 적 없는데. 어디 아프시대?"

"아니, 그냥. 그럼 가 볼게."

어머니에게 인사를 하고 병실을 나왔다.

어머니는 연 회장의 방문에 대해 전혀 모르는 것 같았다. 그럼 오늘의 일은 뭐였을까? 병원에 온 김에 잠깐 들렀다가 마주친 걸까?

병원에서 나와 휴대폰을 꺼내 나현에게 전화를 걸었다. 그녀를 남겨 두고 나온 게 못내 마음에 걸렸기 때문이다.

'늦었는데 집에서 자고 있으려나? 집에 데려다주고 오는 건데 그랬어.'

나현은 금방 전화를 받았다. 주위에서 두런두런 목소리가 들렸다.

[응, 노아야. 어머님은 어떠셔?]

"괜찮으셔."

[다행이다. 가 보길 잘했지?]

"응. 미안…… 아니, 고마워. 그런데 어디야?"

[여기 찜질방!]

"찜질방? 왜?"

[왜라니. 찜질방 첫 경험이잖아. 신나게 경험하고 있었어. 이젠 내가 너보다 찜질방에 대해 더 잘 알걸.]

그녀의 목소리는 유쾌해서, 노아의 가슴에 드리워져 있던 어둠을 깨끗이 걷어 갔다.

아아, 이 여자는 정말이지 너무나 사랑스럽다.

"지금 갈게."

[괜찮겠어?]

"응, 지금 갈게. 꼼짝 말고 있어."

[식혜 먹을 건데?]

"그럼 입술만 움직이고 있어."

[네에.]

전화를 끊었을 때, 노아의 입가에는 달콤한 미소가 머물러 있었다.

$*$ $*$ $*$

찜질방에 들어간 노아는 곧바로 나현을 발견했다. 나현은 벽에 기대서 식혜를 마시고 있었다. 달려가 그녀의 손목을 잡아 일으키고 끌어안았다. 마치 몇 년 동안 못 본 연인을 다시 만난 듯한 행동이었다.

그녀의 향기가 코끝을 간질였다.

"누가 보면 한 10년 만에 만난 줄 알겠다."

비아냥거리는 소리에 정신을 차렸다.

"우린 보이지도 않나 봐."

"청춘이지."

"신혼인가?"

"딱 좋을 때다."

투덜거리는 두 남녀의 목소리. 주미와 윤호였다.

"아…… 선배, 형님."

"그러시겠지."

"니들은 데이트 장소를 잘못 잡았어. 방을 잡았어야 하는 거 아냐?"

"우리 집이라도 대여해 주랴?"

"왜, 쟤들 보금자리 있잖아. 노아네 아틀리에."

"아아, 맞다."

"아하하하. 계신 줄 몰랐어요."

노아가 어색하게 웃으며 말했다.

"그러시겠지. 정노아 눈에는 임나현만 보일 테니까."

"좋겠다. 나도 저렇게 사랑받고 싶어. 저것 봐, 이제 우리 계신
줄 알게 됐는데도 안 떨어지잖아."

주미의 지적에 노아는 얼른 나현을 안고 있던 팔을 풀었다.
나현이 생글생글 웃으며 도로 자리에 앉았고, 노아도 그 옆에 앉
았다. 나현이 노아에게 식혜를 내밀었다.

"이거 맛있어."

"응, 맛있지?"

"소금방에서 찜질하면서 먹으면 더 맛있더라."

"땀 뻘뻘 흘리면서 먹는 맛이지. 아이스커피도 맛있어."

"응, 그것도 마셨어."

도란도란 이야기하는 노아와 나현을 흐뭇하게 지켜보던 주미
가 말했다.

"어머님은 괜찮으셔?"

"네, 큰 발작은 아니었대요."

"걱정이 많겠다."

"그러게요. 평생 요양을 하셔야 한대요."

"수술은 소용없고?"

"이식수술을 하면 나아질 수도 있긴 한데…… 몸이 너무 약해
진 상태라서 수술을 버틸 수 없을 것 같다는 게 병원 쪽 판단이
더라고요."

"그렇구나. 진퇴양난이네."

"네. 그래도 어머니는 굉장히 밝은 분이세요. 병원 사람들이랑 도 잘 어울리시고."

"그래? 너랑은 되게 다른 성격이신가 보다."

"너무 콕 집어 말씀하시네요, 선배."

노아는 역시 주미 부부가 좋았다. 그들은 무거운 주제를 가볍 게 만들면서도, 진심으로 걱정하는 재주가 있었다.

"그런데 다들 어떻게 오신 거예요?"

"나현이한테 전화했는데 찜질방이라고 하더라고. 네가 나현 이 찜질방 처음이라고 무시했다며? 내 친구가 무시 받게 놔둘 순 없지."

"그래서 우리가 찜질방 이용법을 기가 막히게 알려 주려고 왕 림하셨다."

"이제 넌 나현이를 무시할 수 없을 거야."

"나현이는 지금 당장 찜질방을 차려도 될 만큼 성장했어."

"……네, 그렇군요."

나현의 찜질방 이용 능력을 증명하겠다며, 그들은 야식을 먹 자고 했다. 그러고 보니 노아는 저녁도 먹지 않은 터였다. 아마 그들이 저녁을 먹자고 한 것도, 노아를 배려해서일 것이다.

떡볶이와 라면, 만두, 비빔밥과 된장찌개 백반을, 나현은 멋지 게 주문했다. 한결 성장한 나현에게 새삼 반했냐며 잘난 체해 대 는 바보 부부의 모습에, 노아는 웃음이 나왔다.

기분 좋다, 이 사람들.

*　　　*　　　*

찜질방에서 밤을 지새웠다. 얘기하고 장난치느라 한숨도 자지 못했는데 피곤하지 않았다.

새벽에 나와 주미 부부와 찜질방 앞에서 헤어졌다. 아틀리에로 가는 길에 나현이 말했다.

"노아야. 나, 나중에 어머님 소개시켜 줄 거야?"

예상치 못한 질문이었다.

당황했다. 소개시켜 주고 싶었다. 지금 당장이라도 그녀를 어머니에게 보여 주고 싶었다.

어머니, 이 여자가 내가 사랑하는 여자야. 내가 10년간 짝사랑할 만하지? 정말 예쁘지?

그렇게 말하고 싶었다.

어머니의 상태는, 사실 좋지 않았다. 언제 돌아가실지 모르기에 더 초조했다. 어머니와 더 많은 시간을 보내고 싶고, 더 많은 이야기를 하고 싶고, 더 많은 것을 보여드리고 싶었다.

내 생활, 내가 사는 곳, 내가 일하는 곳과 새로 만난 사람들을 전부 다 어머니에게 보여 주고 싶었다.

그러나 그럴 수 있는 상황이 아니기에, 기대와 희망을 매번 짓밟았다. 그렇게 짓밟고 무시했더니, 어느 틈에 사라졌다. 어머니에게 내 삶을 보여 줄 기회가 오리란 희망 따위, 품지 않았다.

나현을 만나기 전까지는.

"지금 당장이라도 소개시켜 주고 싶어. 하지만……"

노아의 손을 잡은 그녀의 손에 힘이 들어갔다.

"응, 그거면 됐어. 그만 말해도 돼."

"……미안해."

"뭐가?"

"내가 어머니를 소개시켜 줄 수 없는 상황이라서."

"그럼 나도 너한테 미안해해야겠다. 나는 널 우리 부모님한테 소개시켜 주고 싶지 않거든."

"……."

"날 미안하게 만들지 않으려면 너도 미안해하지 마."

"응, 그럴게."

"즐거웠어. 찜질방."

"응, 누나 정말 잘 알더라."

"주미네 부부가 너무 바보 같았지? 창피해서 혼났어."

"응, 그렇겠더라."

그럴 법도 했다. 주미 부부는 한결 성장한 나현을 보여 주기 위해, 나현을 어마어마하게 부려먹었다. 그리고 나현이 성공할 때마다 과하게 칭찬을 퍼부었다.

나현은 그들에게 입 좀 다물라고 간청했지만, 그런 게 먹혀들 만한 사람들이 아니었다.

"데려다줘서 고마워. 주말 잘 보내고 회사에서 봐."

아틀리에 앞에서 나현이 말했다.

"이상해. 하루 종일 같이 있었는데 헤어지려니까 아쉽다니."

"그러게 말이야. 그러니까 월요일에 보면 더 많이 반가울 거야."

새벽빛에 감싸여 희망적인 말을 하는 그녀는 무척이나 감미로웠다.

"누나를 사랑해."

그녀가 웃었다.

그녀의 미소는 짧은 순간이나마 노아에게 세상을 안겨 주었다. 그 미소가 있는 한, 노아는 최고의 남자였다.

*　　　*　　　*

아틀리에에 들어온 나현은 곧바로 나갈 준비를 시작했다. 조금 피곤하긴 했지만 지금 실행에 옮기지 않으면 앞으로 기회가 없을 것 같았다.

어제 노아를 병원에 보낸 후 주미 부부가 오기 전까지 여러 생각을 했다. 주미 부부가 왔을 때, 자신의 생각을 털어놓았다. 주미 부부는 진지하게 경청했고, 고개를 끄덕였다.

―응, 그런 것 같아.

―네 말이 맞는 것 같아.

노아가 병원에 찾아가도 괜찮을 거라고 생각한 이유. 나현은 그 이유를 알 것 같았다. 그리고 친구들의 생각 역시 나현과 동일했다.

'괜찮을 거야.'

나현은 자신이 가진 옷 중 가장 단정한 옷을 꺼내 입었다. 옅은 화장을 하고 머리를 곱게 빗었다. 공들여 준비를 하느라 오랜 시간이 걸렸다.

준비를 끝낸 후, 나현은 거울을 응시했다. 거울 안에는 사랑하는 남자의 어머니를 뵈러 가는, 긴장한 여자가 서 있었다.

*   *   *

토요일 정오 무렵.

노아의 어머니인 정아영은 병원 뒤뜰에서 병원에 입원 중인 아이들과 어울리고 있었다. 아픈데도 웃음을 잃지 않은 아이들을 보노라면 마음이 즐거워졌다.

노아의 어린 시절을, 오롯이 함께 보낼 수 없었다. 그래서 아영은 어린아이들과 함께하는 시간이 좋았다. 그 아이들을 보며, 어린 정노아를 그렸다.

까르르르.

청명하게 울리는 웃음소리에 마주 웃으며 고개를 들었을 때,

햇살에 감싸인 한 여자와 눈이 마주쳤다. 두 손을 앞으로 다소 곳이 모으고 서 있는, 사랑스러운 외모의 여자였다.

그녀와 눈이 마주치는 순간, 아영의 얼굴에 환한 미소가 떠올랐다.

저 얼굴을 알고 있다.

그녀가 천천히 걸어왔다. 햇살이 부딪치는 적갈색 머리카락이 눈부셨다. 이윽고 그녀가 아영의 앞에서 걸음을 멈췄을 때, 아영은 입을 열었다.

"나현이구나."

*　　*　　*

아름다운 사람이었다.

어린아이들에게 둘러싸여 미소를 짓는 그녀는 병색이 느껴지지 않을 만큼 생동감이 있었다. 투명한 피부와 커다란 눈, 오뚝한 코는 노아와 무척이나 닮았다. 그래서 나현은 단번에 그녀가 노아의 어머니라는 것을 알 수 있었다.

조금 긴장했다.

이렇게 찾아왔다고 화내지는 않을지, 내 아들보다 부족하다고 혀를 차지는 않을지. 여러 가지로 걱정이 되었다.

하지만 그녀와 눈이 마주쳤을 때, 그녀의 얼굴엔 미소가 떠올랐다. 그래서 용기를 내어 그녀에게 다가갔다.

"나현이구나."

그녀의 말에 놀랄 수밖에 없었다.

"아, 저를…… 아세요?"

"응, 알지, 그럼."

"어떻게…… 아세요?"

'이게 아니야!'

나현은 속으로 외쳤다.

좀 더 멋진 말을 하고 싶었는데, 바보 같은 표정으로 어떻게 아느냐는 말이나 묻고 있다니. 노아가 사진을 보여 줬을 게 뻔하지 않은가.

하지만 그녀의 대답은 나현의 예상에서 한참 벗어났다.

"10년 전이었던가…… 우리 노아 고등학생일 때 보여 줬어. 네 얼굴을 그린 그림을."

"……."

"정말 똑같네. 우리 아들이 그림을 기가 막히게 그리기는 하나 봐."

"아……."

"상상도 못 한 대답이니?"

"……네. 정말…… 상상도 못 했어요."

몰랐다.

10년 전에도 그가 나현을 사랑하고 있었다는 것은 알게 되었다. 하지만 어머니에게 얼굴을 보여 줄 정도로 사랑하고 있었는지는 몰랐다.

　그의 애달픈 마음이 새삼 진하게 다가왔다.

　"변한 게 하나도 없구나. 교복을 입으면 다들 고등학생이라고
생각할 거야."

　"아, 네에. 어머님도 아름다우세요."

　그녀가 웃었다.

　나현의 상상과는 조금 다른 모습이었다. 병약한 미인을 생각
했는데, 무척이나 밝고 유쾌했다. 웃을 때는 햇살을 한 몸에 다
끌어안은 것처럼 보였다.

　"이렇게 만나게 될 줄은 몰랐는데. 누굴 만나러 온 거니?"

　"어머님을요."

　이번에는 노아 어머니의 눈이 커졌다.

　"나를? 그냥 날 만나러 온 거야?"

　"네. 어머님을 만나 뵈러 왔어요."

　"그렇구나. 노아에게 우리 사정을 못 들었니?"

　"들었어요. 하지만……."

　나현은 주위를 둘러봤다.

　"햇살도 좋고, 저도…… 콜록콜록. 감기에 걸려서 병원에 방
문해야 했고. 그러다가 문득 어머님도 이 병원에 계신 것 같아서
슬쩍 들른 건데. 큰일 날 일인가요?"

　"아하하하하."

　노아 어머니의 웃음소리는 노아와 무척 비슷했다.

"그래, 큰일 날 일은 아니지. 병원이 그 집안만 이용하는 건 아니니까. 물론 그 집안 병원이긴 하지만. 그럼 우연히 만난 김에 어디 좀 앉을까?"

그녀와 함께 정원 구석에 있는 벤치로 향했다. 벤치 뒤에 있는 커다란 나무가 그늘을 드리우고 있었다. 나란히 앉아 병원 건물을 응시했다.

"어제 많이 안 좋으셨다고 들어서 걱정이 됐어요. 몸은 좀 괜찮으세요?"

"응, 괜찮아. 간간이 일어나는 발작인데 노아에게도 소식이 들어갔나 봐. 알리지 않아도 될 정도였는데. 네가 노아에게 가 보라고 했다면서?"

"네."

"그런 식으로 노아가 찾아온 건 처음이야. 네 말이 노아에게 큰 힘이 되나 봐."

"어머니가 아프신데 당연히 가 봐야 한다고 생각했어요."

그리고 또 하나, 묻고 싶은 게 있었다. 하지만 물어도 될지 망설여졌다.

5장

아영이 고개를 돌려 나현의 옆모습을 응시했다. 그녀의 시선을 느낀 나현이 고개를 돌렸다. 아영의 입가에는 부드러운 미소가 묻어 있었다. 아무리 봐도 노아와 똑같은 얼굴이다. 세월이 아영에게는 아무런 흔적도 남기지 못한 것 같았다.

"늘 노아를 걱정했어. 그 애는 사랑이라는 걸 믿지 못하는 것처럼 보였거든. 내 사랑조차도 거부했었지. 그럴 만도 해. 어미라는 사람이 정상적인 사랑을 한 사람이 아니었으니까. 그 애의 입장에서는 믿지 못할 만도 했지."

"……."

"어느 날엔가, 그 애가 유독 밝은 표정으로 날 만나러 왔어. 그리고 말하더라. 재미있는 선배를 만났다고."

왜일까.

가슴이 아팠다. 눈물이 날 것 같아서, 나현은 눈에 힘을 줬다.

"늘 그 선배 이야기를 했어. 임나현이라는 이름을 가진, 예쁘고 재미있는 선배."

아영이 나현의 손을 잡았다.

"죽기 전에 꼭 만나 보고 싶었어, 나현아. 이렇게 찾아와 줘서 고마워."

나현은 눈을 질끈 감았다가 떴다. 그리고 아영의 손 위에 자신의 손을 겹쳤다.

"네."

할 수 있는 말이 많지 않았다.

"이렇게 반갑게 맞아 주셔서 정말 감사해요, 어머님."

가슴 안에 맴도는 수많은 말들을 어찌 표현해야 좋을지 알 수 없었다.

"이렇게 만나 뵙게 돼서 기뻐요, 어머님."

그렇게 손을 꼭 잡고 도란도란 이야기를 나누었다. 아영은 부드러운 목소리로 노아의 어린 시절에 대해 이야기했다.

점심을 먹는 것도 잊고 대화를 나누다가 해가 질 무렵에야 일어났다. 돌아가기 전, 나현은 계속 마음에 품고 있던 질문을 끄집어냈다.

"어머님. 한 가지 여쭙고 싶은 게 있어요."

"응, 뭔데?"

"연 회장님은 노아를 아끼시지요?"

아영의 눈이 커졌다가 가늘어졌다. 그녀는 잠시 머뭇거리다가 고개를 옆으로 기울였다.

"글쎄. 나는 회장님 생각을 잘 모르겠지만…… 최근에는 그런 생각이 들더라. 어쩌면 회장님이 노아를 손자라고 생각하고 있을지도 모른다는 생각."

*   *   *

회사에서 잘렸다.

나현의 아버지인 진철은 느닷없이 닥친 현실을 쉬이 받아들일 수가 없었다.

아무리 되짚어 봐도 해고당할 만한 짓을 저지르지 않았다.

젊을 때 어렵게 입사를 해서 상사들에게 아부를 떨어 가며 힘겹게 버텨 온 회사였다. 20년 넘게 일하며 이제야 안정적인 지위를 얻었다고 생각했는데, 갑자기 해고를 당했다.

이유가 뭐냐고 묻는 진철에게, 사장은 떨떠름한 표정을 지으며 말했다.

─자네가 있으면 우리 회사가 위험해지거든.

쫓겨나다시피 회사에서 나와 술을 마셨다. 믿을 수 없는 현실을 밀어내기 위해 만신창이가 될 때까지 술을 마시고 집에 들어오니, 어두운 표정의 아내가 보였다. 언제 봐도 죽상인 얼굴이 마음에 안 들었다.

몇 대 때려 줬더니 잘못했다고, 그만하라고 비는 모습에 기분이 조금 나아졌다.

어디를 가도 무시당하는 입장이지만, 이 집에서만큼은 진철이 왕이었다. 그걸 견디다 못한 나현은 집을 나갔지만, 아내는 갈 곳이 없었다. 진철 없이는 살 수 없는 아내라는 것을 알기에, 진철은 더 멋대로 행동할 수 있었다.

정장 차림의 남자가 찾아온 것은, 진철이 해고를 당하고 나흘이 지나서였다.

고급 정장을 입은 남자의 위압감에, 진철은 조금 긴장했다.

"누구신지……?"

"임진철 씨의 따님이 임나현 씨 맞습니까?"

오랜만에 듣는 이름이었다. 진철이 고개를 끄덕이자 남자가 서류봉투를 하나 내밀었다.

"임나현 씨의 정보입니다."

"아…… 그런데 왜 이런 걸……?"

"최근에 해고당하셨을 겁니다."

"……."

"임나현 씨가 건드리지 말아야 할 분을 건드렸습니다. 그분께서 경고를 하셨는데 임나현 씨는 상관없다고 한 모양이더군요.

따님 단속을 잘하셔야겠습니다."

남자는 그렇게만 말하고 돌아갔다. 나현은 버린 자식이란 말을 할 기회도 주지 않았다.

서류봉투를 열어 보는 진철의 손이 부들부들 떨렸다.

갑자기 해고를 당한 이유가 나현 때문이었다니. 부모를 버리고 떠난 걸로도 부족해서 이런 피해를 입히다니.

나현을 향한 분노를 접을 수가 없었다.

서류봉투 안에는 나현의 거주지와 연락처, 현재 다니는 직장 정보가 들어 있었다.

'자일 화장품?'

꽤나 좋은 회사를 다니고 있었다. 이런 곳에 다니면서도 부모를 한 번도 찾아오지 않다니. 제 어미를 닮아서 이기적이고 못돼 먹었다.

버르장머리가 없는 딸년은 교육을 시켜 줘야 한다. 그리고 부모가 키워 준 은혜가 얼마나 큰지, 그런 부모를 부양하는 게 얼마나 중요한 일인지 알려 줘야지.

*　　*　　*

일하고 있는데 휴대폰이 울렸다.

[나현, 왜 이렇게 보기 힘들어? 휴게실로 좀 와 봐.]

호진에게 온 문자였다.

호진이 일하는 중에 따로 불러낸 것은 처음 있는 일이었다. 이 래저래 바빠서 잊고 있었는데, 동문회 건으로 할 말이 있나 보다.

'문자로 얘기해도 될 텐데.'

의아하게 생각하며 답장을 쓰는데 시선이 느껴졌다. 노아가 어깨 너머로 나현의 휴대폰을 보고 있었다.

"뭘 그렇게 봐요?"

"어떤 남자랑 문자하는지 궁금해서요."

"뻔뻔한 집착남이네요."

"응, 뻔뻔한 게 내 매력이잖아요."

노아와 사귄다는 사실을 밝힌 후 달라진 점이 하나 있다. 예전에는 노아와 소곤소곤 대화를 나눠도 엿듣는 사람이 없었다. 업무적인 내용일 거라고 생각했기 때문이다. 하지만 지금은 여기저기에 듣는 귀들이 있다.

"꿀 떨어지는구만, 꿀 떨어져."

그중에서 가장 열심히 엿듣는 김 대리가 투덜거렸다.

"나도 연애하고 싶다."

"김 대리는 부인도 있으면서 왜 그래?"

"결혼 전으로 돌아가고 싶어. 애인일 때는 달콤했지만 마누라가 되고 나니까 무서워. 공포야."

나현은 웃으며 자리에서 일어났다. 노아가 따라 일어났다.

"뭐야, 데이트하러 가는 거야?"

김 대리가 물었다.

"아뇨, 잠깐 휴게실 좀."

"전 화장실 좀."

당연하게도 나현과 노아의 변명은 통하지 않았다. 사원들이 사내커플 반대라는 둥, 연애 금지라는 둥, 솔로 최고라는 둥 투덜거리는 소리를 들으며 사무실에서 나왔다.

"정말 화장실 가는 거야?"

휴게실로 향하며 물었다.

"아니, 누나 따라가."

"오지 마."

"어떤 남자가 우리 누나 불러 대는지 확인해야지. 좋은 남자라면 모르는 척해 줄게."

"대학 선배야. 곧 동문회를 하는데 할 이야기가 있나 봐."

"아, 저번에 복도에서 마주쳤던?"

"응."

"그 사람도 누나의 전 애인을 알아?"

"응, 알아. 문제가 생겼을 때 많이 도와주기도 했고."

"그럼 좋은 남자네."

"응."

"그래도 휴게실에 둘만 있는 건 걱정돼. 같이 갈래."

"세상 모든 남자가 너처럼 만질 생각만 하는 줄 알아?"

"응."

노아의 고집을 꺾을 수가 없었다. 노아와 사귄다는 이야기가 호진의 귀에도 들어갔을 테니, 함께 가도 상관없으리라.

휴게실에는 호진 혼자 있었다. 그는 캔커피 두 개를 손에 쥐고 심각한 표정으로 바닥을 내려다보고 있었다. 그저 동문회 이야기를 하기 위해 불렀다기엔 분위기가 심상치 않았다.

"오빠."

고개를 든 호진은 노아를 보고 놀란 듯했다. 머뭇거리던 호진이 노아와 나현을 향해 캔커피를 하나씩 내밀었다.

"마셔."

"아, 전 괜찮습니다."

"아니, 노아 씨도 마셔요. 난 생각 없으니까."

"아, 네에. 그럼 감사히 받겠습니다."

"김호진입니다. 나현이 대학 선배고요. 곧 결혼할 여자도 있습니다. 나현이 따로 불렀다고 오해하면 안 됩니다."

호진이 서글서글한 미소를 지으며 말했다. 속내를 들킨 노아가 씩 웃었다.

"죄송합니다. 제가 질투가 많고 뻔뻔한 집착남이라서."

가벼운 자기소개를 끝낸 후, 호진이 나현에게 말했다.

"나현아, 너 동문회 안 나오는 게 좋겠다."

호진은 늘 잘못한 것이 없으면 피하지 말라고 했다. 이번 동창회에 꼭 나와서 오해를 풀라고 말한 것도 호진이었다. 갑자기 태도가 변한 이유가 뭘까?

"무슨 일 있어요?"

"그냥 좀…… 안 오는 게 좋을 것 같더라고. 너 어차피 대학 동기들 중에는 연락하는 애들 많지 않지?"

"많은 건 아니지만 몇 명이랑은 연락하고 지내는데."

"최근에 연락한 적 있어?"

"아, 그러고 보니 요샌 연락을 못 해 봤네요."

"연락이 끊긴 건 아니고?"

일주일에 네댓 번은 울리는 단체 채팅방이 조용하기는 했다. 노아의 일로 바쁜 터라 그 채팅방까지 신경 쓰질 못했다.

탐색하는 듯한 호진의 질문이 나현을 불안하게 만들었다.

"오빠, 무슨 일이에요?"

"응, 별일 아냐. 아무튼 동문회는 나올 필요 없을 것 같다. 재미도 없을 것 같고. 나도 안 나갈 생각이니까 너도 나가지 마. 알겠지? 아, 그리고 대학 애들도 그냥…… 뭐, 그렇잖아. 대학 애들이랑 연락하면서 지내봐야 좋을 거 없어. 다 고만고만한 인연들이야. 넌 그냥 주미 부부랑 노아 씨랑 즐겁고 재미있게……."

"오빠."

평소보다 빠르게 말하는 호진의 말을 끊었다.

"정말로 무슨 일이에요?"

말을 돌릴 수 없다는 걸 깨달은 호진이 크게 한숨을 내쉬었다. 그는 슬쩍 노아의 눈치를 보고는 나현에게 말했다.

"안 나오는 게 좋을 것 같아서 그래, 정말로."

"……그 사람이 무슨 짓을 해 뒀어요?"

"이 친구도 알아?"

"네, 알아요. 전부 다."

"그래. 그럼…… 아, 이거 참. 뭐라고 말해야 하나. 음."

호진은 말하기 힘들다는 듯 목덜미를 벅벅 문질렀다. 한참 망설이던 호진이 어렵게 꺼낸 이야기는, 나현의 심장을 서늘하게 식혔다.

생각지도 못한 소문이, 대학 동문들 사이에 돌고 있었다. 그건 무척이나 끔찍한 내용이라, 그런 이야기를 만들어 낼 수 있는 사람의 인간성마저 의심하게 되었다.

"그 새끼가 아주 작정을 한 것 같아."

호진이 중얼거렸다.

"내가 뭐라고 해도 다들 들어 먹지를 않는다. 재미있는 거겠지. 한 사람 쓰레기로 만드는 게. 너한테 열등감을 가지고 있던 놈들도 있을 거고."

"저한테 열등감을요?"

"늘 전액장학금 받고 이 회사도 한 번에 입사했잖아. 교수님 추천으로. 다들 어렵게 잡는 기회를, 너는 쉽게 잡았다고 생각하는 거겠지. 너한테 졌다는 걸 인정하고 싶지도 않고."

"쉽게 잡은 기회가 아닐 텐데." 라고 중얼거린 사람은 노아였다.

"누나는 남들보다 열심히 해서 힘들게 잡은 기회일 텐데."

노아의 말이 얼어붙은 나현의 심장을 녹여 주었다.

노아는 나현이 변명을 하지 않아도 알아주었다. 그러면 된다. 가장 알아주었으면 하는 사람이 알아주니까.

"그래요, 힘들게 잡은 기회죠. 나현이가 엄청 노력했다는 거, 나는 알아요. 아마 다른 몇 명도 알 겁니다. 하지만 그래도 인정하기 싫겠죠. 꼴같잖은 자존심이라는 게 있거든요."

"빌어먹을 자존심이네요."

"그렇죠."

나현은 아랫입술을 지그시 깨물었다.

눈에 띄는 것도 싫고, 분란을 일으키는 것도 싫었다. 그래서 민우가 그런 짓을 했을 때, 조용히 이별했다. 호진이나 주미는 더 많은 사람들에게 알리라고 했다. 하지만 굳이 그럴 필요성을 느끼지 못했다.

그때 친구들의 말을 따라 더 많은 사람들에게 사정을 알렸더라면, 일이 이 지경까지 오지는 않았을 것이다.

그러나 그때의 선택을 후회하진 않았다. 사귀었던 사람의 치부를 드러내는 것은, 결국 제 얼굴에 침 뱉기일 뿐이다. 조용히 이별을 하고 원래의 삶으로 돌아오는 것이 옳다고 생각했고, 지금도 그 생각은 변함이 없다.

하지만 이별한 사람이 이런 식으로 공격을 해 올 때는 사정이 달라진다. 가만히 흘려보내려던 상처를 헤집은 것도 그쪽, 상관없는 사람들을 끌어들인 것도 그쪽이다.

"알려 줘서 고마워요, 오빠."

이윽고 나현이 말했다.

"그래, 동문회…… 안 올 거지?"

"생각 좀 해 볼게요."

"우리 대학, 동문이 중요하긴 하지만…… 어차피 이번 동문회에 우리 회사 중역들은 안 올 것 같아. 네 소문이 중역들 귀에 들어갈 리도 없을 거고. 그냥 적당히 넘기다 보면 소문도 사라질 거야. 다들 바빠 사니까 대학 동문 일에 집착하지도 않을 거고. 지금 잠깐 이러다가 말 테니까 당분간만 참아."

"네."

"나도 내가 할 수 있는 한 오해를 풀려고 노력은 해 볼게."

"네, 고마워요."

"필요한 거 있으면 말하고."

"네, 오빠."

호진이 휴게실을 떠난 후, 나현은 무너지듯 의자에 앉았다. 노아가 나현의 앞에 쭈그리고 앉아 걱정스럽게 올려다봤다.

"누나, 괜찮아?"

"안 괜찮은 것 같아."

"응, 기분 진짜 더럽겠다."

"……."

"내가 그놈 죽이고 올까?"

그렇게 묻는 노아의 눈빛은 진지했다. 나현을 위해 뭐든 해 줄 수 있다는 듯 눈을 빛내는 그가 사랑스러웠다. 나현은 그의 부드러운 머리카락을 쓰다듬었다. 손가락 사이로, 그의 머리카락이 사르르 흘러내리는 느낌이 좋았다.

"노아야. 난 가끔 그런 생각을 했어."

"어떤 생각?"

"어떤 사람들은 못되게만 살아도 주위의 모든 상황이 그 사람을 도와주기도 해. 그런데 어떤 사람은 아무 문제 일으키지 않고 조용히 살아가고만 싶을 뿐인데, 주위의 모든 상황이 그 사람을 괴롭혀."

특별히 착한 사람이라고는 생각하지 않는다. 그러나 타인에게 피해를 준 적이 있다고도 생각하지 않는다. 무난하게 조용히 살고 싶었을 뿐이다. 과한 것을 원하지 않았고, 갖지 못한 것을 갖기 위해 노력한 적도 없었다.

그런데 왜일까?

왜 모든 것이 이렇게 독을 품고 달려드는 걸까. 너는 이 세상을 살아갈 가치가 없다는 듯 짓밟으려 하는 걸까.

"네가 있어서 다행이야, 노아야. 지금 이 앞에 네가 없었다면 난 울고 싶었을 거야."

"울어도 돼."

"아니, 괜찮아. 눈물이 나지 않아. 울 만한 일이라는 생각도 안 들고."

"정말?"

"응. 너는 알잖아. 내가 얼마나 열심히 살아왔는지."

"그럼, 당연히 알지."

"그거면 돼. 모든 사람에게 인정받으려고 한 적 없어. 네가 알아주니까, 나는 정말로 괜찮아."

휴게실의 문이 열리고, 당황한 표정의 윤정이 뛰어 들어온 것은 바로 그때였다.

"나현 씨. 큰일 났어."

윤정이 다급하게 외쳤다.

양민우의 일을 들은 터라 그가 회사까지 찾아온 줄 알고 심장이 덜컥 내려앉았다.

"지금 회사 로비에……."

윤정의 시선이 노아에게 향했다가 떨어졌다.

"나현 씨 아버지가 와 있어."

심장이 멎었다. 시간도 흐름을 잊었다.

자신이 무슨 이야기를 들은 건지 알 수 없었다. 뇌가 멈춘 것처럼, 온몸이 기능을 잃은 것처럼, 멍하니 윤정의 입술을 응시했다.

세상에서 가장 끔찍한 저주가 윤정의 입에서 흘러나온 것 같았다.

'뭐라고? 방금 대리님이 뭐라고 하신 거지?'

"나현 씨?"

나현이 움직이지 않자, 윤정이 나현의 손목을 붙잡았다. 타인의 감촉에 퍼뜩 정신을 차렸다.

"아, 대리님."

꿈이었을 것이다. 양민우가 만들어 낸 불쾌한 소문 때문에 백일몽이라도 꾼 거겠지.

"죄송해요, 노아 씨랑 잠깐……."

"나현 씨, 내 얘기 못 들은 거야? 나현 씨 아버지가 와서 난동을 부리고 있어."

덜컥―

뭐가 이렇게 움직이는 걸까?

덜컥― 덜컥―

가슴께에서 습기 없이 움직이는 이물감은 도대체 무엇에서 비롯된 걸까?

"다들 내려갔어. 구경꾼들이 더 많아지기 전에, 나현 씨도 얼른 내려가 봐."

덜커덕―

덜컥거리던 것이 툭 떨어진 후에야, 나현은 그것이 무엇인지 알 수 있었다.

심장이었다.

꽁꽁 얼어붙은 심장.

*   *   *

사무실에 느긋하게 앉아, 민우는 시간을 확인했다. 지금쯤 진철이 나현의 회사에 찾아가서 그녀를 만나고 있을 것이다.

운이 좋았다.

어제도 나현의 집 앞에서 서성이다가 진철과 마주쳤다. 진철은 한눈에도 나현의 아버지라는 것을 알 수 있을 만큼 나현과 닮은 얼굴이었다. 술이 덜 깬 듯 얼굴이 벌건 그에게, 민우는 자신을 소개했다. 그리고 대학 동기들에게 말한 그대로, 그에게도 말했다.

그는 창피해했고 미안해했고, 딸년의 버르장머리를 제대로 고쳐서 우리 사윗감 품에 안겨 주겠다고 호언장담했다. 민우가 자신이 다니는 회사에 대해 먼저 밝힌 것이 꽤 도움이 되었다. 대기업 계열사일 뿐이기는 하지만, 그래도 그게 어디인가.

'임나현, 넌 날 떠날 수 없어. 네가 날 떠나는 건, 내가 허락했을 때야.'

＊　　　＊　　　＊

회사 로비에 펼쳐진 광경에, 나현은 아찔해졌다. 비틀거리는 나현의 팔을, 노아가 잡아 주었다. 그가 없었다면 그대로 쓰러졌을지도 모르겠다.

앞으로 볼 일 없을 거라 생각했던 진철이 로비에서 난동을 부리고 있었다.

난동.

그래, 그렇게밖에 표현할 수 없었다.

"내 딸 만나러 왔다는데 왜 자꾸 막아? 뭐가 그렇게 대단해서 아버지가 딸을 만난다는데 막고 지랄이야? 엉?"

불콰하게 취해 고함을 지르는 진철의 앞에는, 비슷한 또래의 경비원이 난처한 표정으로 서 있었다. 그 주위로 회사 사람들이 모여 있었다. 몇몇은 나현도 아는 얼굴이었다.

손끝이 차게 식었다.

가능하다면 이대로 도망치고 싶었다. 아무도 없는 곳으로 도망쳐, 누구와도 만나지 않고 살아가고 싶었다. 단 몇 년 만이라도.

하지만 회사에 피해를 끼친 채로 도망칠 수는 없었다.

"선배, 그냥 있어요. 내가 할게."

어렵게 걸음을 떼는 나현에게, 노아가 말했다. 나현은 가볍게 고개를 젓고는 좀 더 힘 있게 걸음을 옮겼다. 나현을 알아본 사람들이 옆으로 비켜섰다.

'술을 얼마나 마신 거지?'

어릴 때는 진철이 세상에서 가장 강하고 무서운 존재라고만 생각했다. 그 집을 나온 후에야, 진철이 아무것도 아니라는 것을 깨달았다. 그는 집안에서만 군림하는 너구리, 집 밖에서는 어깨도 펴지 못하는 비겁자였다.

이런 곳에 찾아와서 행패를 부리기 위해 몇 병의 소주를 비웠을 것이다. 진철이 제정신일 때는 결코 할 수 없는 짓이었다.

아니나 다를까.

진철의 옆에 간 것도 아닌데 술 냄새가 확 퍼져 왔다.

"어이구야, 우리 귀한 따님이 나오셨네! 응? 부모 버리고 저 혼자 살자고 도망친, 아주 귀한 따님이 왕림하셨어!"

나현을 발견한 진철이 말했다. 나현은 주먹을 꽉 쥐었다.

저 남자를, 아버지라고 부르고 싶지도 않다.

"요 은혜도 모르는 년 같으니라고. 애비 애미가 다 키워 놨더니 아주 혼자 큰 줄 알고 도망쳤지? 엉? 부모가 걱정하느라 속이 새까맣게 타들어 가는데, 한 번 들여다보지도 않고 연락처도 안 알려 주고! 네 엄마가 식음을 전폐하고 앓아누운 건 안중에도 없지? 응?"

어울리지 않게도, 성악설에 대해 생각했다.

인간은 악하다.

나현은 진철에게 묻고 싶었다.

진심으로 그렇게 생각하는 거냐고. 내가 도망쳤다고, 은혜도 모르고 부모를 등졌다고, 그렇게 생각하는 거냐고. 진심으로 내가 그런 망할 년이라고 생각하는 거냐고.

하지만 목소리가 나오지 않았다.

"뭐야, 왜 한 마디도 안 하지?"

"진짜 부모 버리고 도망친 거야?"

"저러니까 독거노인이 늘지."

"딸자식 키워 봐야 아무 소용없다니까."

사정을 모르는 사람들이 수군거리는 소리가, 나현의 심장에

송곳을 꽂아 넣었다. 역시, 인간은 악하다.

"요망한 년. 부모 버리고 도망쳤으면 깨끗하게라도 살아야지. 사내 꼬셔서 등쳐 먹고 버리고, 애 임신했다가 낙태나 시키고. 지 애미 닮아서 그따위 짓이나 하고 다녀?"

와지끈—

부서질 것도 없다고 생각했는데, 아직 뭔가 남아 있었던 모양이다. 안에서 무언가가 부서지는 소리가 들려왔다.

왜 진철의 입에서 저런 말이 나오는 걸까? 누굴 만난 거지? 무엇을 들은 거지? 아니면 양민우처럼 나현을 모함하기 위해 만들어 낸 이야기인가?

"그러니까 결혼하려던 남자한테도 버림받지, 요 못된 것아! 그 남자가 아량을 베풀어서 받아 주겠다고 하면 납짝 엎드려서 받아들일 것이지, 팅기기는 왜 팅겨! 더 대단한 남자라도 등쳐 먹을까 싶어서 기회를 노리는 거냐, 응?"

돌이 되어 간다.

진철이 내뱉은 한 마디, 한 마디가 나현의 몸뚱이에 치덕치덕 달라붙었다. 그것이 스며든 채로 굳어, 온몸이 뻣뻣해졌다. 나현은 정신을 붙들고 있는 것만으로도 힘이 부쳤다.

누군가 손을 꼭 잡고 있는데 그 손이 누구의 것인지 생각할 겨를도 없었다. 아니, 감각이 사라져 손을 잡고 있다는 느낌조차 없었다.

"아버님, 뭔가 잘못 알고 오신 것 같은데…… 제가 이분 남자 친구입니다. 앞으로 결혼할 사이고요."

노아의 음성이 저 멀리서 들려오는 것 같았다. 굉장히 두꺼운 막이 노아와의 사이를 가로막고 있는 듯한 느낌이었다.

"넌 또 뭐야? 기생오라비처럼 생긴 놈이 뭘 안다고 남의 가정사에 끼어들어?"

"가정사라면 회사까지 가지고 오지 말았어야지요. 회사에서 이러신다면 저도 끼어드는 수밖에 없습니다."

"넌 빠져! 뭣도 없는 새끼가 뭐가 잘났다고 어른들 일에 끼어들어?"

"저도 어른인데요."

"으익! 넌 빠지라고, 이 새끼야! 난 내 딸이랑 얘기하러 온 거야! 부모 버리고 새끼 버린 저 망할 딸년이랑!"

진철이 나현을 향해 달려들었다. 나현은 피할 생각도 하지 못하고 멍하니 서 있었다.

픽—

진철의 주먹이 앞을 막아선 노아의 턱을 가격했다. 노아가 살짝 미간을 좁히며 진철의 손목을 붙잡았다. 진철은 노아를 떼어내기 위해 팔을 흔들었지만 그 힘을 이길 수는 없었다. 진철의 얼굴이 더욱 붉게 달아올랐다. 창피해서가 아니라 분노 때문이었다.

"너, 이 새끼가⋯⋯!"

그때였다.

수군거리던 사람들의 목소리가 뚝 끊긴 것은. 갑작스러운 고요가 찾아오며, 진철의 거친 숨소리만 로비 안에 가득했다. 흥분한 진철도 이상하다는 것을 느꼈는지 팔에서 힘을 빼고 주위를 둘러봤다.

사람들의 시선 끝에, 진후가 있었다.

"시끄럽군요."

진후의 음성은 묵직했다.

"임나현 씨."

진후가 불렀을 때에야, 나현은 퍼뜩 정신을 차렸다. 그의 음성에는 힘이 담겨 있었다.

"지금 이곳에서 행패를 부리는 이 사람, 나현 씨에게 소중한 사람입니까?"

나현의 눈동자가 진철에게 향했다.

붉게 충혈된 눈, 입가에 문 흰 거품. 나현은 저 얼굴을 똑똑히 기억하고 있었다. 철이 들 무렵부터 봐 온 얼굴. 나현의 몸에 무자비한 고통을 안겨 주었던 저 얼굴.

누가 알까.

저 얼굴을 가진 남자에게 맞을 때, 신음 소리조차 낼 수 없었던 처절한 삶을. 소리를 내면 더 맞기에 숨을 참아야 했던 서글픈 삶을. 집을 나가는 것만이 유일한 희망이었던 그 초라한 삶을.

여기에 있는 사람들 중, 과연 누가 알고 있을까.

"넌 또 뭐야? 난 나현이 애비야!"

정신을 차린 진철이 버럭 외쳤다. 하지만 진후는 그쪽으로 시선도 주지 않았다.

"나현 씨, 이 사람. 소중한 사람입니까?"

진후가 다시 한 번 물었다.

나현은 진철에게서 시선을 떼고 고개를 저었다.

"아니요. 두 번 다시 만나고 싶지 않은 사람이에요."

"야, 임나현! 너 또 날 버리려는 거냐? 엉? 먹여 주고 재워 준 은혜를……!"

진철의 발악은 길지 않았다.

진후가 이미 불러 둔 경찰들이 달려와 진철을 제압한 것이다. 경찰들은 빠르게 진철을 끌고 나갔다.

진후가 등장하자마자 상황이 정리되었다. 신나서 구경하러 내려온 사람들은 어안이 벙벙한 표정으로 서로의 눈치를 살피고 있었다.

"타인의 불행이 참으로 즐거우신가 봅니다."

진후의 음성에 사람들의 얼굴이 붉게 물들었다.

"여기 모이신 분들은 본인에게 불행이 닥쳤을 때 남들이 와서 구경해도 기쁜 마음으로 차를 대접할 분들이겠지요."

로비는 숨소리 하나 들리지 않을 만큼 고요했다.

"다 구경하셨으면 자리로 돌아들 가시지요. 남의 불행에 박수 치라고 회사에서 월급을 주는 게 아니니까."

진후의 말이 떨어지기가 무섭게 다들 뿔뿔이 흩어졌다.

"나현 씨, 힘내. 응?"

윤정이 나현의 어깨를 톡톡 두드렸다.

"언니, 괜찮으신 거죠?"

슬이의 질문이 들려오는데 대답을 할 수가 없었다. 목 안에 모래가 가득 찬 기분이었다.

"슬이 씨, 우린 들어가자."

"윤슬이 씨."

진후가 슬이를 불렀다.

"가서 나현 씨 짐 좀 챙겨다 주세요. 나현 씨는 짐 받는 대로 바로 퇴근하도록 하시고, 노아 씨는 나현 씨 좀 바래다주십시오. 난 경찰 쪽 일 마무리하고 오겠습니다."

슬이가 노아의 눈치를 보며 윤정과 함께 엘리베이터를 탔고, 진후는 회사를 나갔다. 나현은 가만히 서 있었고, 노아는 여전히 나현의 손을 꽉 잡고 있었다.

노아는 가슴이 터질 것만 같았다.

나현에게 문제가 터졌는데 손을 잡아 주는 것 외에는 아무것도 해 줄 수가 없었다. 상황을 정리한 사람은 뒤늦게 나타난 진후였다.

─넌 나현이를 지켜 줄 수 없어.

언젠가 진후가 했던 말이 칼이 되어 심장에 박혀 있었다. 지금

이 순간, 그것이 제멋대로 움직이며 심장을 헤집어 놨다.

진후의 말이 맞았다. 나현을 지킬 수가 없었다.

사랑하는 여자를 위해 아무것도 할 수 없었던 자신에게 환멸을 느꼈다.

"괜찮아. 괜찮아. 괜찮아."

그때 노아의 귀에 주문처럼 중얼거리는 소리가 들려왔다. 나현의 목소리였다.

나현은 허공을 응시하며 끊임없이 되뇌고 있었다.

"괜찮아. 괜찮아. 괜찮아."

자신의 무력함을 깨달았을 때보다 더 가슴이 미어졌다.

그랬구나. 이런 식으로 견뎌 왔구나. 고통스러울 때마다 괜찮다고 주문을 외며, 자신을 세뇌시키며, 그렇게 살아왔구나. 이마르고 여린 어깨를 힘없이 들썩이면서, 한 걸음 한 걸음 걸어왔던 거구나.

─어떤 사람은 아무 문제 일으키지 않고 조용히 살아가고만 싶을 뿐인데, 주위의 모든 상황이 그 사람을 괴롭혀.

나현이 했던 말이 폐부를 찔렀다.

─네가 있어서 다행이야, 노아야. 지금 이 앞에 네가 없었다면 난 울고 싶었을 거야.

노아는 나현의 어깨를 감싸 가만히 끌어당겼다. 나현은 반항하지 않고 노아가 하는 대로 끌려왔다. 그녀를 보듬어 안고, 노아는 속삭였다.

"누나, 울어도 돼."

"괜찮아. 괜찮아. 괜찮아."

노아에게 안긴 상태에서도, 나현은 계속 중얼거렸다. 노아는 그녀의 등을 쓰다듬으며 말했다.

"아니, 안 괜찮아. 이건 괜찮은 일이 아니야. 하나도 안 괜찮으니까, 누나. 울어도 돼."

중얼거림이 멈췄다. 나현의 마른 어깨가 떨리는 게 느껴졌다. 그리고 나현은.

"으아아아아아……."

울었다.

28년간 참아 온 눈물이 노아의 가슴을 적셨다.

슬이가 나현의 짐을 챙겨서 내려왔을 때, 나현은 노아의 품에 안겨 울고 있었다. 떨리는 그녀의 어깨를 보노라니 심장 부근이 따끔따끔 아파 왔다.

—가정폭력을 당했던 것 같더라.

짐을 챙기고 있을 때, 윤정이 작은 목소리로 했던 말을 떠올렸다.

—나도 자세히는 모르지만 예전에 나현 씨가 전 애인이랑 문제가 있을 때 언뜻 들은 거거든. 나현 씨 아버지가 심하게 때렸었나 봐. 그래서 도망쳤다고 들었었어.

그러면서 윤정은 말했다.

—나현 씨는 절대 이유 없이 가족을 버릴 사람이 아니야. 슬이 씨도 알지?

알다마다.

나현이 어떤 사람인지, 이제는 슬이도 잘 알고 있다. 그녀는 이유 없이 타인을 미워하거나 버릴 사람이 아니다.

게다가 나현의 아버지라는 사람은 척 봐도 좋은 사람처럼 보이진 않았다.

나현이 안쓰러웠다.

얼마나 고된 삶을 살았을까.

가장 힘들 때에, 누구도 내 편이 아닐 때에, 버틸 수 있는 이유는 부모님이 있기 때문이다. 내가 무슨 짓을 해도 내 편이 되어 주는 분들.

하지만 나현의 부모님은 그렇지 않았다.

이렇게 회사까지 찾아와서 난동을 부리다니. 게다가 나현이 낙태를 했다는, 말도 안 되는 소리까지 하면서.

부모가 자식의 인생을 완전히 망치려 하는 모습을 실제로 보는 건 처음이었다. 어떤 기분일까. 부모에게 버림을 받다 못해 미움까지 받는 기분은.

상상하고 싶지도 않았다.

'그래도 노아 오빠가 있어서 다행이야.'

슬이는 조용히 다가가 노아의 옆에 가방을 내려놨다. 노아가 눈짓으로 감사 인사를 표했다. 슬이는 노아에게 어색하게 웃어 주고는 몸을 돌렸다.

나현의 울음소리가 가슴 아파서, 슬이도 조금 울고 싶은 기분이 들었다.

경찰서에서 나와 노아에게 전화를 걸었다.

노아에게 나현을 데려다주라고 한 것은 일종의 우월감 때문이었다. 나현에게 문제가 생겼을 때, 노아는 아무것도 하지 못했다. 그가 나현을 위해 해 준 것이라고는, 그녀의 손을 꽉 잡고 아무 소용없는 말을 내뱉은 것뿐이었다.

실제로 나현을 도와준 것은 진후였고, 노아 역시 그것을 똑똑히 깨달았으리라. 짙은 패배감을 느낄 노아에게 나현을 데려다주도록 시킴으로써, 진후는 또 다른 승리감을 맛볼 수 있었다.

그나저나 나현의 아버지는 가까이하고 싶지도 않을 만큼 비굴한 작자였다. 진후에게 권력이 있다는 걸 알자마자 벌벌 기며 잘 보이려고 애썼다. 그런 남자에게서 나현 같은 딸이 태어나다니. 놀라운 일이다.

[응, 형.]

"어디야?"

[아틀리에.]

"거기로 갈게."

[응.]

노아의 목소리엔 힘이 없었다. 그럴 만도 했다.

진후는 차를 몰아 아틀리에로 향했다. 아틀리에는 연 회장이 마련해 준 집이었다. 노아가 본가에 들어온 지 얼마 안 됐을 때, 방에서 그림을 그리는 노아를 보게 된 연 회장이 홍대 근처에 주택 하나를 계약했다. 앞으로 본가에서 물감 냄새를 풍기지 말고 아틀리에를 이용하라는 명령에, 노아는 내심 기뻐했을 것이다.

무엇 하나 노아의 것이 없었다.

그런 노아가 나현을 위해 무엇을 해 줄 수 있겠는가.

근처에 차를 세우고 아틀리에 앞에 섰다.

초인종을 누르자마자 대문이 열렸다. 현관문은 잠겨 있지 않았다.

노아와 나현은 거실에 나란히 앉아 있었다.

아틀리에라는 이름이 무색할 정도로, 그림의 흔적이 없는 곳이었다.

파리한 안색의 나현을 보자 가슴이 욱씬 아파 왔다. 참으로 안쓰러운 인생을 살아온 여자다. 그녀가 지치는 것도 이해가 됐다.

"네 아버지가 널 괴롭히는 일은 두 번 다시 없을 거야. 경찰 쪽에도 잘 말해 됐고, 네 아버지에게도 분명하게 해 뒀으니까. 불안하면 당분간 경호원을 붙여 줄게."

나현은 고개를 들어 진후를 응시했다. 그녀의 검은 눈동자에 낀 어두운 안개가 마음에 걸렸다. 그녀의 손을 꼭 잡고 있는 노아의 손도.

"이제 잘 알겠지, 연노아?"

진후는 노아에게로 시선을 옮겼다. 나현의 어두운 눈동자를 마주 보기 힘들었기 때문이다.

"너는 나현이를 위해 아무것도 해 줄 수 없었어. 적어도 나현이가 가장 무서워하는 아버지로부터는 지켜 줘야 하는 것 아닌가? 그런데 넌 뭘 했지?"

"그만요."

나현의 음성이 끼어들었다.

"거기까지만 해요, 부장님. 거기까지만요."

"나현아. 너도 알아야 돼. 아주 간단히 해결할 수 있는 위기였어. 그런데도 노아는 널 지켜 주지 못했지. 앞으로도 그럴 거야."

"부장님께는 이 일이 간단해 보였나 봐요. 저한테는 안 그런데."

"아니, 그런 뜻이 아니라……."

"저한테 이 일은요, 제 삶을 통틀어 가장 큰 문제예요. 부장님이 보시는 것처럼 그렇게 간단하고 쉬운 일이 아니라는 거죠. 이러니저러니 해도 핏줄이라는 게, 그렇게 가볍게 다룰 문제는 아니잖아요."

"그래, 나현아. 내가 말실수를 했다."

"아니요, 말실수가 아니었어요. 부장님은 그렇게 생각하고 있었던 거예요. 딱 그 정도의 사람이거든요, 부장님은."

나현의 날카로운 반응을, 진후는 이해할 수가 없었다.

어째서?

지금 상황에서 나현을 도운 건 진후였다. 나현이 노아를 사랑하는 건 알고 있다. 하지만 지금 같은 상황에서는 약간이나마 감사의 마음을 표현하는 것이 옳지 않은가.

"전 남자 친구에게 폭력을 당했던 거 괜찮아요. 그 사람이 저에 대해 빌어먹을 소문을 퍼뜨리는 것도 괜찮고요, 부장님이 내 애인에 대해 엿 같은 소리를 지껄이는 것도, 저는 참을 수 있어요."

담담한 목소리와 달리 내용은 과격했다. 나현이 할 법한 말투가 아니라서 진후는 당황했다. 나현이 천천히 일어나 진후를 똑바로 응시했다.

"그래요. 주위에서 개 같은 짓을 해도, 빌어먹을 소리를 지껄여도, 저는 다 참고 견딜 수 있어요. 익숙하니까요. 그런데 제가 유일하게 견딜 수 없는 일이 있어요. 그게 뭔지 아세요?"

이 여자, 내가 아는 그 임나현이 맞는 걸까?

"제 가족을 끌어들이는 거예요. 내가 버린 지옥에 날 다시 밀어 넣는 거. 그것만큼은 참을 수가 없어요."

"그래, 나현아. 알아. 그게 얼마나 고통스러운 일이었는지."

"입 닥쳐요, 부장님. 부장님은 조금도 모르니까."

"……나현아. 네가 좀 흥분한 것 같은데……."

"흥분요? 제가요? 전 아주 차분해요. 그 어느 때보다도 정신이 맑아요. 제가 미친 것처럼 보이나요?"

그렇지 않았다.

나현의 커다란 눈동자는 서늘한 냉기를 품고 있었지만 흔들림이 없었다. 그녀는 견디기 힘들 정도로 차가운 시선을 보내며 말했다.

"부장님의 어머니가 절 찾아왔었어요. 가족들한테 저랑 결혼할 거라고 말씀하셨다면서요? 찾아와서 그러시더라고요. 부장님이랑 저랑 안 어울리니까 부장님 넘보지 말라고."

심장이 철렁 내려앉았다.

"왜일까요? 전 부장님을 넘본 적 없는데, 왜 그런 엿 같은 상황에 처해야 했던 걸까요? 그런데요, 부장님. 전 거기까지도 참을 수 있었어요. 부장님의 이기적인 행동에 피해를 봤어도, 그래도 저는 꾹 참고 견딜 생각이었어요. 그런데요, 부장님 어머니가 그러시더라고요. 두고 보라고, 내 가족을 건드리겠다고."

나현의 입가에 미소가 맺혔다. 서릿발 같은 미소였다.

"내 가족의 주소를 아는 사람은 아무도 없어요. 그렇다면 내 아버지에게 우리 회사를 알려 준 사람은 과연 누구일까요? 노아 씨? 내 전 남자 친구? 부장님? 아니면…… 부장님의 잘나고 무서우신 어머니?"

"……."

"부장님, 그거 알아요? 내게 지옥은 부모님뿐이었어요. 그런데 이제 지옥이 하나 더 생겼어요."

나현의 손이 천천히 올라왔다. 그녀의 검지 끝이 진후를 가리키는 순간, 진후는 총알이 심장을 꿰뚫는 것 같은 통증을 느꼈다.

"당신이 내 지옥이야."

진후는 도망치듯 아틀리에에서 나왔다.

믿을 수가 없었다. 어머니가 그런 짓을 하다니.

아무리 그래도 양식이 있는 사람이라고 생각했다. 혹여 양식이 없는 사람이라도 이렇게 빨리 움직일 줄은 몰랐다.

'빌어먹을!'

노아의 표정은 확인하지도 못했다.

나현의 한 마디, 한 마디가 폐부를 찔러 그 고통을 견디는 데만도 정신이 없었기 때문이다.

거칠게 운전해 본가로 향했다.

본가에는 노아를 제외한 모두가 있었다. 하지만 진후의 눈에는 윤 여사만 보였다. 아무 일도 없었던 것처럼 거실에서 과일을 먹는 윤 여사를 보니, 속이 부글부글 끓어올랐다.

"어머, 진후 왔니?"

"대체 무슨 짓을 하신 겁니까?"

비명처럼 외쳤다. 진후가 언성을 높이는 건 처음 있는 일이었다. 모두가 놀란 표정으로 진후를 돌아봤다. 하지만 진후는 그들이 안중에도 없었다.

"대체 나현이한테 무슨 짓을 하신 거예요?"

"아아, 그거…… 그 애가 고새 너한테 일러바친 거니?"

윤 여사는 이 사태의 위중함을 전혀 모르고 있었다.

나현을 지옥으로 밀어 넣은 윤 여사의 뻔뻔한 얼굴을 보자 손끝이 차게 식었다.

"나현이 아버지가 회사로 찾아왔습니다! 어머니가 그 작자에게 나현이에 대해 알렸습니까? 네?"

"부모한테 자식 연락처 알리는 게 뭐가 어때서? 자식 교육은 자고로 부모가 시키는 게……."

"말도 안 되는 소리는 그만두세요!"

"진후, 너!"

지켜보던 연후석이 끼어들었다. 하지만 진후는 아버지에게 눈길도 주지 않았다. 진후는 오로지 어머니만을 노려봤다.

"나현이는 아무 잘못 없습니다! 내가 먼저 나현이를 사랑했고,

내가 먼저 나현이에게 고백했어요! 난 나현이 마음을 얻는 게 유일한 목적이란 말입니다. 어머니가 무슨 짓을 하신지 모르겠습니까? 대체 왜 그런 짓을⋯⋯."

"왜라니! 너야말로 몰라서 물어? 그 애 집안, 아주 개차반이더구나. 그런 집안에서 자란 애야 안 봐도 뻔하잖니. 넌 애가 순진해서 모르겠지만⋯⋯."

"내 인생이에요! 내 사랑이고요! 대체 왜 어머니가 끼어들어서 방해를 하시는 겁니까? 집안 좋은 여자가 필요하면 데려다가 어머니가 끼고 살든지, 아버지가 끼고 살든지 하세요! 제 인생을 쥐고 흔들려고 하지 마시고!"

"네 인생이라니! 결혼이 어디 너 하나만의⋯⋯!"

"그만들 해라."

그때 육중한 음성이 들려 왔다.

연 회장이었다.

다들 흥분한 상태라 연 회장의 존재를 잊고 있었다. 하지만 그가 한 마디 꺼내는 순간, 그의 존재감이 거실을 지배했다.

"회, 회장님."

윤 여사가 얼굴을 붉혔다. 연 회장은 윤 여사와 진후를 한 번씩 돌아본 후 말했다.

"둘째 아이 같은 일을 또 만들 셈이냐?"

노아 아버지 이야기였다.

"이제 이 집안에 정략결혼은 없다. 결혼은 자기들끼리 사랑하다가 알아서 하도록 내버려 두도록 해라. 집안 시끄럽게 만들지 말고."

*   *   *

"아버지는 노망이 드셨어. 노망이 드신 게 분명해."

방에 들어온 연후석이 중얼거렸다. 차마 시아버지가 노망났다는 말을 꺼낼 수 없었던 윤 여사는 그저 고개만 끄덕였다.

"사랑 타령을 하시다니. 말도 안 돼."

둘째 아들인 연민석이 노아 어머니를 데리고 왔을 때, 누구보다도 반대했던 사람이 연 회장이었다. 형인 연후석은 오히려 연민석을 두둔해 주었다. 연민석이 노아 어머니를 얼마나 사랑하는지, 집안 문제로 얼마나 고민했는지 곁에서 지켜봤기 때문이었다.

그때만 해도 연후석은 순수했다.

연 회장은 죽일 듯, 죽을 듯 결혼을 반대했고, 연민석은 연 회장이 정해 준 여자와 결혼하는 수밖에 없었다. 밖에서는 노아 어머니인 정아영이 결혼 후 만난 정부라고 알고 있지만, 사실은 원래 부인이 될 사람이었다.

그런 연 회장이 사랑 타령을 하다니.

"저 노인네도 나이가 드니 마음이 약해지신 게지. 쯧."

연후석이 신경질적으로 혀를 찼다.

진후의 배필로 생각해 둔 아이들이 몇 있었다. 연후석에게 힘이 되어 줄 만한 집안을 가진 아이들이었다.

하지만 이래서야 그 아이들과 진후를 맺어 주는 일은 꿈도 못 꾸게 생겼다.

"차라리 잘됐지 않아요? 회장님 마음 약해졌을 때, 얼른 진후를 결혼시켜서 손주를 안겨드리면 되는 일이잖아요. 진후 닮은 아이 안겨드리면 좋아하실 거예요."

"하지만 집안이 좀…… 비슷한 구석이 있기는 해야지. 밑바닥 계집애를 들이면 다른 사람들이 뭐라고 생각하겠어?"

"요샌 이혼이 흠이 되는 세상도 아닌데, 회장님 마음 적당히 풀어드리고 회장님이 위에서 내려오시면 그때 진후 이혼시키면 되잖아요. 진후 정도 되는 아이라면 배필 되고 싶어 하는 사람들이 줄을 섰을 테니까."

"흐음. 그럼 지금 그 애는 씨받이로 들이자는 건가? 나쁘지 않군."

"진행할까요?"

"회장님이 언제 말을 바꿀지 모르니까, 진행할 거라면 최대한 빠르게 진행해. 올해 안에는 결혼해서 애를 갖는 게 좋겠어."

연후석은 신경질적으로 담배를 꺼냈다.

이게 다 연 회장이 후계를 정하지 않은 탓이다. 후계만 정했더라도 아들 결혼을 무기로 삼을 필요는 없을 텐데.

                    *   *   *

"소란스럽게 해서 죄송합니다, 회장님."

진후가 깊이 허리를 굽히며 말했다. 연 회장은 대답하지 않았
다. 그저 진후를 가만히 응시했을 뿐이다.

아버지와 어머니가 연 회장을 어떻게 생각하고 있는지, 진후
는 알고 있었다. 부모님은 연 회장이 이빨 빠진 호랑이, 혹은 나
이 들어 마음이 약해진 노인네 정도로만 생각하고 있었다.

하지만 진후의 생각은 달랐다.

연 회장은 결코 약해지지 않았다. 그의 눈빛은 여전히 형형하
게 빛나고 있었다. 속내를 드러내지 않는 연 회장의 안에 무엇이
담겨 있을지, 진후는 상상조차 할 수 없었다.

"쉬거라."

연 회장이 일어났다.

"나도 들어가 봐야겠구나."

"네, 회장님."

연 회장이 방으로 들어간 후, 진후는 소파에 앉아 눈을 감았다.

　─당신이 내 지옥이야.

나현의 음성이 귓가에서 떠나지 않았다.

―당신이 내 지옥이야.

그 말이 저주처럼 진후의 몸에 들러붙었다. 진후를 노려보던 나현의 눈동자에는 지독한 경멸이 서려 있었다. 진후가 무엇을 해도 지워지지 않을 듯 진하고 예리한 경멸.

식은 체온이 정상으로 돌아오지 않았다. 손가락 끝은 여전히 차가웠고 몸이 떨리기까지 했다.

―왜?

노아의 질문 역시 떠나지 않는 것 중 하나였다.

―왜?

나현을 포기하지 않을 거란 진후의 말에 돌아온 질문.
무슨 의미였을까.
'당연히 사랑하기 때문이지.'
그렇게 대답을 해 보지만, 충분한 답이 아니란 생각을 지울 수가 없었다.
노아는 대체 어떤 대답을 기대하고 그러한 질문을 던진 걸까?
달칵―
한참 그러고 있는데 현관문 열리는 소리가 들렸다. 진후는 눈을 뜨고 현관문 쪽을 돌아봤다. 노아가 들어오고 있었다.

신발을 벗느라 고개를 숙이고 있어서, 그의 표정을 확인할 수가 없었다. 웃고 있을까? 승리감에 취해 있겠지. 그녀가 진후를 가리켜 지옥이라 하는 모습을 똑똑히 목격했으니까.

그러나 고개를 든 노아의 얼굴에 승리감 따위는 묻어 있지 않았다. 그는 그저 지친 표정을 짓고 있을 뿐이었다.

"나현이는…… 괜찮아?"

그가 곧바로 방에 들어가려 하기에 먼저 아는 체를 했다. 노아는 진후를 흘긋 돌아보고는 고개를 끄덕였다.

"응."

"집안 문제는 해결했다."

"응."

"부모님이 나서서 나현이를 괴롭히는 일은, 두 번 다신 없을 거야."

"응, 알았어."

"이번엔 내 실수였다. 앞으로는 이런 실수 역시 없을 거다."

"그래."

아무래도 상관없다는 듯한 그의 말투가 거슬렸다.

"비난할 줄 알았는데."

중얼거리는 진후를, 노아가 빤히 응시하다가 깊은 한숨을 내쉬었다.

"말했잖아. 형이랑 싸우고 싶지 않다고. 나는……."

노아의 한숨이 더 깊어졌다. 그의 얼굴을 보고 있지 않았더라면, 진후는 그가 울고 있다고 착각했을지도 모르겠다. 그만큼이나 처참한 목소리로, 그가 말했다.

"형을 싫어하지 않아."

더는 노아에게 말을 걸 수가 없었다. 노아는 천천히 자기 방으로 향했다.

탁―

문이 닫힌 후, 진후는 구부정하게 앉아 두 손으로 머리를 거머쥐었다.

왜일까? 왜 이렇게 가슴이 답답한 거지?

연 회장은 결혼 문제를 진후의 뜻에 맡기라고 했다. 이제 진후와 나현의 사이를 방해하는 건 아무것도 없었다. 나현은 곧 노아의 무능력함에 질릴 것이고, 진후에게 마음을 열어 줄 것이다.

사랑만으로 살아갈 수 있다는 것은 세상물정 모르는 어린애의 환상이었다. 죽을 만큼 사랑해서 결혼한 부부도 현실의 벽에 부딪쳐 이혼하는 경우가 허다했다.

그러니까 나현과 노아의 사이도 영원하지 않으리라.

'그런데 나는 왜……'

이렇게나 비참한 걸까? 모든 걸 잃은 것처럼.

＊　　＊　　＊

진후를 미워하고 싶지 않았다.

그는 이 집에서 노아에게 정을 준 유일한 사람이었다. 그의 순수함을 질투했지만, 사실은 좋아했다.

그랬다.

이 집안사람들 전부 싫다고 생각하려 했지만, 사실은 진후를 친형처럼 생각했다.

하지만 오늘 나현의 집에 들어오던 진후의 얼굴을 보는 순간, 그를 증오하는 마음이 싹텄다. 그의 얼굴에는 우월감이 묻어 있었다.

나현을 지옥으로 밀어 넣은 사람은 진후였다. 진후가 나현에 대해 알리지 않았더라면, 그녀가 회사에서 그런 끔찍한 상황에 처하는 일은 없었을 것이다. 그런데도 진후는 노아를 이겼다는 승리감에 취해, 나현의 감정을 배려하지 않았다.

"제길."

축복 따위는 바라지도 않았다. 그녀를 사랑함으로써 누군가를 미워해야 하는 일이 생기는 것이 싫을 뿐이었다.

나현이 노아에게 원하는 것은, 노아가 다시 그림을 그릴 수 있게 되는 것. 노아가 나현에게 원하는 것은, 그녀와 함께 살아갈 수 있는 것.

단지 그뿐이었다.

그런데 왜 이렇게 방해하는 것들이 많단 말인가. 대체 무엇을 잘못했기에.

'불륜 커플도 우리처럼 고되지는 않을 거야.'

노아는 쓴웃음을 지으며 연필을 손에 쥐었다. 하지만 연습장에 연필 끝을 대기도 전에, 지독한 통증이 손등을 강타했다. 이를 악물고 다시 연필을 잡았지만 통증 때문에 손이 덜덜 떨렸다.

환통이었다. 마음의 문제라는 진단을 받았다.

이제 이 마음은 나현의 것인데, 왜 아직도 이렇게 아픈지 모르겠다.

노아는 왼손으로 오른손의 흉터를 쥐어뜯었다. 손톱에 뜯긴 피부에서 피가 흘렀다. 그러나 그로 인한 통증은, 최여울의 저주로 인한 통증보다는 크지 않았다.

"최여울."

흐르는 피 사이로 최여울의 웃는 얼굴이 보였다.

"넌 언제쯤 되어야 날 떠날까?"

최여울이 깔깔대는 소리가 들려오는 듯했다.

"넌 언제쯤 되어야 날 자유롭게 해 줄까?"

*　　*　　*

이튿날 아침.

연 회장과 정 여사는 일 때문에 일찍 나가고 아침 식사 자리에는 연후석 내외와 진후, 노아만 있었다. 어제의 일도 있었던지라 다들 굳은 표정으로 식사를 했다.

노아는 그 시간이 특별히 부담스럽게 느껴지지는 않았다. 늘 이 자리는 불편했기 때문이다.

"생각을 해 봤는데 말이다."

연후석이 입을 열었다.

"나현이라는 아이, 그래."

나현의 이름이 나오자, 노아는 젓가락을 꽉 움켜쥐었다. 이 자리가 특별히 부담스럽게 느껴지기 시작했다.

"여러 가지로 부족한 게 많은 아이지만, 진후 네가 좋다면 허락하마. 결혼, 네가 원하는 대로 진행하도록 해라."

노아가 고개를 번쩍 들고 연후석을 쳐다봤다. 연후석은 노아가 안중에도 없는 듯했다. 그럴 만도 했다. 나현과 노아의 관계를, 그들은 모르고 있으니까.

아니, 설령 안다고 해도 그들은 마찬가지이리라.

고개를 돌려 진후를 노려봤다. 노아의 시선을 느낀 진후가 노아를 마주 봤다. 그의 입가에 옅은 미소가 떠올랐다가 사라졌다.

"네, 아버지."

"이왕 결혼할 거라면 최대한 빨리 하도록 해. 올해가 가기 전에 하는 게 좋을 것 같구나. 그 애 집안사람들은 엮을 생각하지 말고, 그 애만 들어와서 살라고 하렴."

"네, 어머니."

진후의 목소리에는 승리감이 묻어 있었다.

노아는 탁 소리가 나게 젓가락을 내려놨다. 그런데도 노아에게 관심을 주는 사람은 없었다.

노아는 항상 그들의 관심을 원하지 않았다. 하지만 이번만큼은 달랐다. 노아는 처음으로, 아무도 말을 시키지도 않는데 입을 열었다.

"그건 안 될 겁니다."

모두의 시선이 노아에게 향했다. 특히 진후는 눈을 부릅뜨고 경고의 시선을 던지고 있었다.

경고할 테면 하라지.

한 번 입을 떼고 나자, 다음은 더 수월했다. 아니, 유쾌하기까지 했다.

"임나현 씨가 진후 형이랑 결혼하는 일은 죽었다가 깨어나도 없을 거예요."

이쯤 되면 버럭 성질내는 소리가 들려올 법도 한데, 아무도 말을 하지 않았다. 그만큼 노아의 말이 엉뚱했기 때문이리라.

연후석과 윤 여사는 어안이 벙벙한 표정이었다.

"임나현 씨, 제 여자거든요. 윤 여사님도 임나현 씨한테 직접 들으셨죠? 사랑하는 남자가 있다는 말. 그게 말이죠, 이 남자가 아니라."

노아가 진후를 가리켰던 손가락을 자신에게로 향했다.

"이 남자라서요."

"……."

"진후 형이 어디가 이상해졌는지 자꾸 내 여자랑 결혼하겠다고 그러는데, 안됐네요. 내 여자가 진후 형이랑 결혼하는 일은 절대 없을 거거든요. 그럼 좋은 하루 되십시오."

노아는 살짝 고개를 숙여 인사를 하고는 식당을 빠져나왔다.

"너, 이······!"

"진후야, 저게 정말이니?"

"저 새끼가 지금 뭐라고 떠들고 나간 거야?"

연후석과 윤 여사가 비명처럼 외치는 소리가 들려왔지만, 노아는 무시했다. 즐거운 아침이다.

"······사실입니다, 지금은."

진후의 대답에 연후석 내외의 눈이 튀어나올 것처럼 커졌다. 둘 다 말문이 막히는지 화도 내지 못하고 입만 뻐끔거렸다.

"현재는 나현이와 노아가 사귀고 있습니다. 하지만 곧······."

픽—

연후석이 던진 밥공기가 진후의 이마에 맞고 떨어졌다. 이마가 찢어져 피가 주르륵 흘러내렸다. 진후는 손등으로 피를 쓱 닦은 후 말을 이었다.

"곧 제 여자가 될 겁니다. 나현이도 현실을 보게 되겠지요."

"너, 이 미친놈! 어디 건드릴 게 없어서······."

"동생 여자를 건드리느냐고요?"

"······."

"노아가 제 동생입니까? 그래요?"

"으, 이 자식이 그래도!"

"노아는 잠시 이 집에 머무는 객이지 않습니까? 우연히 애인 있는 여자를 사랑하게 된 것뿐입니다. 흔히 있는 상황이죠. 애인이 있다고 해서 그 여자를 포기하고 싶지 않았고, 그 애인보다 제 조건이 훨씬 낫다는 확신도 있습니다. 제가 포기해야 할 이유가 없습니다."

"이 미친놈이 뭘 잘했다고 빤빤히 변명을 해 대? 그게 말이 된다고 생각해? 그 계집애가 뭐가 대단하다고, 연씨 가문의 네가 목을 매?"

"목을 매는 게 아닙니다. 제 것으로 만들기 위해 공을 들이는 거죠. 회장님이나 아버지도 자기 것으로 만들고 싶은 것이 있으면 무슨 방법이든 사용하지 않습니까? 그걸 보고 배워서 저 또한 그렇게 행동하는 것뿐입니다."

"이 자식이!"

말로는 이길 수 없다고 생각했는지, 연후석이 다시 접시를 집어던졌다. 하지만 이번에는 진후가 고개를 슬쩍 움직여 피했다.

쨍그랑—

접시가 벽에 부딪쳐 시끄러운 소리를 내며 깨졌다.

"걱정 마세요, 아버지. 올해가 가기 전에 나현이와 결혼할 테니까."

"너, 이 자식아. 이 이야기가 남들 귀에 들어가면……!"

"문제가 될 게 있겠습니까? 작은아버지가 하신 짓도 공공연하게 이야기가 도는데, 아무도 자일을 건드리지 못하잖습니까."

"……."

"누가 뭐라 하겠습니까? 작은아버지께서 하신 일에 비하면 이일은 이야깃거리도 안 됩니다. 안 그렇습니까?"

"그 계집애가 노아랑 헤어지지 않으면 어쩔 셈이냐?"

윤 여사가 입을 열었다.

"나는 네가 정한 여자를 노아 같은 애한테 뺏기는 꼴, 보고 싶지 않다. 수치스러워서 발도 못 뻗고 잘 거야."

"걱정 마세요, 어머니. 그런 일은 없을 테니까. 다만…… 아버지께서 하나 도와주실 일이 있는데요. 노아 말입니다. 해외로 보내는 게 어떨까요? 태국 쪽에 자리가 하나 났다고 들었는데."

"그런 짓까지 해야 할 만큼 그 계집애한테 가치가 있는 거냐? 응? 빌어먹는 집안에서 자란 계집애인데, 네가 그렇게 목을 맬가치가 있는 거야?"

연후석이 주먹을 꽉 쥐고 물었다. 당사자인 진후는 아무렇지도 않은데, 연후석 입장에서는 꽤나 모멸감이 느껴지는 상황인가 보다.

진후는 어깨를 으쓱했다.

"가치 있습니다. 보시면 알 거예요, 꽤 괜찮은 여자거든요."

*　　　*　　　*

진후는 아무 일도 없었던 것처럼 출근했다. 하지만 연후석은 그럴 수가 없었다. 가슴이 꽉 막힌 듯 답답했다.

"애가 원하는 대로 해 줘요."

윤 여사의 말에 연후석은 대답하지 않았다.

"생각해 봐요. 진후가 저렇게 매달리는 여자애가 노아랑 맺어지면, 그것처럼 창피한 일이 어디 있겠어요? 노아가 그걸 무기 삼아서 떠들고 다니기라도 하면, 낯부끄러워서 고개도 들지 못할 거야."

"……그렇겠지."

"가만 생각해 보면 그렇게 나쁜 애도 아니에요. 그런 바닥 인생에서 스스로 기어 올라온 애니까, 그만큼 노력도 많이 했겠죠. 진후가 푹 빠질 만한 매력이 있는 애일 거예요."

윤 여사는 필사적이었다.

연후석은 그 이유를 알 수 있었다. 노아에게 진후가 지는 꼴을 보고 싶지 않은 것이리라. 아영을 끔찍이도 싫어했으니까, 진후가 노아에게 지는 것을 자신이 아영에게 지는 것이라고 생각하는 것이겠지.

—형.

문득 잊고 있던 기억이 하나 떠올랐다.

―다시 태어난다면 말이야.

고통에 일그러진 얼굴.

―아무것도 없는 집안에서 태어나고 싶어.

울음기 가득한 목소리.

―손에 쥔 것 없이 태어나, 딱 하나만 가질 생각으로 살
고 싶어.

집안에서 정한 여자와 결혼이 결정된 날. 동생인 민석은 차고
구석에 쭈그리고 앉아 있었다. 안쓰러운 마음에 위로를 해 주기
위해 다가간 연후석에게, 민석은 그리 이야기했었다.

아주 오랫동안 잊고 있었는데, 마치 어제의 일처럼 불쑥 떠올
랐다.

"알겠죠, 여보? 진후가 원하는 대로 해 줘요."

윤 여사의 날카로운 목소리에 정신을 차렸다.

"그래, 알겠어."

아무것도 없는 집안이라니. 손에 쥔 것 없이 살아가다니. 말
도 안 된다. 그때의 민석은 감상에 젖어 있었을 뿐이다.

그런데 왜 이렇게 답답한 걸까.

*　　*　　*

'가기 싫다.'

거울 앞에서, 나현은 생각했다.

'아, 회사 가기 싫다.'

동료 직원들을 어떤 얼굴로 봐야 할지 알 수 없었다.

창피했다. 그런 아버지, 누구에게도 보이고 싶지 않았는데 모두가 봐 버렸다. 못 봤던 사람들의 귀에도 들어갔을 것이다. 마케팅부 임나현 사원의 아버지가 회사에 찾아와 행패를 부리다가 갔다고. 딸 낙태 사실까지 떠들어 대는 미친 아버지라고.

'낙태라니…….'

가슴이 찢어질 것 같았다.

집을 버리고 나오는 순간, 기대도 버렸다고 생각했다. 하지만 아니었던 모양이다. 어쩌면 부모님이 개과천선할지도 모른다는 아주 작은 희망이, 나현도 눈치채지 못할 만큼 깊은 곳에 감춰져 있었던 모양이다.

이제는 그 희망마저 산산조각이 났다.

'나한테는 부모가 없어. 나는 혼자 태어났고 혼자 살아남았어. 그래, 혼자서 여기까지 온 거야. 그러니까 앞으로도 잘할 수 있어. 잘할 수…….'

눈물이 고였다.

'있었으면 좋겠어.'

비명을 지르고 싶었다.

다들 왜 이러는 거냐고. 어머니와 아버지는 뭐가 문제냐고. 왜 그러고 사는 거냐고. 그 안에 자식을 향한 아주 작은 애정조차 없는 거냐고. 그럴 거라면 왜 낳은 거냐고.

오래전 속으로 수십 번씩 되뇌었던 말을, 다시 떠올리게 될 줄은 몰랐다.

'괜찮아, 괜찮아, 괜찮아.'

거울을 똑바로 응시했다.

"괜찮아, 임나현. 지금까지 괜찮았으니까 앞으로도 괜찮을 거야."

기분이 나아지지 않았다.

'연차 낼까?'

한순간 떠오른 생각을 곧 털어 냈다. 오늘 연차를 낸다고 해도 내일은 출근해야 한다. 어차피 맞을 매라면 빨리 맞는 게 낫다.

그래, 출근하자.

나현은 굳게 마음을 먹고 밖으로 나왔다. 마당을 걸어가 대문을 열자, 익숙한 향기가 훅 밀려와 나현을 감쌌다. 그리고 더없이 사랑스러운 남자가 세상에서 가장 근사한 미소를 지으며 나현을 기다리고 있었다.

"오, 예쁜 아가씨."

노아가 건들거리며 말했다.

"날씨도 좋은데 출근, 같이할까?"

나현은 환하게 웃으며 그를 끌어안았다. 그의 품에 얼굴을 묻고 그의 향기를 한껏 들이마시며 말했다.

"비 오고 있잖아, 바보야."

*　　*　　*

회사 입구에서부터 흘끗흘끗 쳐다보는 시선이 느껴졌다. 이름도 모르는 타부서 사람들이었는데, 나현을 보고는 저들끼리 무어라 수군거렸다. 모르는 사람들까지도 저러는데 부서 사람들은 어떨지 예상이 됐다.

"괜찮아."

한숨을 내쉬는 나현에게, 노아가 말했다.

"누나는 잘못한 거 없잖아."

"맞아. 나는 늘 잘못한 게 없었어. 그거면 된다고 생각해 왔는데, 요샌 그렇지도 않다는 생각이 들어."

우는 소리를 하고 싶지 않은데 저절로 흘러나왔다. 노아가 위로하듯 나현의 팔을 살짝 두드렸다. 회사 앞이 아니었다면 꼭 안아 줬겠지.

그래, 괜찮아. 괜찮을 거야. 날 위해 마련된 저 품이 있으니까.

나현은 용기를 내서 회사 안으로 걸음을 옮겼다. 노아도 나현을 보호하듯 속도를 늦추지 않고 따라왔다.

엘리베이터를 탔다. 사람들의 시선이 느껴진다. 모두가 어제의 일을 아는 것은 아닐 것이다. 다만 어제의 일을 목격한, 혹은 전해 들은 사람들 몇 명의 시선이 수십 명의 시선보다 강하게 느껴졌다.

동정, 혹은 의문이나 경멸.

마이너스적인 감정은 유독 진하게 전해진다.

7층까지 올라가는 시간이 영원처럼 길게 느껴졌다. 이윽고 엘리베이터에서 내렸을 때, 나현도 그 안에 있던 사람들도 한숨을 내쉬었다. 불편하기는 매한가지였던 것이다.

"아, 무섭다."

일부러 장난스럽게 말해 보았다.

"아, 사무실 들어가기 너무 무서워."

나현의 의도를 짐작한 듯 노아가 싱긋 웃었다.

"나도. 어제 그런 식으로 퇴근을 해 버려서 일이 엄청 밀려 있을걸."

노아는 알까. 그의 얼굴에 떠오르는 미소가 얼마나 큰 힘이 되는지.

나현은 용기를 내서 사무실 문을 향해 손을 뻗었다.

6장

아무것도 없었다.

동정도, 민망함도, 비난도.

"뭐야, 두 사람. 같이 출근하는 거야?"

"애인 없는 사람 서러워서 못 살겠네."

"좋겠다, 나도 사내연애 해 보고 싶어."

여기저기서 중얼거리는 소리만 들려왔을 뿐이다. 어느 누구도 어제의 일을 기억하는 듯 행동하지 않았다. 마치 어제 아무 일도 없었다는 듯이.

어리둥절한 기분으로 인사를 하고 자리에 앉았다. 컴퓨터를 켜고 나서야, 그것이 부서 직원들의 배려라는 것을 알 수 있었다.

사회에서 만난 관계는 오래가지 않는다, 라는 말이 있다. 그래서 적당한 거리감을 유지하며, 언제 돌아서도 이상하지 않을 사람이라고 생각해 왔다. 지금도 물론 이 사람들과 평생 함께할 거란 생각은 들지 않는다. 그러나 그들의 배려가 나현의 답답한 가슴을 부드럽게 풀어헤치는 것까지 막을 수가 없었다.

화장실에 갔다가 손을 씻고 있는데 슬이가 들어왔다.

"어? 언니!"

평소보다 애교스럽게 다가오는 이유는 어제의 일을 생각해서일 것이다. 그런 슬이의 행동이 밉지 않았다.

"응, 슬이 씨."

"언니, 이따 점심때 같이 점심 먹을래요? 나, 윤정 대리님이랑 스시 먹으러 가기로 했거든요."

"스시?"

"네, 저번에 언니랑 노아 오빠랑 같이 갔던 그 스시집이요."

"거기 가면 그때 생각나서 내가 미워지지 않겠어요?"

"아하하하. 그럴지도 모르겠다. 긴장하고 나오세요."

가벼운 농담을 던질 수 있는 이유는, 이제 슬이가 그것으로 화내지 않으리라는 것을 알기 때문일 것이다.

점심시간이 되자마자 윤정이 제일 먼저 일어났다.

"가자, 나현 씨, 슬이 씨."

'우리 셋이서 오붓한 시간을 보낼 예정이니 따라오지 마.'라는 의도가 다분한 부름이었다.

스시집에 들어서자 그날의 일이 떠올랐다. 굉장히 오래전의 일 같은데 계산해 보니 불과 두 달 전의 일이었다. 그때만 해도 노아의 마음을 전혀 몰랐다.

그때 느꼈던 마이너스적인 감정이 미미하게 떠올라 웃음이 나왔다. 그래, 그런 일도 있었지. 그런 기분도 받았었지.

노아를 사랑하는 마음은 그때나 지금이나 같은데, 그 마음이 만들어 내는 효과는 달라졌다. 서로 사랑한다는 것을 알게 된 것뿐인데도 이렇게나 다른 느낌을 갖게 된다는 것이 신기했다.

"언니이. 노아 오빠 생각하죠?"

메뉴를 고르던 슬이가 눈을 가늘게 뜨고 물었다.

"에이, 아니에요."

"아니긴. 언니가 노아 오빠 생각할 땐 딱 티가 나요. 그렇죠, 대리님?"

"응. 눈에서 아주 꿀 떨어지거든."

둘의 말에 얼굴을 붉혔다. 즐거운 추억을 떠올리고 있는 게 아닌데도 그렇게 티가 나다니.

"유부녀는 부러워서 못 살겠다."

"에이, 대리님은 남편이라도 있죠! 전 솔로라고요, 솔로. 이러다가 이번 크리스마스도 혼자 보내게 될 것 같아."

"유부녀는 뭐 누구랑 같이 보내는 줄 알아? 크리스마스 때 알콩달콩하게 보내는 건 연인일 때나 가능한 짓이야."

"하긴. 내 주위에 결혼한 친구들 봐도 다 후회하더라고요. 연애 때랑 너무 달라졌다면서. 저한테 결혼을 최대한 늦게 하래요."

"응, 그러는 게 좋아. 그래서 요새는 다들 서른 넘어서 결혼하잖아. 결혼해 봐야 시댁 챙기랴, 남편 챙기랴, 할 일만 많아지지."

"그러고 보니 내 친구네 시댁은요……."

어쩌다 보니 대화가 막장 시댁으로 흘러갔다. 주문한 스시와 우동을 다 먹을 때까지, 한 유부녀와 한 아가씨는 '얼어 죽고 빌어먹을 시댁'에 대해 열렬한 토론의 시간을 가졌다. 모르는 사람이 보면 슬이 역시 유부녀라고 생각했을 것이다.

어제의 일에 대해 이야기하기 위해 따로 자리를 마련한 줄 알았는데 아니었던 모양이다. 나현에게는 세상이 무너질 것 같은 큰일이었는데, 다른 사람들에게는 별일 아니었을지도 모르겠다.

그렇다면 다행이다. 이 사건도 곧 사람들의 기억 속에서 잊히겠지.

"나현 씨."

"네?"

"결혼하지 마."

"아하하하하하."

윤정의 진지한 말에 나현은 웃음을 터뜨렸다.

"농담 아냐. 노아 씨가 지금은 저렇게 멋지고 달콤해도, 아저씨 되는 거 한순간이야. 소파에 누워서 배 벅벅 긁으며 TV 채널

이나 바꾸는 모습을 생각해 봐. 그래도 사랑할 수 있겠어?"

"네, 뭐…… 그때가 되면 저도 집에서 화장도 안 하고 뱃살 출렁이면서 잔소리나 해 대고 있지 않겠어요? 변하는 건 노아나 저나 마찬가지일 테니까요."

나현의 대답이 만족스러운지 윤정이 부드럽게 미소를 지었다.

"나현 씨는 정말 좋은 사람이야."

생각지 못한 칭찬에 가슴이 쿵 내려앉았다.

좋은 사람? 그런 건 모르겠다. 오히려 슬이와 윤정이 좋은 사람들이었다. 그들은 나현의 기분을 풀어 주기 위해 이런 곳까지 데리고 와서, 아무 상관도 없는 시댁 이야기로 꽃을 피웠다.

"언니가 잘못한 건 하나도 없어요."

"응, 맞아요. 내가 잘못한 건 하나도 없죠. 하나도 없는 걸 아는데, 그거면 됐다고 생각했는데…….."

오늘 아침 노아에게 했던 이야기를 그대로 했다.

"이제는 그것만으로 부족할지도 모른다는 생각이 들어요. 내가 아무리 잘못을 하지 않아도, 내 주변 상황들은 왜 자꾸 날 구덩이에 밀어 넣으려고 안달이 난 걸까요?"

담담히 속내를 드러내는 나현을, 슬이와 윤정은 말없이 응시했다.

"구덩이에 들어가고 싶지 않아…….."

"들어갈 일 안 생길 거예요."

이번에는 슬이의 대답이 돌아왔다.

"언니, 언니가 좋은 사람이기 때문에 언니 주위로 좋은 사람들이 모이고 있어요. 언니가 구덩이에 들어가면 언제든 손을 뻗어서 끌어 올려 줄 사람들. 손이 안 닿을 만큼 깊은 곳이면, 그 구덩이 안에 들어가서까지 언니를 밀어 올려 줄 사람들."

*　　　*　　　*

식사를 끝내고 돌아오는 길.

복도에서 김 대리가 노아에게 물었다.

"그런데 노아 씨, 감당할 수 있겠어?"

"뭘요?"

"나현 씨네 아버지 말이야. 보통이 아니신 것 같던데."

"어우, 김 대리님은 뭐 그런 걸 물어보세요?"

"이 대리님이 그런 얘기하지 말자고 했잖아요."

다른 직원들이 김 대리를 타박했다. 하지만 그들은 흘긋흘긋 노아를 보고 있었다. 대답을 기다리고 있는 것이리라.

다행이다. 이 자리에 나현이 없어서.

윤정과 슬이는 이 상황을 예상하고 따로 밥을 먹으러 간 걸지도 모르겠다. 회사에서 일을 할 때야 애써 없었던 일인 척할 수 있지만, 사석에서는 마음이 해이해질 수도 있으니까.

"네, 뭐."

노아는 어깨를 으쓱했다.

마침 맞은편에서 걸어오는 진후를 발견했기 때문이다.

"우리 집안사람들이 더 개차반이라서요. 나현 선배가 견뎌 줄 수 있을지, 오히려 제가 불안합니다."

다들 노아가 나현을 감싸 주기 위해 이런 말을 한다고 생각하는 것 같았다. 그들이 뭐라 생각하든 상관없었다. 한 사람만 제대로 받아들였으면 된다.

진후는 노아를 노려보고는 그의 옆을 스쳐 지나갔다.

그래, 진후만 알면 된다. 그가 하는 짓이 나현을 얼마나 고통스럽게 하는 짓인지.

*　　*　　*

일을 하고 있는데 쓱 쪽지 하나가 책상 위에 놓였다.

[영화관에서 7시 20분에. 표는 내가 준비.]

데이트 신청인 모양이다. 나현은 가볍게 웃으며 답을 썼다.

[오케이.]

쪽지를 보낸 후 옆을 보니, 노아가 싱글싱글 웃는 모습이 보였다.

저렇게 좋을까? 나도 저런 표정을 짓고 있을까?

피식 웃으며 일어나 준비실로 향했다. 잠이 쏟아져서 커피를 한잔 마실 생각이었다.

어제 아버지의 일 때문에 한숨도 자지 못했다. 진후는 아버지가 나현을 건드릴 일 없을 거라고 말했다. 하지만 모를 일이다. 한 번 시작된 악몽은 쉬이 끝나는 법이 없다.

'그 사람은 그 얘기를 어디서 듣고 온 거지?'

아버지는 민우와 관계된 이야기를 꺼냈다. 윤 여사가 거기까지 조사해서 알려 준 걸까? 하지만 낙태라든가, 그런 문제들은 있지도 않은 사실이었다. 만약 그런 이야기를 지어내서 알려 준 거라면 끔찍한 악의다.

떠올리고 싶지 않은데 생각이 자꾸만 그쪽으로 흐르는 것까지 막을 수는 없었다.

'그래, 양민우. 그 문제도 있지.'

호진의 말대로 동문들과 연을 끊고 지내면 그만이었다. 실제로 동문과 긴밀한 관계를 유지하는 사람들은 많지 않았고, 나현 역시 마찬가지였다. 그저 이 회사에 동문이 몇 명 있어서 가끔 아는 체를 할 뿐이었다.

'하지만 그럴 수 없어.'

아버지의 사건으로 알게 되었다.

과거는 아무리 묻어 두려 해도, 그 과거가 생명을 가진 이상 멋대로 부풀어 뒤통수를 치리라는 것을.

양민우가 살아 있는 한, 언제 또 이러한 일이 생길지 모른다. 그렇다면 애초에 싹을 잘라 내는 편이 낫다. 그가 무슨 소리를 해도 들어 주는 사람이 없도록.

'그런 방법까지는 쓰고 싶지 않았는데.'

어찌 되었든 한때 정을 통하던 사람이었다. 이왕이면 최악의
상황만큼은 만들고 싶지 않았다. 하지만 양민우는 최악의 상황
을 만들어 내기 위해 발버둥을 치고 있었다. 그가 발버둥 쳐서
만들어 낸 파도가 나현이 지은 모래성을 무너뜨린다면, 가만히
있을 수는 없었다.

달칵—

준비실 문 열리는 소리가 들렸다.

"여기서 선배를 보는 건 오랜만이에요."

그의 음성에 정신을 차렸다. 커피를 타려던 손을 멈추고 그를
돌아봤다. 노아가 빙그레 웃으며 안으로 들어오더니, 손을 뒤로
돌려 문을 닫았다.

"안 돼요."

그가 무엇을 하려는지 깨달은 나현이 단호하게 말했다. 그는
입가의 미소를 지우지 않고 나현에게 다가왔다.

"이런 데서 보니까 신선한데요? 처음으로 돌아간 것 같지 않
아요?"

그가 나현의 목덜미를 쓰다듬었다.

"않아요."

그의 말을 부정하는 것이, 나현이 할 수 있는 최대한의 반항이
었다. 목을 쓰다듬는 그의 손길이 따스하고 다정해서, 도저히 떼
어 낼 수가 없었기 때문이다.

그는 흐응, 콧소리를 내더니 허리를 굽혔다. 그의 입술이 나현의 목덜미에 낙인을 찍듯 눌렀다가 떨어졌다. 그는 아주 느릿하게 나현의 목을 애무했다. 그의 혀가 여린 살결을 훑을 때마다 번지는 감각에, 나현은 몸을 부르르 떨었다.

그의 애무가 짙어질수록 나현의 몸도 예민해졌다. 그의 숨결만 닿아도 전율이 일어날 만큼.

그의 손이 나현의 상의 안으로 들어왔다. 맨살에 닿는 감촉이 뜨거워, 나현은 저도 모르게 숨을 들이마셨다.

"핫⋯⋯!"

"쉿."

그가 나현의 귓가에 대고 속삭였다.

"소리 내지 마요, 선배."

그러고는 나현의 귓바퀴를 훑고 목에 입을 맞추고, 허리를 더 굽혔다. 어느새 밖으로 드러난 봉긋한 두 개의 가슴 중 하나에, 그가 입술을 가져갔다. 그는 탱탱한 둔덕에 쪽 소리가 날 정도로 세게 입을 맞추다가, 혀로 유륜을 훑고 젖꼭지를 깨물었다.

"읏!"

입을 악물고 있어서 억눌린 신음이 흘러나왔다. 그는 나현의 반응이 만족스러운 듯 옅은 미소를 지으며, 다른 쪽 젖꼭지를 꽉 꼬집었다. 민감한 돌기 양쪽 전부에서부터 시작된 달콤한 쾌감이 전신을 에워싸는 데는 오랜 시간이 걸리지 않았다.

이미 익숙해진 애무인데도 몸은 마치 처음인 듯 반응했다. 그의 손길이 닿는 곳마다 불에 데인 듯 뜨거웠다. 호흡이 점점 빨라졌다.

그가 어린아이처럼 집요하게 유두를 빨았다. 나현은 헐떡거리며 그의 머리카락을 거머쥐었다. 다른 쪽 유두를 조물거리던 그의 손이 나현의 날씬한 배를 쓰다듬고 등을 어루만졌다.

그의 것을 받아들일 수 있을 만큼, 아니 받아들이고 싶을 만큼 몸이 달았다. 이곳이 회사라는 것도 잊고, 그가 어서 안으로 들어와 줬으면 좋겠다고 생각했다.

그때, 노아가 불현듯 몸을 일으키고는 나현의 옷매무새를 정리해 주기 시작했다.

왜, 라는 의문이 담긴 눈으로 그를 올려다봤다. 그가 씩 웃었다.

"여기, 회사잖아요."

화끈—

얼굴이 붉어졌다.

"자제해야죠. 안 그래요?"

그가 얄미웠다. 자기가 먼저 달아오르게 해 놓고서는, 사람을 변태로 만들고 있어.

하지만 아직 호흡이 고르지 않아 숨만 색색 몰아쉬었다. 노아는 그런 나현이 귀엽다는 듯 두 팔을 벌려 꽉 끌어안았다. 그의 단단한 가슴에 얼굴이 묻혔다.

"아, 선배는 정말 너무 귀여워요."

"됐거든요."

"어떡하지? 쪼끄맣게 만들어서 주머니에 넣고 다니고 싶어."

"그럼 난 숨 막혀서 죽어요."

"아하하하하."

그렇게까지 웃긴 대답인가?

나현은 황당했지만 노아는 한참 동안 웃었다. 그의 웃음소리
가 듣기 좋았다.

"이따 봐요, 선배. 원하면 영화 보면서 못다 한 거 해 줄게요."

"으응…… 응? 절대 싫거든요!"

뒤늦게 '못다 한 거'가 무엇인지 깨닫고 버럭 외쳤지만, 노아는
이미 준비실을 나간 후였다. 나현은 가볍게 한숨을 내쉬며 커피
를 마저 탔다.

하여간 제멋대로라니까.

투덜거리면서도 입가에 머무는 미소를 지울 수가 없었다.

참 신기한 일이다. 그저 노아와 잠시 안고 있었을 뿐인데, 그
전까지 품고 있던 수많은 문제들이 별거 아닌 것처럼 여겨지게
됐다.

'아니, 그래도 모르는 척해서는 안 돼. 더는 없는 일로 칠 수
없어.'

과거는 생명을 가지고 분명하게 존재했다. 그것이 살아서 숨
을 쉬는 한, 나현은 자신이 행복해질 수 없으리라는 것을 실감했
다.

과거가 더러운 방법을 써서까지 발목을 붙들려고 한다면, 그걸 피하기 위해 나현 역시 더러워져야만 했다.

그래, 이제 그 방법밖에 없겠다.

나현은 컵 안에서 찰랑이는 커피를 물끄러미 응시하며, 아랫입술을 지그시 깨물었다.

'그걸 끄집어내고 싶지는 않았는데.'

노아와 영화를 본 후 간단하게 저녁을 먹는 자리에서 노아가 말했다.

"문제가 생겼어, 누나."

또 어떤 문제일까.

심장이 철렁 내려앉았다.

"진후 형네 부모님이 진후 형과 누나의 결혼을 인정하겠대."

"그게 무슨……? 난 부장님이랑 아무 사이도 아니잖아."

"……응, 아무 사이도 아니지. 하지만 그 사람들한테 중요한 건 그게 아니야."

"그럼 대체 뭐가 중요한데?"

"자존심, 그리고…… 손자?"

"손자?"

"응. 회장님 손자."

부자들이 생각하는 방식은 아무래도 따라잡을 수가 없었다. 나현은 멍하니 노아를 응시했다.

노아는 한숨 섞인 목소리로 말했다.

"회장님이 아직 후계를 정하지 않았어. 혈육을 따지지 않고 능력 있는 사람에게 물려주겠다, 라는 이야기를 한 게 몇 년 전의 일이야. 실제로 자일 그룹은 중요한 자리에 혈육뿐 아니라 능력 있는 사람들이 앉아 있어. 누가 차기 회장이 될지, 아무도 모르는 상황이야."

"아, 그럼 열심히 해서 회장님 눈에 들면 되잖아."

"그렇지. 그렇긴 한데…… 그 사람들은 더 쉬운 방법이 있다고 생각하고 있어."

"더 쉬운 방법?"

"귀여운 증손주를 안겨 주는 거."

"에?"

"회장님이 집안의 치부인 나를 본가에 들인 것도, 후계를 정하지 않는 것도, 전부 마음이 약해져서 감상적인 기분으로 결정한 일이라고 생각하는 것 같아. 진후 형이 얼른 아이를 낳아서 애를 안겨 주면, 회장님이 마음을 바꾸시지 않겠느냐, 그런 생각인 거지."

"……그럼 날 씨받이로 들이겠다는 거네?"

"아니, 뭐…… 진후 형이 누나를 좋아하는 건 사실이니까. 씨받이까지는 아니지."

"부장님은 날 좋아하는 게 아니야."

"형이 그런 식으로 행동하는 건 처음 봐. 누나한테 푹 빠진 거야."

"아니, 아니야. 처음에는 그랬을지도 모르겠지만, 지금은 아냐. 너도 그렇게 생각하잖아."

"……."

"부장님도 지금은 자존심 때문에 그러는 거야. 네가 부장님을 좋게 생각하고 싶어 한다는 거 알아. 하지만 부장님은, 지금 나한테는 좋은 사람이 아냐. 자기 자존심 때문에 내 남자 친구를 무시하고 괴롭히는 사람일 뿐이야."

"하아. 진후 형이 왜 그러는지 정말 모르겠어."

노아의 얼굴이 괴롭게 일그러졌다.

그의 마음을 이해했다. 진후는 그 집안에서 노아를 감싸 주는 유일한 사람이었다. 그런 사람이 가장 큰 적이 되어 총구를 들이댄 것을 받아들이기 힘든 것이리라.

"사람이 미치는 순간이 있어."

나현은 말했다.

"별일 아닌데 갑자기 이성이 툭 끊기는 거야. 그럴 때 사람은, 자기가 무슨 짓을 하는지 객관적으로 판단을 하지 못하게 돼."

"진후 형이 그 상태라고 생각해?"

"네가 부장님을 좋게 생각하는 데는 이유가 있다고 생각해. 네 말대로 부장님이 좋은 사람이었다면…… 지금 그분 안에 있던 무언가가 끊어진 거겠지."

"……다시 붙이려면 어떻게 해야 되지?"

"그건…… 너도, 나도 할 수 없는 일이야. 스스로 깨달아야 하는데, 보통 그 깨달음은 다 끝난 후에야 오더라. 모든 상황이 종료된 후에야 후회하게 되더라."

"본인 경험이야?"

노아의 질문에 나현은 쓰게 웃었다.

"전 남자 친구에게 맞으면서 지낼 때, 나는 툭 끊어진 상태였어. 그 사람이 날 때리는 걸 당연하게 받아들였지. 그게 싫어서 집을 나왔는데, 그 사람으로부터 도망칠 생각을 하지 못했어. 가족을 버리는 것보다 애인을 버리는 게 더 쉬운 일인데도 말이야."

"……."

"이젠 그러고 싶지 않아. 그래서 순간순간 내 판단이 두려워. 나는 옳은 생각을 하고 있는 걸까? 나도 모르는 새에 이성이 끊긴 건 아닐까?"

"누나."

그가 손을 뻗어 왔다.

그는 나현의 볼을 살며시 어루만졌다.

"누나의 이성이 끊겼을 땐 내가 알려 줄게. 내 이성이 끊겼을 땐 누나가 알려 줘. 우린 이제 혼자가 아니잖아."

"응, 맞아."

나현은 미소를 지으며, 뺨에 닿은 그의 손을 잡았다. 그리고 그의 손길을 즐기듯 눈을 감았다.

"네가 있구나."

*　　*　　*

아틀리에에서 노아가 나간 시간은 새벽 2시경이었다. 그는 나현이 자는 척을 하자, 나현의 머리를 쓰다듬어 주고 볼에 입을 맞추다가 조용히 일어나서 나갔다.

'이렇게 해 주고 가는구나.'

늘 잠들어 있어서 몰랐다. 그가 이렇게나 달콤하게 인사를 하고 나가는 줄은.

이불에서 나와 주위에 떨어져 있는 옷을 주워 입었다. 오늘 해야 할 일이 있었다.

휴대폰으로 시간을 확인한 후 아틀리에에서 나왔다. 어둠에 잠긴 주택가는 조용했지만 드문드문 불이 켜진 곳이 있어서 무섭지는 않았다. 이런 시간에 귀가하는 사람도 있었다.

나현은 조용한 거리를 걸어 자신의 집으로 향했다.

'꺼내고 싶지 않았는데.'

이번 주 주말에 동문회가 있다.

나현은 동문회에 갈 생각이었다. 그 전에 준비해야 할 것이 있다. 어쩌면 호진의 도움을 받아야 할지도 모르겠다.

'하아, 진짜 싫다.'

힘겹게 묻어 둔 기억을 끄집어내는 것은 쉬운 일이 아니다. 한 번 꺼내면 다시 묻기 더 힘들다는 것을 알고 있다.

아버지 사건만 해도 그렇다. 지옥 같았던 그 집을 묻는 데만 몇 년이 걸렸는데, 한 번 겉으로 드러나니 다시 묻어 버리기가 힘들다. 잠깐만 힘을 빼도 불쑥불쑥 떠올라 나현을 괴롭혔다.

이제 또 얼마나 지나야 그 기억들을 잊게 될까.

오피스텔에 들어가기 전 주위를 둘러봤다. 혹시나 민우가 있을지도 모른다는 생각 때문이었다.

'이런 시간까지 있을 리는 없겠지.'

하지만 조심해서 나쁠 것은 없다.

나현은 주위를 살피며 오피스텔 안으로 들어갔다.

오랫동안 비워 둔 집은 여름인데도 서늘한 공기를 품고 있었다. 나현은 곧바로 옷장으로 향했다. 옷장 깊은 곳에 넣어 둔 상자를 꺼내 그 안을 확인했다. 있어야 할 것이 다 들어 있었다.

나현은 그걸 들고 아틀리에로 돌아왔다.

그리고 이튿날 오전, 회사에서 호진을 불러내 말했다.

"오빠, 저 좀 도와주세요."

                    *   *   *

동문회를 하는 날 아침은 드물게도 날씨가 좋았다. 나현은 하늘을 한 번 올려다보고는 걸음을 옮겼다.

    ―그래, 내가 주최 측이랑 얘기해서 준비해 둘게.

도움을 청했을 때 호진은 조금도 망설이지 않고 말했다. 그리고 어젯밤 준비가 다 되었다는 연락을 받았다.

—그런데 나현아, 정말 괜찮겠어?

전화를 끊기 전, 호진이 걱정스럽게 물었다.

—진창에 빠졌을 땐 더럽혀질 수밖에 없더라고요. 깨끗한 상태로 몸만 빠져나오는 건 무리잖아요. 괜찮아요, 오빠. 도와주셔서 감사해요.

상대가 작정을 하고 달려들 땐 그만큼 작정을 하고 방어해야 한다는 것을 깨달았다. 나 혼자만 고고한 척해 봐야 변하는 것은 없다.

'그나저나 어제 노아는 왜 그런 걸 물어본 거지?'

어제 퇴근길에 노아가 동문회를 어디서 하는지, 어디서 하는지를 물어 왔다. 숨길 일은 아니라서 알려 주긴 했는데, 그렇게 꼬치꼬치 물어본 이유를 알 수 없었다.

'설마 찾아오려는 건 아니겠지? 에이, 설마.'

동문회 장소에 짜잔 하고 나타나 '내가 이 여자 애인입니다.' 라고 선포하는 유치한 짓은 하지 않겠지. 게다가 노아가 동문회 장소에 오면 곤란하다. 그에게 보이고 싶지 않은 것들을 끄집어

낼 예정이니까.

　동문회 장소는 유명 호텔의 연회장이었다.

　택시에서 내린 나현은 가만히 호텔 입구를 응시했다. 동문회 시작 시간은 오후 2시였는데, 현재 시간은 3시. 일부러 조금 늦은 시간에 도착했다.

　크게 심호흡을 했다.

　연회장에 들어가는 순간 사람들의 시선이 모일 것이다. 모두가 비난을 담고 있진 않으리라. 나현을 아예 모르는 사람들도 있을 테니까.

　하지만 나현을 아는 사람들은 비난을, 혹은 동정을 보내올 것이다.

　'괜찮아.'

　나현은 주먹을 꽉 쥐었다.

　'괜찮아.'

　―우린 이제 혼자가 아니잖아.

　노아의 목소리가 들려왔다.

　나현은 미소를 지었다.

　그래, 괜찮아. 이젠 혼자가 아니니까.

호진은 가만히 상황을 살폈다.

3시가 되었지만 나현은 아직 도착하지 않았다. 일부러 늦게 오는 것이리라.

동문회 개최사가 끝난 후, 삼삼오오 흩어졌다. 얼굴만 비추고 간 사람들도 꽤 많은데, 호진과 비슷한 또래는 대부분 남아 있었다. 그리고 그 중심에 민우가 있었다.

민우의 주위에 모인 사람들은 민우의 상황을 진심으로 걱정해서가 아니라, 자극적인 소재를 원할 뿐이었다. 한 사람을 '못된 년'으로 만드는 것만큼 재미있는 일은 없으니까. 민우는 그들의 기대감을 충족시켜 주려는 듯 멋대로 떠들어 대고 있었다.

민우의 목소리는 결코 작지 않았고, 그에게 관심이 없던 사람들까지도 그의 주위로 모이기 시작했다.

가능하다면 민우의 뒤통수를 후려치고 싶었지만, 호진은 참았다. 이제 곧 나현이 올 것이다.

"난 임나현 그렇게 안 봤는데."

동기 하나가 호진의 옆에 와서 중얼거렸다.

"겉보기엔 순진해 보이잖아. 이래서 여자는 외모만 보고 판단하면 안 된다는 소리가 나오는 거라니까."

"흐음."

"민우 형은 속도 좋지 않냐? 어떻게 딴 남자 애를 낙태하고 온 여자를 받아 줄 생각을 하지? 남자는 첫사랑을 가슴에 품는다더니, 민우 형도 꽤 순정파야."

"음."

반박할 말이 수없이 많았지만 호진은 그저 주먹만 꽉 쥐었다.

'나현아, 아무래도 안 오는 게 좋을 것 같은데.'

분위기가 생각보다 훨씬 안 좋았다.

나현은 진창을 벗어나기 위해 더럽혀지겠다고 했지만, 이런 인간들의 오해를 풀기 위해 그런 짓까지 해야 할 필요가 있을까 싶었다.

웅성—

그때 연회장의 공기가 변했다.

'왔구나.'

호진은 휙 돌아섰다. 연회장 문으로 나현이 들어오고 있었다.

단정한 단발, 검은색 치마와 흰색 블라우스. 옅은 화장을 한 나현은 고등학생처럼 어려 보였다. 유독 말라서 악의 어린 시선만 받아도 픽 쓰러질 것 같았다.

상황을 아는 사람들은 나현을 향해 곱지 않은 시선을 보냈고, 상황을 모르는 사람들은 다시 자기들끼리 대화를 하기 시작했다. 하지만 연회장 안이 확연히 조용해진 것은 분명했다.

나현 역시 자신에게 쏟아지는 시선을 느끼고 있으리라. 하지만 그녀는 턱을 살짝 들고 천천히 안으로 걸어왔다.

"오, 나현아. 왔어."

민우는 나현이 동문회에 올지 예상도 못 했을 것이다. 처음에는 어리둥절한 표정이었지만 곧 미소를 지으며 나현에게 다가갔다. 첫사랑을 잊지 못해, 그녀의 모진 행동에도 사랑할 수밖에 없는 남자를 철저히 연기하면서.

나현은 민우를 한 번 흘긋 쳐다봤지만 인사를 받아 주지는 않았다. 몇몇 사람들이 그녀의 행동에 대해 뭐라고 소곤거렸다.

"지가 먼저 매달린 주제에 도도한 척하는 것 좀 봐."

"쟤가 저런 이미지였나?"

그런 대화들이 오고 갔고, 나현 역시 들었으리라. 하지만 그녀는 아무것도 들리지 않고 보이지 않는다는 듯 행동했다. 민우가 쩔쩔매는 척 그녀의 옆을 따라갔다.

나현이 호진 쪽으로 시선을 돌렸다. 눈이 마주쳤다.

호진은 알 수 있었다. 그녀의 눈동자가 불안하게 흔들리고 있는 것을. 다른 사람들의 눈에는 그녀가 독하고 못된 여자로만 비치겠지만, 상황을 아는 호진의 눈에는 그렇지 않았다.

나현은 떨고 있었다. 그녀에게 부딪치는 지독한 현실이 괴롭고 싫어서 그녀는 몸부림치고 있었다.

호진이 가볍게 고개를 끄덕이자, 나현은 눈에 띄게 안심한 표정을 지었다. 이 공간 안에서 단 한 사람, 자신의 편이 있다는 것에 안도한 것이리라.

나현은 조금 전까지 진행자가 서 있던 단상 위로 올라갔다. 악의에 차 있던 사람들의 눈동자에 경악과 당혹감이 어렸다. 민우 역시 황당한 듯 입술을 벌리고 있었다.

그럴 만도 했다.

이야깃거리의 주인공이 등장하자마자 단상에 올라가 마이크를 잡았으니까.

고개를 숙이고 시선을 피해도 모자랄 판에, 누가 그런 행동을 한단 말인가.

"저에 대한 소문이 돌고 있더라고요."

그녀의 목소리가 연회실 안에 울리자, 그녀에게 관심이 없었던 사람들까지도 주목했다. 호진은 얼른 단상 옆에 있는 노트북 앞에 가서 섰다. 빔 프로젝트가 설치된 노트북이었다.

"이 안에 저에 대한 이야기를 들으신 분도, 듣지 못하신 분도 계시겠지요. 저에 대해 모르는 분들께는, 먼저 동문회를 망쳐서 죄송하다는 말씀을 드려야 할 것 같습니다."

"나, 나현아. 너 왜 그래?"

민우가 당혹감 짙은 표정으로 단상 위에 올라가려 했다.

"올라오지 말아 주세요, 양민우 씨."

"나현아, 너 진짜 왜 이래? 내가 널 안 받아 줄까 봐 이래?"

"잠시만 제가 이야기할 시간을 주시겠어요?"

"야, 임나현!"

"또, 때리시게요?"

"헉!"

누군가 숨을 들이키는 소리가 들렸다. 어쩌면 민우가 낸 소리일지도 모르겠다.

호진은 말없이 마우스를 쥐고 나현이 이야기하기를 기다렸다.

"나현아, 일단 내려와서……."

"남자와 여자가 사귀다 보면 참 많은 일들이 벌어지더라고요. 제게 양민우 씨는 첫 번째 남자였고, 그래서 사귀는 중에 어디까지 받아 주고 받아 주지 말아야 하는지 알지 못했어요."

"야, 나현아."

단상에 올라가려는 민우의 팔을, 호진이 붙잡았다. 민우가 인상을 찌푸리고 호진을 노려봤다. 둘만 있었더라면 민우의 주먹이 날아왔을 것이다. 하지만 보는 눈이 있어서인지, 민우는 그저 호진을 노려보기만 했다.

사람들은 예상치 못한 일이 벌어지자, 나현에 대한 악감정도 잊고 흥미진진한 시선을 보내고 있었다.

"이별을 했으니까 접어 두고 싶었어요. 좋았던 기억도, 나빴던 기억도, 삶에 존재하는 하나의 이벤트 정도로만 여기고 접어 두려고 노력했어요. 그런데 양민우 씨가 기어코 끄집어내시네요. 없었던 일로 하고 싶었는데."

"야, 나현아!"

민우가 팔을 빼내려 하기에, 호진이 더 세게 붙잡았다.

"이거 놔 봐, 김호진! 지금 나현이가……."

"호진 오빠가 유일하게 제 상황을 아시는 분인데 지금 손을 못 쓰시네요. 잠시만요."

나현이 마이크를 든 채로 단상에서 내려왔다. 호진이 마우스를 넘기자 그녀는 가볍게 고개를 숙이고는 노트북을 조작하기 시작했다.

그녀는 어느 파일을 클릭한 후 이야기를 시작했다.

"모두 빔 프로젝트를 봐 주시겠어요?"

마치 디제이 같은 목소리였다.

빔 프로젝트의 커다란 화면에 떠오른 것은 병원진단서였다. 아래에는 지속적인 폭행을 당한 것 같다는 의사의 소견이 적혀 있었다.

나현이 다음 파일을 클릭했다.

폭행의 흔적이 가득한, 여성의 신체가 찍힌 사진이었다.

"제가 맞았어요. 폭행을 당했죠, 양민우 씨에게."

"야, 내가 언제 널 때렸다고 그래? 저건 네가 밤에 돌아다니다가 불량배들한테 맞아서……."

"많이 맞았어요. 잠자리를 거부했다고 맞고, 눈이 마주쳤다고 맞고, 양민우 씨 기분이 안 좋다고 맞고. 안 맞는 날이 없을 정도로 맞았죠."

민우의 변명을 끊으며 나현은 계속해서 말했다. 그녀의 목소리는 유쾌하기까지 했다.

다들 이곳에서 벌어지는 일을 믿을 수 없다는 표정이었다. 무슨 연극이라도 하나 싶은 얼굴로, 그들은 나현의 이야기를 듣고 있었다.

"욕도 많이 들었어요."

나현이 녹음 파일을 클릭했다.

민우의 목소리가 흘러나왔다.

나현을 성적으로, 인격적으로 모욕하는 내용들. 나현을 모르는 사람들이 들어도 화가 날 만큼 지독한 모욕들. 그리고 간간이 섞여 있는 구타하는 소리, 나현의 신음 소리와 제발 그만 때리라고 비는 소리.

"아, 양민우 씨 어머님께서도 저를 욕하셨죠."

또 다른 녹음 파일.

중년 여성의 목소리.

호진은 민우의 얼굴을 확인했다. 민우는 더 이상 몸부림치지 않았다. 빼도 박도 못 할 증거가 나왔기 때문이다.

"전, 그래요. 녹음으로 들으신 것처럼, 어릴 때부터 아버지한테 맞고 살아서…… 양민우 씨에게 맞았을 때도 그러려니 했어요. 이게 당연한 거구나, 이렇게 사는 거구나. 그래서 벗어날 생각을 못 했죠. 여기 계신 호진 선배가 제 몸에 든 멍을 발견하지 못했더라면, 전 아마 양민우 씨와 결혼해서 계속 맞고 있었겠죠. 아니, 어쩌면 죽었을지도."

나현이 담담하게 말했다.

연회장은 숨소리 하나 없이 고요했다.

"얼마 전부터 양민우 씨가 절 스토킹하기 시작했어요. 집 앞까지 찾아왔더라고요. 반성하면 절 받아 주고 결혼해 주겠다고."

나현의 입가에 서늘한 미소가 떠올랐다.

"여기 계신 여러분이 이분께 어떤 말을 어떻게 들었는지 모르겠어요. 절 어떻게 생각하시는지도 잘 모르겠고요. 하지만 하나만 물어볼게요."

나현은 아는 면면들을 천천히 둘러본 후 입을 열었다.

"제가 이분과 결혼을 해야만 하는 건가요?"

민우의 몸이 덜덜 떨렸다.

"양민우 씨에게 당했던 일들을 남겨 둔 이유는, 혹시나 하는 마음에서였어요. 이걸 다시 끄집어내게 될 줄은 몰랐어요. 만약 이게 없었더라면 전 천하의 쓰레기 같은 계집애가 됐겠죠."

"……."

"그래도 상관없긴 하지만…… 힘들어서요. 제가 잘못한 건 하나도 없는데 자꾸만 잘못한 것처럼 몰아붙여지는 상황이 힘들어서, 실례를 무릅쓰고 이런 짓을 하게 되었습니다."

"야, 이 미친년아!"

민우가 움직일 생각이 없는 것 같아서 힘을 빼고 있었던 게 사달이었다. 호진의 손을 뿌리친 민우가 나현에게 달려들었다.

궁지에 몰려 뒷일을 생각하지 못한 것이다. 민우의 주먹이 나현의 머리를 세게 후려쳤다.

빠악!

듣기에도 아픈 소리가 조용한 연회장 안에 울렸다. 비틀거리던 나현이 쓰러졌고, 민우가 그녀를 향해 발길질을 하기 시작했다.

"꺅!"

"야, 저거 붙잡아!"

"으앗!"

소란이 일어났다.

가장 먼저 호진이, 그다음에 다른 사람들이 달려들어 민우를 제압했다. 민우는 욕설을 내뱉고 몸부림을 쳤지만, 곧 빠져나갈 수 없다는 걸 깨달았는지 몸에서 힘을 뺐다.

천천히 일어난 나현은 아무 일도 없었다는 듯 민우를 물끄러미 응시하며 말했다.

"경찰, 부를게요."

*   *   *

노아는 계획했다.

동문회에 멋지게 등장해, '내가 이 여자 애인입니다!'라고 말하겠다고. 그래서 나현의 전 애인인지 뭔지의 콧대를 꽉 눌러 주겠다고.

가장 멋진 옷을 입고 머리도 손질한 후, 동문회장으로 향했다.

그리고 멋지게 문을 탁 열었는데……

아무도 없었다.

*　　　*　　　*

병원 주차장에서 연후석은 한동안 자동차 안에 앉아 있었다.

아영이 입원한 병원에 찾아온 건 이번이 처음은 아니었다. 과거에 몇 번인가 왔었고, 그때도 지금처럼 자동차 안에 앉아 있다가 돌아가곤 했다.

아영은 기억할까? 이 얼굴을?

그녀가 '누구세요?'라고 물어올 것이 두려웠다. 이 얼굴이, 순수했던 그 시절과 너무나 많이 달라졌을까 봐 무서워서 그녀를 마주할 수가 없었다.

그녀는 연후석에게 인간적인 면이 남아 있을 때를 기억하는 유일한 사람이었다.

몇 시간을 그러고 있었을까.

창문을 꽉 닫아 둔 자동차 안에 습기가 가득 차 숨쉬기가 곤란해질 때쯤에야, 연후석은 자동차에서 내렸다.

엘리베이터를 타고 아영의 병실이 있는 층수를 눌렀다. 손가락 끝이 가늘게 떨리는 걸 보고는 쓴웃음을 지었다.

연 회장이 민석과 아영을 기어코 떼어 놓았을 때, 연후석 역시 인간성을 버렸다. 세상에 사랑 따위는 존재하지 않는다, 모든 인간관계는 이해관계에서 비롯될 뿐이라고 생각하며 살아왔다.

부인인 윤 여사는 연 회장이 골라 준 여자였다. 연후석뿐만이 아니라, 연 회장의 모든 아들이 그렇게 결혼을 했다. 문제 될 것은 하나도 없었다. 사랑은 없지만 훤칠하고 똑똑한 아들을 낳았고, 윤 여사는 내조를 잘했다. 그녀의 집안 역시 연후석에게 많은 도움이 되었다.

그거면 된 거다.

도움이 되느냐, 되지 않느냐. 두 개의 선택지를 놓고 보았을 때, 도움이 되는 쪽을 선택하는 건 당연한 이치였다.

그런데 왜일까. 왜 도움도 되지 않고, 평생 민석의 발목만 붙잡은 정아영을 만나는 게 이리도 두려운 것일까. 그녀가 알아보지 못하는 게 뭐가 그리 대단하다고.

아영의 병실 문을 열었다.

아영은 침대에 앉아 창밖을 응시하고 있었다. 창문으로 들어오는 햇살에 감싸인 그녀는, 달라진 것이 하나도 없었다. 그때와 똑같이 아름답고 청초하며, 순수했다.

"날씨가 참 좋아요, 선생님."

의사, 혹은 간호사라고 생각한 모양이다.

—오빠. 제가 민석 오빠를 사랑한 게 잘못이었을까요?

그녀의 음성 역시 그때와 똑같았다.

"이제 장마철이 끝난 걸까요? 나이가 들었는지, 비 오는 날에는 뼈마디가 쑤셔."

그녀는 어떤 상황에서도 유쾌함을 잃지 않았다. 그래서였으리라. 누구보다도 깐깐한 민석이, 아영을 사랑하게 된 이유는. 봄 햇살과도 같은 그녀에게서 빗어날 수가 없었던 거겠지.

대답이 들려오지 않는 것이 이상했던지, 그녀가 천천히 고개를 돌렸다. 연후석은 주먹을 꽉 쥐었다. 이렇게 긴장한 것은 정말로 오랜만이라고 생각하면서.

연후석을 발견한 아영의 눈이 커졌다. 그녀는 한동안 연후석을 빤히 응시하다가 옅은 미소를 지었다.

"오빠, 오랜만이에요."

순간, 허물어질 뻔했다.

오래전 죽은 동생이 떠올라서, 그녀와 함께였던 동생의 해맑은 모습이 시리도록 그리워서. 인간성을 버리는 순간 함께 버린 눈물이 흐를 뻔했다.

"날 기억하는군."

"당연히 기억하죠. 사랑하는 남자의 형인데."

'사랑했던'이 아니라 '사랑하는'이라고, 그녀는 현재형으로 말했다.

"무슨 바람이 불어서 이런 곳엘 다 찾아오셨대요?"

"……잘 지냈나?"

"노아를 자주 만날 수 있으면 더 잘 지낼 수 있을 거예요. 지금도 나쁘지는 않아요. 회장님의 배려 덕분이겠죠."

아영의 말 속에 가시는 없었다. 하지만 연후석은 심장 근처가
따끔따끔했다.

"오빠, 노아를 너무 괴롭히지 마세요."

"……노아가 그러던가? 내가 괴롭힌다고?"

"그 애는 그런 말 안 해요. 하지만 난 그 애 엄마예요. 그 애가
그 집에서 어떤 취급을 받는지, 안 들어도 알 수 있어요."

아영은 가녀린 외모를 가졌지만 성격은 그렇지 않았다. 그녀
는 오래전 연 회장 앞에서도 눈을 똑바로 뜨고 자기주장을 했었
다.

　　　—회장님은 후회할 거예요. 분명 후회할 거예요.

연 회장이 던진 재떨이에 맞았으면서도, 그녀는 눈 한 번 깜빡
이지 않았다. 연후석은 기억하고 있었다. 그녀가 떠난 후, 연 회
장이 중얼거린 말을.

　　　—내 아들 중에도 저런 아이가 있었더라면 좋았을 텐데.

그래서였다. 노아를 유독 견제한 이유.

노아가 아영의 강단 있는 성격을 물려받았다면 연 회장의 눈에
들 거라고 생각했다. 게다가 노아는 연 회장의 핏줄이기도 했다.

"노아는 그 집 재산 따위, 욕심내지 않아요. 그 애는 그 집에서 먼지 한 톨 가지고 나오기도 싫을걸요. 오빠가 그렇게 괴롭히지 않아도, 그 집안의 재산에 눈독 들일 리 없으니까 그만 괴롭히세요."

"넌 여전히 무섭구나."

"더 무서워졌을걸요. 어미는 자식을 지키기 위해 무엇이라도 할 수 있는 법이니까."

그렇게 말하며, 아영은 흩어질 것 같은 미소를 지었다. 그녀도 알고 있는 것이다. 자신이 지금 누군가를 지킬 상황이 아니라는 것을.

"제가 잘 지내는지 확인하러 오신 건 아닐 텐데, 어쩐 일이세요?"

아영이 물었다.

"미국에 좋은 병원이 있어. 심장전문의가 제대로 갖춰진 병원이야. 노아를 미국으로 보낼 생각이야. 너도 같이 가도록 해. 그리고 그 병원에서 치료받아. 거기라면 노아를 만나는 날에 제약도 없을 거야."

연후석은 단숨에 말했다. 한 번 말이 끊기면 이어 나갈 수 없을 것 같았기 때문이다.

아영은 한동안 대답을 하지 않았다. 그녀는 다시 창밖으로 시선을 던졌다.

연후석은 대답을 재촉할 수가 없었다. 한참이 지난 후에야 그녀가 창밖에 시선을 둔 채로 물었다.

"이유가 뭐죠?"

"……미국에 가면 노아도 성장할 기회를 잡을 수 있을 거야. 네 치료도 더 수월할 거고."

"거짓말쟁이."

"거짓말이라니."

"그렇게 좋은 일을, 그 집안에서 해 줄 리 없잖아요. 아니, 오 빠가 해 줄 리 없잖아요."

"난 민석이와 친했어."

"네, 과거엔 그랬죠. 하지만 지금은 아니잖아요."

"지금은 민석이가 없으니까!"

"네, 없죠. 내가 사랑하는 사람은, 이제 노아뿐이에요. 그런데 나는 또 노아의 발목을 잡네요."

"발목을 잡다니. 미국지사에 가는 건 대부분의 직원들이 바라 는 일이야. 넓은 세상에서……."

"죽었으면 좋겠어."

아영의 작은 중얼거림에 심장이 뚝 떨어졌다.

"차라리 죽었으면 좋겠어."

"아영아……."

"언제 죽어도 좋을 몸인데 내 사랑하는 남자도, 내 사랑하는 아들도…… 이 몸뚱이 때문에 제대로 움직이질 못하네요. 내가 모두를 지옥으로 잡아끌고 있네요. 그렇다면 차라리 죽었으면 좋겠어."

머릿속이 새하얗게 비었다. 희어진 머릿속에 한 영상이 떠올랐다.

　—형, 나는…… 차라리 죽었으면 좋겠어.

사고로 죽기 며칠 전, 민석이 중얼거린 말. 연후석의 사무실에서 회사 일로 이야기하다가 불현듯 꺼낸 말.

　—다시 태어난다면 아무것도 쥐지 않고 태어나고 싶어.

뒷걸음질을 쳤다.

아영이 연후석을 응시하고 있었다. 그녀의 눈동자는 연후석이 무슨 생각을 하는지 안다는 듯, 어떤 꿍꿍이를 품고 있는지 안다는 듯 청명하게 빛나고 있었다.

"조만간…… 수속을 밟을 거야. 준비해 두도록 해."

입술을 달싹여 내뱉은 목소리는 무척이나 작았다. 그녀가 제대로 들었는지 확인할 겨를은 없었다. 연후석은 획 돌아서서 문을 열고 도망치듯 병실을 빠져나왔다.

연후석은 역시 아영이 무서웠다. 아영의 깨끗한 눈동자는 연후석에게 말하고 있었다.

넌 조금도 행복하지 않잖아. 지금 네 삶이 행복이라고 생각하니? 넌 아무것도 갖지 못했어.

*　　*　　*

경찰서에서 고소를 진행했다. 몇 명이 증인으로 나서 주었고, 앞으로도 필요하면 반드시 증언해 주겠다고 약속했다. 몇 명은 미안하다고 사과도 했다.

뒤늦게 사태의 심각성을 깨달은 양민우는 비굴하게 매달렸다.

"나현아, 잠깐 내 얘기 좀 들어 봐. 내가 미쳐서는…… 진짜 미안하다. 그럴 생각은 아니었는데 어쩌다 보니 얘기가 그렇게 나와서."

"어쩌다 보니?"

"진짜 미안해. 두 번 다시 이런 일 없을 거야. 너도 알잖아. 내가 진짜 널 사랑해서, 잃고 싶지 않아서……."

"양민우 씨가 어쩌다 보니 한 짓 때문에, 난 지옥에 있는 것 같은 시간을 보냈어요. 그런데 어쩌다 보니?"

"그건 내가 말실수했어. 진짜 미안하다, 나현아. 나 정말 후회해. 반성하고 있어. 용서해 줘. 다시는 너한테 얼굴 보이지 않을게. 네가 바란다면 매일 찾아서 무릎 꿇고 빌 수도 있어."

하지만 소식을 듣고 온 양민우 모친의 생각은 다른 것 같았다. 그녀는 나현을 발견하더니 욕을 퍼부었다. 남자 잡는 년, 부모 버린 년, 더러운 창녀. 생전 듣도 보도 못한 욕설이 쏟아지자, 오히려 경찰들이 나서서 양민우의 모친에게 화를 냈다.

나현은 그들을 가만히 지켜보다가 경찰서에서 나왔다.

"괜찮아?"

모든 과정을 함께 해 준 호진이 걱정스럽게 물었다.

"네, 괜찮아요. 후련해요."

"정말?"

"네. 정말요. 감추려고 할 때는 오히려 그게 내 흠인 것 같고, 누군가에게 알려질까 봐 두렵고 그랬거든요. 그런데 이렇게 대놓고 드러내니까, 진짜 별거 아니네요. 나쁜 쪽은 양민우였고, 전 그저 피해자일 뿐이니까요."

"그거야 그렇지만……."

"진짜 후련해요. 이럴 줄 알았으면 진작 다 말해 버릴걸 그랬어. 동문회 게시판에 공지로 띄워도 됐을 텐데."

나현의 가벼운 어투에 호진이 안심한 듯 웃었다.

"그래, 네가 괜찮다면 다행이고. 그나저나 노아는 이 일을 알고 있는 거야?"

"아니요."

"에? 정말?"

"네."

"왜? 미리 말했어야지. 어쩐지 안 나타나는 게 이상하다더라."

"나타나다뇨?"

"알았더라면 동문회장에 같이 오든가, 일이 마무리될 때까지 동문회장 앞에서 기다리다가 같이 경찰서에 와 주든가 했겠지. 당연히 있을 줄 알았는데 없어서 의아했거든."

"전 남친 일이니까 노아가 기분 나쁠까 봐 말 안 했는데."

"으아, 너 그거 잘못한 거야. 노아 입장에서는 기분 나쁠걸."

생각지도 못한 말이었다.

이것은 나현의 과거였다. 그러니까 나현이 스스로 마무리 짓는 게 당연하다고 생각했다. 노아에게까지 폐를 끼치고 싶지 않았다.

"내가 같은 남자로서 말하는 건데, 오늘 일을 말하지 않은 건 잘못한 거야. 애인 입장에선, 아, 내가 되게 믿음직스럽지 않구나, 라는 생각이 들걸."

"아……."

"나중에 노아 만나면 다 얘기해. 그리고 걔가 화내면 그냥 다 받아들여."

"그, 그렇게까지 잘못한 거예요?"

"그렇다니까! 아, 진짜 남자 마음 모르네."

"노아는 오빠처럼 속이 좁진 않은데."

나현의 중얼거림에 호진이 도끼눈을 하더니 나현의 볼을 꼬집었다.

"요 녀석, 내가 하루 종일 도와줬는데 뭐가 어쩌고 저째? 두고 봐, 분명 화낼 테니까. 내기를 해도 좋아."

"그래요, 내기해요!"

"얼마?"

"오, 오백 원?"

"야, 오백 원이 뭐야?"

"그럼 얼마나 걸게요?"

"오천 원!"

"……오백 원이나 오천 원이나."

"열 배잖아!"

그래서 오백 원의 열 배나 되는 오천 원을 내기에 걸었다. 호진은 나현이 속일지도 모른다며 노아 분노의 현장에 동참하겠다고 고집을 부렸다. 하지만 나현은 돈 오천 원에 인간성을 버릴 생각은 없다고 호진을 말렸다.

간신히 호진을 떨쳐 낸 후, 노아에게 전화를 걸었다. 노아는 곧바로 전화를 받았다.

[누나, 어디야?]

"아, 나 지금 음…… 주, 주미. 주미네 집!"

노아의 목소리가 심상치 않아서 주미를 동반할 요량으로 거짓말을 했다.

[그래? 그럼 거기서 딱 기다려. 거기로 갈게!]

"어, 으응."

전화를 끊자마자 택시를 잡아타고 주미네 집으로 향했다. 노아보다 먼저 도착해야만 한다. 택시 안에서 주미에게 전화를 걸었더니 다행히 집에 있다고 했다.

나현이 주미의 집에 도착하고 10분 후에 노아가 도착했다. 주미와 윤호는 갑자기 들이닥친 나현과 노아 때문에 어리둥절한 표정이었다.

"뭐야, 임나현. 노아한테서 도망쳐서 우리 집에 온 거야?"

주미가 물었다.

"아니, 그건 아니고. 음. 일단 좀 앉을까?"

노아가 화낼 거라고 호언장담한 호진 때문에, 이야기를 꺼내는 게 쉽지 않았다. 노아가 화를 내는 모습을 본 적이 없어서, 어떨지 예상이 가지 않았다.

만약 너무 무서우면 어쩌지? 욕이라도 하면?

그럴 리는 없다고 생각하면서도 두려운 건 어쩔 수 없었다. 아버지도, 양민우도 끔찍하게 무서웠으니까.

"그럼 음. 차라도 한잔할까?"

나현이 제집인 것처럼 찬장을 뒤지며 물었다. 노아가 미간을 살짝 좁혔다.

"누나, 앉아. 차 안 마실 거야."

"배는 안 고프고?"

"안 고파."

"왜들 그래? 무슨 일이야?"

윤호가 나현과 노아의 눈치를 보며 물었다.

"오늘 나현이 누나 동문회였어요."

나현을 대신해서 노아가 말했다.

"아, 오늘이 동문회였어?"

"왜 우리한테 말 안 했어?"

주미와 윤호가 물었다. 나현은 어색하게 웃으며 노아의 맞은편에 앉았다.

"음, 그게…… 좀 여러 가지로 준비할 것도 있었고……."

"뭔데? 얘기 좀 해 봐."

"그래, 답답하다, 답답해."

주미와 윤호가 채근했다. 노아는 제 편을 얻었다는 듯 의기양양한 표정으로, 나현의 이야기를 기다리고 있었다. 나현은 어쩔 수 없이 그동안의 일을 설명했다. 양민우가 퍼뜨린 소문, 어쩔 수 없는 선택, 그리고 동문회장에서 있었던 일.

양민우가 나현을 때릴 시점에서부터 굳어 가는 노아의 안색을 살피느라, 주미와 윤호를 생각하지 못했다.

"그래서…… 맞았다고?"

"그렇게 많이 맞은 건 아니고…… 그냥 좀……."

"그래도 맞긴 맞은 거잖아! 그 자식이 누나를……."

굳은 표정으로 벌떡 일어난 노아가 버럭 외치려 할 때였다.

"이 미친 개새끼를 그냥 확!"

"우리 나현이한테 손을 댔다고? 그때 그렇게 때린 걸로 모자라서 또?"

"내가 말했지? 그 새끼, 두 번 다시 손 못 놀리게 잘라 버렸어야 했다고! 지금이라도 늦지 않았어! 자기, 자르러 가자."

"손만 잘라?"

"그럴 리 있어? 다리도 잘라! 발로 찼대잖아! 아니, 그냥 차를
타고 가서 뭉개 버려!"

"그거 좋은 생각이네!"

"그 새끼가 진짜 미쳐 가지고선 또 우리 나현이를 건드려?"

주미와 윤호가 더 큰 목소리로 외치기 시작했다. 화를 내려던
노아는 입술을 달싹거리며 주미 부부를 쳐다봤다. 자신에게 말
없이 무모한 행동을 한 나현에게 화를 내긴 내야 하는데, 화낼
타이밍을 못 잡겠다.

"아, 진짜 빡치네. 야, 임나현! 너도 마찬가지야! 그런 일이 있
으면 우리한테 얘기를 하고 도움을 청했어야 할 거 아냐!"

"그래, 적어도 미리 말은 해 줘야 우리가 그 근처에 가서 기다
리기라도 하지. 너 혼자 경찰서 가고 뭔 짓이야?"

"넌 진짜 멍청이냐? 우릴 친구로 생각하긴 하는 거야? 어떻게
그런 중요한 일에 우릴 안 끼워 줘?"

"너 진짜 심했다. 나 너무 상처야. 난 네가 위기에 처했을 때
우리한테 제일 먼저 도움을 청할 거라고 생각해 왔어. 그런데 이
게 뭐야? 상황 다 종료된 다음에."

"넌 그게 문제야. 혼자서 다 끌어안고 해결하려는 거. 너 똑똑
한 건 알겠는데 그래도 가끔은 우리한테 의지를 해 줘야지!"

어떡하지?

노아는 고민했다.

저들 부부의 말에는 여러 가지로 지적할 게 많았다. 이런 중요한 일이 생겼을 때, 나현이 가장 먼저 도움을 청할 사람은 연인인 노아였다. 하지만 그런 이야기를 꺼냈다가는 뼈도 못 추릴 것 같았다.

게다가 그들은 아까부터 싱크대에서 무언가를 찾고 있었는데, 그게 부엌칼인 것 같다는 불길한 예감이 들었다. 양민우의 손을 자르네 어쩌네 하더니, 진짜로 실행에 옮길 생각인가 보다.

이쯤 되자 노아는, 자신이 화낼 상황이 아니라는 걸 깨달았다.

"저기, 선배, 형님."

"넌 빠져, 정노아!"

"네가 낄 자리 아니야!"

누구보다도 내가 낄 자리라고 생각했지만, 노아는 입을 다물었다. 나현이 눈짓으로 '안 돼, 지금 끼어들면 가장 먼저 죽는 건 너야.'라고 말하고 있었기 때문이다.

나현과 노아가 한동안 어르고 달랜 후에야 그들의 분노가 가라앉았다. 그때쯤엔 노아도 진이 빠져서, 왜 이런 상황이 생겼는지조차 기억나지 않았다.

두 번 다시 이런 일 없게 하라는 주미와 윤호 부부를 뒤로하고, 나현과 노아 커플은 아파트를 나섰다. 주미 부부를 달래는 동안 시간은 어느새 흘러가 밤이 되어 있었다.

"노아야."

나현은 묵묵히 걷는 그의 손을 깍지 끼어 잡았다.

"누나, 아까는 주미 선배랑 윤호 형님이 너무 화를 내서 기회를 못 노렸지만, 나 지금 화났어."

"응, 화났겠다."

"누나한테가 아니라 나 자신한테 화가 났어. 내가 그렇게 못 미더웠어?"

"아니, 그런 게 아니야."

"아니긴. 그러니까 나한테 한 마디도 안 해 준 거잖아."

"아냐, 정말로. 네가 있으니까 그렇게 할 생각을 한 거야. 네가 없었으면 나는 그런 시도조차 못 하고, 동문들이 나에 대해 오해하는 채로 놔뒀을 거야."

"……."

"그저…… 창피했어. 그렇게 맞고 모멸감 느낄 욕설을 들으면서도 도망칠 생각도 못 했던 내 과거가 부끄러워서, 너한테는 보이고 싶지 않았어."

"……부끄러울 게 뭐가 있어."

"하지만 부끄럽더라."

"하아. 누나는 부끄러울 거 없어. 나쁜 건 그놈이고, 누나는 늘 나한테 최고의 여자야. 그놈이 누나를 때리던 그 순간에도, 누나는 내 뮤즈였어. 유일한 뮤즈."

그의 음성은 감미로웠다. 나현은 그를 잡은 손에 힘을 줬다. 그 역시 나현의 손을 힘 있게 잡았다.

그의 체온과 향기가 오늘의 일로 남아 있던 작은 불쾌감마저 깨끗이 씻어 냈다. 택시를 타기 위해 걷는 중에, 포장마차를 발견했다. 거리에서 운영하는 포장마차는 오랜만이었다.

"트럭에서 하는 포장마차 오랜만이네."

노아도 같은 생각을 한 모양이다. 그가 나현을 내려다보며 물었다.

"우리, 저기서 저녁 먹고 가자."

*   *   *

일을 하는 중에 휴대폰이 울렸다.

아무 생각 없이 휴대폰을 확인한 노아의 표정이 딱딱하게 굳었다. 노아는 휴대폰을 들고 사무실에서 나갔다.

"네."

[오늘 저녁에 일찍 들어와라.]

연후석이었다.

연후석이 전화를 걸어온 건 처음이었다. 게다가 일찍 들어오라니. 대체로 그런 말은 진후를 통해서 하는데 직접 하는 게 이상했다. 하지만 일단은 고분고분 대답했다.

"네."

바로 끊을 줄 알았던 연후석은 한동안 전화를 끊지 않았다. 할 말이 남아서 망설이는 기색이 느껴졌다.

[끊는다.]

뚝—

무슨 일이냐고 물으려 할 때에 전화가 끊겼다. 그러면 그렇지.

사무실로 돌아오자 나현이 걱정스럽게 노아를 보고 있었다. 노아는 애써 미소를 지었다.

"뭘 그렇게 봐요? 얼굴 뚫어지겠어요."

"무슨 일이에요?"

연후석의 전화에 당황한 마음이 표정에 드러났던 모양이다.

"아아, 오늘 집에 일찍 들어오래요. 오늘 저녁 데이트는 취소해야 할 것 같은데."

"응, 괜찮아요. 일찍 들어가 봐요."

미안해, 누나. 입모양으로만 말하고 다시 일을 시작했지만 집중하기가 힘들었다.

갑자기 무슨 일일까.

불길한 예감이 들었다.

불길한 예감은 맞아떨어졌다.

집에 가니 연후석 내외와 진후가 노아를 기다리고 있었다. 퇴근을 하자마자 온 건데 진후까지 있는 게 심상찮았다. 진후는 가장 일찍 출근해서 가장 늦게 퇴근하는 사람이었기 때문이다.

'나현이 일로 할 이야기가 있나 본데.'

무슨 말을 해도 흔들리지 않으리라. 그들에게 주도권을 넘겨줄 생각 따위는 없다.

"다음 주부터 미국지사에서 일하도록 해라."

마음의 준비를 충분히 했다고 생각했는데, 연후석이 내뱉은 말을 제대로 받아들이기 힘들었다. 미간을 좁히고 연후석을 빤히 응시했다.

"네?"

"말귀를 못 알아듣니? 다음 주부터 미국지사에서 일하라시잖아."

어째서인지 찝찝한 표정의 연후석을 대신해 윤 여사가 말했다.

"뭣도 없는 너한테는 좋은 기회야. 다들 해외발령을 받고 싶어서 안달이 났는데, 네게 그 기회가 온 거니까 줄 때 제대로 붙잡아. 미국에서 일하면 여기보다 연봉도 높아지고 보너스도 자주 나오니, 집 살 돈 정도는 벌 수 있겠지."

노아는 비아냥거리는 윤 여사를 무시했다.

연후석에게 향해 있던 시선을 느릿하게 움직여 진후에게로 향했다. 진후는 무표정하게 노아를 보고 있었다.

'이런 식으로 나오는 건가?'

느닷없는 해외발령. 나현과 떨어뜨리기 위한 수작이 틀림없다. 몸이 멀어지면 마음도 멀어질 거라 생각하는 거겠지. 노아가 없는 동안 나현의 마음을 얻을 수 있을 거라고 예상한 것이리라.

그런 건 아무래도 좋았다.

"제가 가지 않으면."

노아는 다시 연후석을 보며 물었다.

"제 어머니에 대한 지원을 끊으시는 겁니까?"

"……그래."

이번에도 연후석은 미지근하게 반응했다.

연후석의 행동이 이상하게 느껴졌다. 이런 상황에서는 보통 '가라면 가지, 뭔 말이 이렇게 많아?'라고 성질을 내야 연후석다 웠다. 그런데 뭘 저렇게 죄책감 서린 표정을 하고 있는 걸까?

'죄책감이라니. 저 인간이 그럴 리 없지.'

노아는 잠시나마 들었던 생각을 얼른 떨쳐 냈다. 마음이 심란 해서 그렇게 받아들인 것이리라.

"알겠습니다."

노아가 담담히 대꾸했다.

"가겠습니다. 다음 주라고 하셨지요?"

노아가 반항할 줄 알았는지 진후가 미간을 좁혔다.

"가겠다고?"

"네, 그러길 바라시는 거 아닙니까?"

진후의 눈동자가 흔들렸다. 노아는 그를 물끄러미 응시하며 말했다.

"가겠습니다, 형님."

"……"

"그곳에 살 집을 마련해 뒀다. 아영……아니, 네 어머니도 미국에 있는 병원으로 옮길 거야. 회장님 감시 없이 네 어머니를 만날 수 있으니, 네게는 오히려 잘된 일일 거다."

연후석이 변명하듯 말했다.

노아는 빙그레 웃었다.

"네, 그것참 감사하군요."

"……연노아."

"정노아입니다, 형님."

노아는 그렇게 말하고 소파에서 일어났다.

"그럼 잠시 나갔다가 오겠습니다."

노아가 나간 후 침묵이 내려앉았다.

"잘됐어요, 안 그래도 꼴도 보기 싫었는데…… 저런 애를 미국에 보내면 문제 생기는 거 아닌가 몰라. 그, 몇 년 전에도 오토바이 사고를 내서 그쪽 집안이랑 난리 났었잖아요."

윤 여사가 침묵을 깨뜨렸다.

"조용히 해."

연후석은 나직하게 중얼거리고는 방으로 들어가 버렸다. 윤 여사가 코웃음을 쳤다.

"너네 아버지 왜 저런다니? 저 애 어미가 미국으로 떠난다니까 심란해서 저러나?"

"노아 어머니가 미국으로 가는데 아버지가 왜 심란해하시죠?"

"아, 너네 아버지가 예전에 잠깐 둘째 도련님 편을 들어준 적이 있었거든. 그땐 저 양반도 젊었으니까."

전혀 몰랐다. 아버지에게 그런 때가 있었다니.

그래서였나.

연후석은 해외발령 건에 대해 탐탁지 않게 생각하는 것 같았다. 미국지사로의 발령은 노아에게 파격적인 대우였다. 노아를 무시해서가 아니라, 그의 능력으로는 미국지사로 발령받기 힘들었다.

태국 쪽으로 보내자 하는데도 굳이 미국을 선택한 이유를 알 수 없었는데, 아마 노아 어머니를 생각해서였던 모양이다. 미국은 의료가 발달했으니까.

"아무튼 진후 네가 바라는 대로 됐으니까, 이번 연말까지 어떻게든 결혼 진행하도록 해. 알겠지?"

윤 여사가 채근하고는 방으로 들어갔다.

거실에 혼자 남겨진 진후는 두 손을 꽉 거머쥐고 바닥을 노려봤다.

7장

무언가 마음에 안 든다.

상황은 진후가 원하는 대로 돌아가고 있었다. 노아는 떠날 것
이고, 나현은 혼자 남겨질 것이다. 미국지사의 연봉이 이곳보다
높다고는 해도, 노아가 나현을 책임질 수 있을 정도는 아니었다.
나현을 데리고 갈 수는 없을 것이다.

혼자가 된 나현을 곁에서 챙겨 주다 보면 나현도 마음을 열리
라. 그 기간이 길지 않으리라고, 진후는 생각했다.

그런데 뭐가 이렇게 마음에 안 드는 걸까?

아버지의 심란한 표정도 마음에 걸렸지만, 더 거슬리는 것은
노아의 태도였다. 노아는 이런 일이 생길 줄 알았다는 듯 담담히
받아들였다. 괴로워하는 기색 또한 보이지 않았다.

그 순간 노아는, 그 자리의 승리자인 듯 보였다.

그는 여전히 아무것도 할 수 없고, 아무것도 손에 쥐지 못했다. 그럼에도 그가 이긴 것처럼 느껴진 이유는 왜일까.

'내가 뭘 하고 있는 거지?'

문득 그런 생각이 들었다.

'내가 지금 뭘 하고 있는 거지?'

노아와의 싸움이 시작된 후(일방적인 싸움이었지만) 처음으로 드는 생각이었다.

―왜?

머릿속에서 떨어지지 않는 노아의 질문.

―당신이 내 지옥이야.

나현의 음성.

그 두 개가 섞여 진후를 뒤흔들었다.

진후는 신경질적으로 머리를 흔들고 자리에서 일어났다. 방으로 들어가려다가 문득 노아의 방에 시선이 닿았다.

그가 없는 방에 들어가 보겠다고 생각한 적은 단 한 번도 없었는데, 홀린 듯 그의 방으로 향했다.

달칵―

노아는 문을 잠그지 않고 다녔다.

막상 문을 열고 나니 자신이 왜 이런 짓을 하는지 알 수 없었다. 문을 연 채 가만히 그의 방 안을 들여다봤다.

예전에 그의 방에선 물감 냄새가 났다. 하지만 지금은 아무 냄새도 나지 않았다. 사람이 사는 흔적조차 느껴지지 않는 황량한 공간. 침대도, 옷장도 있는데 그런 느낌이 드는 이유는, 이 방에 사는 이가 이곳에 정을 주지 않았기 때문이리라.

가만히 둘러보다가 옷장 옆으로 튀어나와 있는 스케치북을 발견했다. 전에는 못 봤던 것이다.

'관둬.'라고, 진후는 생각했다.

'그만 이 방문을 닫아. 그리고 임나현에게 집중해.'

하지만 발이 멋대로 움직였다. 노아의 방에 들어가자, 전에는 느끼지 못했던 공기가 진후를 감쌌다. 그것은 짙은 고독의 향기였다.

진후는 눈을 질끈 감았다가 떴다.

탁—

방문을 닫고 안으로 들어가 스케치북을 향해 손을 뻗었다. 오래된 스케치북인 듯 색이 조금 바래 있었다.

노아가 그림 그리는 것을 좋아한다는 건 알고 있었다. 그의 그림을 본 적도 몇 번인가 있었다.

한 장을 넘기자 어느 강가의 정경이 나타났다.

노아는 늘 강변이나 하늘, 산 같은 자연 풍경을 그렸다.

또 한 장을 넘기자 이번에도 그 강가가 나왔다. 비슷하지만 다른 느낌의 풍경이었다.

또 한 장을 넘겼다.

이번에도 당연히 강변일 거라고 생각하면서.

다음 순간 나타난 그림을 보는 순간, 심장이 뚝 떨어졌다.

강이 아니었다. 하늘이나 산도 아니었다.

사람이었다.

어딘가를 보며 옅은 미소를 짓는 소녀의 옆모습. 단정한 단발머리와 교복을 입은 소녀. 그 소녀를, 진후는 알고 있었다.

또 한 장을 넘기자, 다른 표정의 소녀가 나타났다. 한 장, 한 장, 또 한 장. 스케치북을 가득 채운 소녀는 매번 다른 표정, 다른 포즈를 취하고 있었다.

하지만 똑같은 게 하나 있었다.

소녀는 무척이나 사랑스러웠다.

그저 그 소녀가 예쁘기 때문은 아니었다. 현재 진후가 사랑하는 여자이기 때문에 그렇게 보이는 것도 아니었다.

연필로만 그린 이 그림이 가슴 사무치도록 사랑스러운 이유는, 아마도 이 소녀를 그린 이의 가슴에 가득 찬 사랑 때문일 것이다. 흘러넘치는 애정으로 그린 그림이기에, 이토록 절절하게 느껴지는 것이리라.

그림을 잘 모르는 진후이지만, 그것만큼은 확신할 수 있었다.

"제길!"

역시 이 스케치북을 보는 게 아니었다. 머릿속에 비상등이 켜졌을 때 문을 닫고 나가야만 했다.

"제기랄."

욕설이 신음 소리처럼 들렸다.

노아가 고등학교 때 나현을 짝사랑했다는 것은, 이미 들어서 알고 있었다. 짝사랑, 그리고 첫사랑. 누구나 하는, 그렇고 그런 풋사랑일 뿐이라고 생각했다.

하지만 이 그림에 담긴 감정은, 그렇게 가볍지 않았다. 스케치북을 들고 있는 손이 떨릴 정도로 묵직하고 진했다. 연필로만 그린 그림인데 색채가 덧입혀져, 이 소녀를 목격할 당시로 빨려 들어가는 것 같았다.

32살의 연진후란 남자가 17살의 정노아란 소년이 되어, 18살의 임나현이란 소녀를 지켜보고 있었다.

학교 복도에서 처음 본 임나현의 옆모습. 진후는 그곳에 있지도 않았는데 그 복도의 서늘함과 향기, 창문으로 쏟아지는 햇살의 눈부심까지도 선명하게 느낄 수 있었다.

어느 곳에서도 정 붙이지 못하고 그림 그리는 것만을 유일한 즐거움으로 삼으며, 지옥의 불구덩이 속을 한 걸음, 한 걸음 걷던 노아가 발견한 유일한 빛. 그랬다. 이 눈부심은 햇살에서 비롯된 것이 아니었다. 임나현, 그녀의 존재가 노아의 유일한 햇살이었다.

지끈—

심장에 통증이 일었다.

무시무시하게 강한 아픔이 가슴을 강타했다.

으득—

진후는 이를 악물었다.

　—안녕하세요, 임진후 도련님.

　본가에 처음 들어왔을 때의 노아가 떠올랐다. 그렇게 부르라
교육을 받았는지, 어린 소년은 겁에 질린 눈으로 인사를 해 왔
다.

　—도련님은 무슨. 그냥 형이라고 불러. 앞으로 잘 지내
자.

　다정하게 말하며 손을 내밀자, 겁먹은 소년의 얼굴에 환한 미
소가 떠올랐었다. 진후의 손을 잡고 올려다보는 어린 소년의 눈
동자는, 이 차가운 집에서 유일한 온기를 발견했다는 듯 빛나고
있었다.

　그랬다.

　진후는 이 집에서 노아에게 유일한 온기였다. 그것을 날카로
운 쇠붙이로 바꿔 노아의 등을 찌르고 말았다.

—노아는 부장님 욕을 하지 않아요.

언제였던가. 나현이 그런 말을 했었다.

—노아는 부장님이 좋은 사람이라고 했어요.

그런데 나는 어땠던가.

나현의 앞에서 노아를 무시하고 욕했다. 그에게 있어서 단 하나의 햇살을 빼앗기 위해 발버둥 쳤다. 비열한 방법으로 그를 짓누르고 멸시했다.

이 얼마나 창피한 짓이란 말인가.

불과 한 시간 전까지만 해도 느끼지 못했던 수치심이 진후를 강타해 왔다. 그동안 자신이 했던 언행이 또렷하게 떠올라 진후를 뒤흔들었다.

제가 했다고 믿을 수 없을 만큼 유치하고 졸렬한 행위들.

—난 형이랑 싸우고 싶지 않아.

그럼에도 어른스러웠던 노아의 행동.

울고 싶을 정도로 창피했다. 나현이 노아를 사랑하는 이유, 진후에게 마음을 주지 않은 이유가 있었다. 어떤 여자라도 이렇게 형편없는 남자는 거절할 것이다.

─왜?

이제야 노아의 질문에 대한 답을 찾을 수 있었다.

내 자존심이 용납하지 않으니까. 너 따위에게 지는 것을.

그래서였다.

단지 그 자존심 때문에 나현을 놓지 못했다.

무너진 자존심이 눈앞을 가려, 노아와 나현의 마음을 헤아리지 못했다.

나현을 사랑해서 그녀를 행복하게 해 주고 싶다는 마음 때문이 아니었다. 진후가 갖지 못한 것을 손에 넣은 노아를 질투했고, 노아를 선택한 나현을 경멸했다.

이 집안에서 유일하게 노아를 보살피고 편들어 주는 자신을 인간적이고 다정하다고 생각해 왔다. 너그럽고 순수한 품성을 지닌 자신에게 매료되어 있었다.

하지만 아니었다.

이 집안에서 가장 비열한 사람은 자신이었다.

불쌍한 노아를 통해 자신의 인간미를 증명해 보이려던 연진후. 노아가 더 이상 불쌍하지 않게 되었을 때 이성을 잃고 노아의 것을 빼앗기 위해 발버둥 치던 연진후.

'그래, 내가 가장 지저분한 인간이었군.'

* * *

어떻게 말을 꺼내야 할까.

아틀리에로 향하며, 노아는 생각에 잠겼다.

해외발령은 상상도 못 한 일이었다. 하지만 거부할 수 없었다. 대답을 할 때 머뭇거리고 싶지도 않았다. 어머니의 병환이 발목을 잡는다고 여겨지는 것이 싫었다.

진후를 향한 미움이나 원망조차, 그 순간에는 없었다. 그저 '아아, 이것이 내 인생이구나.' 따위의 생각을 했을 뿐이다.

초인종을 누르고 잠시 기다렸더니 인터폰으로 나현의 음성이 들려왔다.

"누나, 나야."

[응, 잠깐만.]

삐익—

대문이 열렸다. 대문을 여는 것과 동시에 현관문도 열렸다. 안에서 쏟아지는 빛 사이로 황급히 나오는 나현이 보였다.

왜 저렇게 서두르는 걸까?

다른 때보다 황급히 나오는 그녀의 모습을 보며, 멍하니 생각했다. 아직 나현에게 어떻게 말해야 좋을지 결정하지 못했다.

노아의 앞에 선 그녀가 고개를 바짝 들었다.

"노아야."

그녀가 불러 주는 이름이 듣기 좋았다.

"괜찮은 거야?"

그녀가 노아의 볼에 살며시 손을 가져다 댔다. 그녀의 손바닥에서 전해지는 온기에 기분이 좋아졌다.

일단은 웃자. 미소를 짓는 거야.

어떤 상황에서도 미소를 짓는 것은 어렵지 않았다. 그래서 지금도 미소를 지으며 그녀를 안심시켜 주려 했다. 별일 아니라고, 멀리 떠나게 되었지만 대단한 일은 아니라고, 그렇게 보이고 싶었다.

하지만 미소를 지으려고 하면 할수록 얼굴이 점점 일그러져 갔다. 구겨진 얼굴 근육이 노아 자신에게도 생생하게 느껴졌다. 그러니 앞에서 보고 있는 나현에게는 무척이나 형편없이 보이리라.

"안 괜찮아."

생각보다 먼저 말이 튀어나왔다.

"안 괜찮아, 누나. 안 괜찮은 것 같아."

허리를 굽혀 그녀의 어깨에 얼굴을 묻었다.

"나, 안 괜찮은가 봐."

그녀는 움찔했지만 곧 노아의 등을 토닥여 주었다. 느릿한 손길에 다정함이 가득했다. 심장이 뛰는 속도에 맞춰 등을 두드려 주며, 그녀는 아무것도 묻지 않았다. 노아가 말할 준비가 될 때까지.

"하아, 누나. 정말…… 나는 정말……."

가슴 깊은 곳에서 무언가 울컥 솟구쳐 올랐다. 그동안 꾹꾹 눌러 왔던 것들이 왈칵왈칵 커지고 있었다. 간신히 눌러 놓은 단단한 뚜껑을 밀어 올리고 있었다.

"안 괜찮은가 봐."

열릴 뻔한 감정의 뚜껑을 닫고 중얼거렸다.

"응, 안 괜찮은가 봐."

"……"

"미국에 가게 됐어. 미국지사에서 근무하래."

"응, 언제부터?"

나현의 음성은 놀라울 정도로 담담했다. 마치 내일의 약속을 정하는 것처럼.

노아는 허리를 똑바로 세우고 나현을 응시했다. 내 말을 제대로 못 들은 걸까?

"나, 다음 주부터 미국에서 살아야 돼."

"응. 부장님이 그러래?"

"……알고 있었어?"

나현의 눈이 커졌다.

"아니, 전혀. 그런 걸 내가 어떻게 알아?"

"놀라는 것 같지가 않아서."

"놀랐어. 부장님이 뭔가 해 올 것 같다는 생각은 했는데, 이런 식으로 나올 줄은 정말 몰랐네."

나현이 쓰게 웃었다.

"그래도 괜찮아. 영원히 미국에 있을 건 아니잖아."

"하지만……!"

"미국, 비행기 타고 12시간 걸린대. 너무 보고 싶어서 죽을 것 같을 때는 금요일 저녁에 출발해서 토요일 오전에 도착하면 얼굴 보고 일요일 오후에 출발해서 한국에 돌아오면 되겠다. 잘됐어, 나 해외여행 한 번도 안 해 봤거든. 아니, 비행기도 못 타 봤는데. 네가 미국 간 덕분에 비행기 자주 타겠다."

나현의 음성은 유쾌했다. 정말로 비행기를 타는 것이 기다려진다는 듯, 그래서 노아가 미국에서 일하는 걸 반긴다는 듯.

"미국 어느 쪽으로 가? 너무 대도시는 아니었으면 좋겠다. 좀 무서울 것 같아. 아, 영어는 잘해? 영어도 못해서 길 잃고 출근도 제대로 못 하는 거 아냐?"

알고 있었다. 노아가 미안한 마음을 품을까 봐 일부러 더 밝은 척 이야기하고 있다는 것을.

노아를 생각해서 즐겁게 이야기하는 그녀가 사랑스러웠다.

'나는 정말 최고의 여자를 만나고 있구나.'

충동적으로 그녀를 끌어안았다. 여행을 앞둔 사람처럼 재잘재잘 떠들던 그녀의 목소리가 노아의 품 안에 웅얼웅얼 묻혔다.

다시 감정의 뚜껑이 열리려 했다. 아니, 이번에는 노아가 자제할 틈도 없이 열리고 말았다.

그동안 혼자서 꾹꾹 눌러 왔던 슬픔과 외로움과 고됨이 넘쳐흘렀다. 그녀를 향한 미안함과 그녀에게 아무것도 해 줄 수 없는 자신에 대한 환멸이 흐르고 흘러 눈물로 변했다.

"미안해, 미안해, 누나. 정말 미안해."

그녀를 두고 멀리 떠나기 싫었다.

"미안해, 누나."

그녀가 원하는 걸 뭐든 해 주고 싶었다.

"미안해, 정말."

그녀는 노아에게 단 하나만 원했다.

"그림을…… 그리고 싶었어. 누나를 위해, 누나를 그려 주고 싶었어. 그런데…… 그거 하나, 나는 제대로 해 주지도 못하고 떠나. 난 정말 한심한 놈이야."

그녀가 원하는 단 하나, 그것조차 하지 못하는 남자인데도, 그녀는 세상에서 가장 사랑스럽다는 듯 노아를 응시하곤 했다.

"누나는 아무것도 해 줄 수 없는 나 같은 놈보다 더 나은 남자를 만날 수 있어. 그거 아는데, 멀리 갈 거라면 누나를 놔주고 가야 한다는 거 아는데. 그런데 나는 가진 것도 없는 주제에 욕심만 많은 놈이라서…… 그래서…… 아아, 내가 조금만 더…….."

평범하게 태어났더라면 좋았을 텐데, 라는 말이 나오기 직전. 나현이 노아의 가슴을 가만히 밀어냈다.

"어머님은 널 참 예쁘게도 낳아 주셨어. 정말 다행이지? 네가 어머님을 닮아서."

노아가 무슨 말을 하려고 했는지 눈치챈 듯, 나현이 노아의 볼에 흐르는 눈물을 닦아 주며 말했다.

"이렇게 잘생긴 얼굴이 아니었다면 내가 이렇게까지 홀딱 빠지지 않았을지도 몰라. 어머님께 평생 감사하도록 해."

꾸짖는 듯한 그녀의 말에 주먹을 꽉 쥐었다.

어머니를 원망하고 싶지 않았다. 그런데 하마터면 그럴 뻔한 것을, 그녀가 막아 주었다.

"그림을 그리려고 하면 여기가 아프다고 했지?"

나현이 노아의 오른손을 잡아 두 손으로 감쌌다.

"있잖아, 노아야. 나는 최여울이 참 싫은데, 너한테 최여울은 어떤 존재일까?"

"걘 나한테 아무것도 아냐."

"아니, 아무것도 아니지 않아. 네 어린 시절, 함께 해 준 친구였잖아. 그 애에 대한 감정이 미움이든, 애정이든, 그 애는 네 사람이었잖아."

"……내가 사랑하는 사람은 누나뿐이야."

"그런 말을 하는 게 아니야."

나현은 고개를 가볍게 흔들었다. 살랑살랑 움직이는 머리카락이 닿으면 사라지는 허상일 것 같아 두려웠다.

"잊지 마, 노아야. 최여울을 잊지 마. 그 애는 너의 소중한 추억이야. 네 어린 시절 안에 존재하는 친구. 그 애를 잊으려고 노력하지 말고."

나현이 한 손을 자신의 가슴 위에 올렸다.

"여기에 묻어 두자."

"……"

"네 슬픔, 내 과거, 네 아픔과 잊고 싶은 고통. 전부 다 내 가슴 속에 묻어 두자. 내가 잊고 싶은 것들은 하나씩 네 가슴속에 묻어 둘게. 괴로운 것들은 그렇게 네 안에, 내 안에 묻어 버리고, 우리는 그냥 행복하자."

그녀가 다가와 노아를 끌어안았다. 그녀의 볼이 노아의 가슴에 닿았다. 심장이 뛰는 소리가 그녀에게 들릴까? 그녀의 앞에만 서면 늘 빨라지는 이 박동소리를, 그녀는 듣고 있을까?

"너도, 나도 참 고된 시간을 보내 왔어. 내가 걷는 곳이 늘 지옥 같았는데, 너와 함께하는 순간에는 그날의 강가로 돌아간 기분이야."

그날의 강가.

노아의 기억 속에도 또렷하게 남아 있었다.

나현과 나란히 앉아 흘러가는 강물을 응시하며 도란도란 대화를 나누었던, 그 고즈넉한 저녁의 강가.

"왜 그랬나 생각해 봤더니, 나는 내 지옥을 정노아라는 사람 안에 묻어 놨더라. 그래서 너와 함께할 때만큼은 그저 행복하기만 한 거더라. 그러니까 너도 그랬으면 좋겠어. 네 지옥을 모조리 집어넣을 수 있을 만큼, 내 가슴은 넓고 깊으니까."

* * *

연 회장은 묵묵히 자신의 장남과 맏며느리, 그리고 손자를 응시했다. 그들은 죄를 지은 사람들처럼 고개를 들지 못하고 있었다. 그들을 거실로 소환한 연 회장의 표정이 전에 없이 굳어 있기 때문이리라.

"여보, 무슨 일이기에 이래요?"

정 여사의 목소리가 침묵을 깼다.

"노아의 미국지사 발령 건은 누가 명령을 내린 거지?"

연 회장의 입술이 벌어지며 묵직한 음성이 흘러나왔다. 연후석과 진후의 어깨가 움찔했다.

"회장님, 그게……."

"죄송합니다, 회장님."

어렵게 입을 여는 연후석의 말을, 진후가 끊었다.

"제가 아버지께 부탁드렸습니다."

"진후야."

윤 여사가 놀란 듯 진후를 말리려 했다. 하지만 진후는 고개를 푹 숙인 채 말을 이었다.

"제가 미쳤었나 봅니다. 잠깐 정신이 나가서 아버지께 무리한 부탁을 드렸습니다. 죄송합니다."

연 회장은 말없이 진후를 노려보다가 일어나서 방으로 들어갔다. 정 여사가 눈치를 보다가 연 회장을 따라 들어간 후에도, 연후석과 진후는 고개를 숙인 채 꼼짝도 하지 않았다. 그들의 속을 모르는 윤 여사만 당혹감 어린 눈으로, 남편과 아들을 번갈아

쳐다볼 뿐이었다.

"차라리 잘되지 않았어요?"

연 회장을 따라 방으로 들어온 정 여사가 눈치 없이 말했다.

"그 애 때문에 집안 분위기도 안 좋았잖아요. 애가 지 어미를 닮아서인지 밖에서 사고만 치고⋯⋯ 안 그래도 요새 그 애에 대한 소문이 도는 것 같은데, 멀리 보내는 게 나아요. 난 아직도 당신이 그 애를 이 집에 들인 이유를 모르겠어요. 걔 어미 병원비까지 내주면서."

"여보, 내가 둘째 아이에게 한 짓을 기억하고 있는가? 나는 그때 그것이 최선이라고 생각했었지. 그런데 지금 내가 얻은 것이 무엇인가? 날 회장님이라고 부르는 아들과 며느리, 그리고 손자를 얻었지."

"여보⋯⋯."

정 여사의 눈동자가 흔들렸다.

연 회장이 약한 소리를 하는 것은 처음이었다. 젊은 시절, 연애를 할 때부터 그는 결코 약한 모습을 보이지 않았다. 강철로 만들어진 사자라는 별명이 생길 정도로, 그는 강하고 흔들림이 없었다. 자신의 선택을 의심한 적도 없었다.

하지만 지금 정 여사의 앞에 있는 연 회장은, 강철의 사자처럼 보이지 않았다. 고된 삶에 지친, 평범한 노인으로 보였다.

"우리가 처음 만나 아무것도 없는 상태로 가정을 꾸릴 때에

했던 이야기를 기억하는가? 소금밥조차 먹지 못해 물로 배를 채울 때에 했던 이야기를, 나는 기억한다네. 그간에 받은 멸시와 괴로움을 가슴에 묻고 노력해서, 우리 아이들만큼은 행복하게 해 주자 했었지. 그런데 지금은 어떤가?"

정 여사는 아무 말도 할 수 없었다.

그 오래전의 일을, 정 여사는 잊고 있었다. 매일이 고됐던 그 나날을 없었던 것처럼 가슴에 묻어 두고 있었다.

"우리가 행복하게 해 주자 결심했던 둘째 아이는 내 욕심 때문에 죽었고, 그 아이가 남긴 아이는 우리를 증오하지. 이게 우리가 원했던 삶이었던가?"

"……."

"나는 모르겠네."

연 회장이 두 손으로 얼굴을 감쌌다. 그의 백발이 유독 희어 보였다.

"나는 정말 모르겠어."

*　　　*　　　*

노아는 오토바이 사고가 일어났던 날에 대해 이야기해 주었다. 아무렇지도 않은 척했지만 그의 음성은 가늘게 떨리고 있었다.

"사실 나는 그때 한 번 어머니를 버렸어. 그저 그 집에서 도망쳐야 한다는 생각뿐이었거든. 어머니 생각은 하지도 않고 있었지. 그래서 벌을 받았나 봐."

오토바이는 본가에 세워 둘 수가 없었다. 본가 근처에 오토바이를 세워 두는 곳이 있는데, 그날 밤 여울이 오토바이 옆에 있었다고 한다.

"종종 있는 일이었어. 여울이는 가끔 나한테 오토바이를 태워 달라고 했거든. 그날도 마찬가지였고, 난 태워 줄 기분이 아니었지. 싫다고 했는데 여울이가 억지를 부렸어. 걔는 고집이 세서 한 번 억지를 부리기 시작하면 말릴 수가 없어."

오만 가지 생각으로 머릿속이 흐트러진 상태였다. 그럴 때에 신호위반을 한 트럭이 오토바이를 덮쳤다.

"회장님은 여울이의 죽음을 내 탓으로 모는 여울이네 가족들을 무마시키기 위해 큰돈을 썼을 거야."

"엿 먹어 보라는 심정이었어?"

"응. 그래서 여울이가 먼저 태워 달라고 했다는 말, 아무한테도 안 했어. 누나한테 처음 하는 거야."

"못됐네."

"이 정도 못된 건 괜찮지 않아?"

"그래. 널 미국으로 보내려는 사람들이니까."

노아가 웃었다. 아까보다는 한결 가벼워진 표정이었다.

"여울이가 즉사를 한 건 아니야. 한동안 병원에 입원해 있었어. 중환자였지. 죽기 직전에 잠깐 정신을 차렸는데, 나한테 그러더라. 이 손은, 자기만 그려야 한다고. 어느 누구도 그리지 말라고."

그게 노아의 족쇄가 되었던 모양이다.

"아예 그림 자체를 그릴 수가 없더라고. 연필을 쥘 때마다 아파서."

"그랬구나."

"그때는…… 그래, 여울이 마음을 아주 몰랐던 건 아냐. 걔는 날 좋아했겠지. 하지만 나는 그 애의 마음까지 신경 쓸 여유가 없었어. 그 애가 그러더라고. 나는 누구도 사랑할 수 없을 거라고. 나 자신을 가장 사랑하고 있어서, 다른 사람에게 사랑을 줄 수 없을 거라고. 누나를 향한 마음조차, 사랑이 아니라 그저 내 자신에게 취한 것일 뿐이라고."

"그래서 고등학교 때 나한테 마음을 밝히지 못한 거야?"

"응, 그것도 이유 중 하나지. 내가 갖춘 게 너무 없다는 것도 이유였고."

"고등학교 때는 보통 그런 것까지 생각하진 않잖아."

"하지만 난 생각했어. 누나랑 평생 함께하고 싶다고 생각했거든."

"……정말?"

"응. 누나를 복도에서 처음 봤을 때부터, 아마 그런 생각을 했을 거야. 그래서 어머니한테도 누나에 대한 이야기를 한 거고."

정말이지, 이 남자는 생긴 것답지 않게 순수하고 올곧다.

"그만 가 봐야겠다."

시간을 확인한 노아가 말했다.

"미국은 언제 가?"

그를 배웅하기 위해 일어서며 물었다.

"……다음 주."

"응, 그럼 준비할 거 많겠다. 같이 준비하자. 미국 가기 전에 실컷 데이트해야지."

"응. 미안해."

"고마워."

"응?"

"고맙다고 말해 줘."

그가 부드럽게 미소 지었다.

"응, 고마워."

그가 떠난 후, 나현은 통장 잔고를 확인했다.

'앞으로 미국에 오가려면 돈 좀 깨지겠네.'

*   *   *

분위기가 이상하다는 걸 느꼈다.

죽상을 해야 할 쪽은 이쪽인데, 진후의 가족이 죽을상을 하고 거실에 앉아 있었다. 저들이 바라는 대로 이루어졌는데 상이라도 당한 것 같은 표정이다. 요새 유행하는 기쁨의 표현 방식인가, 의심이 될 정도였다.

노아가 들어왔는데도 그들은 시선을 주지 않았다. 연후석과 진후는 벌을 받듯 고개를 푹 숙이고 있었고, 윤 여사는 그들 사이에서 안절부절못하고 있었다.

'회장님한테 혼났나?'

어쨌든 이쪽으로 불똥이 튀는 것은 원치 않았기에 서둘러 방으로 향했다.

나현이 미국행을 별일 아니라는 듯 받아들여 주어서 노아의 마음도 한결 가벼워졌다. 그래, 이별을 해야만 하는 상황은 아니다. 문제 될 것은 없다. 장거리 연애를 우리 둘만 하는 것도 아니고.

부서질 듯 위태롭게, 서로에게 매달려서 울고불고 신파극을 찍는 짓는 안 하는 게 낫다. 12시간이면 오갈 수 있는 거리니까, 좀 더 애틋한 연애를 하게 되었다고 생각하며 이 현실을 받아들이자.

나현도 그걸 원하기에 그렇게 행동한 것이 분명하다.

옷을 갈아입으려는데 노크 소리가 들려왔다.

"네."

"들어가도 될까?"

진후였다.

"응, 들어와."

노아는 가볍게 대꾸했다.

진후가 방에 들어왔을 때 노아는 책상 앞에 앉아 있었다. 미국행이 결정되었는데도 노아의 표정은 나쁘지 않았다. 아니, 오히려 전보다 밝아 보이는 것이, 무거운 짐을 하나 내려놓은 것 같았다.

어떤 말로 시작을 해야 좋을지 알 수 없었다. 누군가에게 큰 잘못을 저지르고 사과를 하는 것은 처음 있는 일이었다. 입술을 달싹거리다가 간신히 그의 이름을 불렀다.

"노아야."

"응?"

생각보다 가벼운 대답이 돌아왔다.

"……미안하지만, 아까 네 방에 들어와서 네 스케치북을 봤다."

"스케치북? 아아, 그거."

"그래, 그거."

"흐응."

노아는 어깨를 으쓱하더니 책상에 꽂혀 있던 연습장을 꺼내고 연필을 들었다.

"미안하다, 노아야."

이 말에는 아무 대답이 돌아오지 않았다. 노아는 말없이 연습장에 무언가를 그리고 있었다.

"내가 정신이 나갔던 것 같아. 나는…… 그래, 나는 처절할 정도로 못난 놈이었어. 내가 갖지 못한 것을 네가 갖는 게 싫어서, 그런 형편없을 짓으로 널 괴롭혔다. 내가 무슨 말을 해도 변명처럼 들리겠지만…… 후회하고 있어. 미안해."

이번에도 노아의 대답은 돌아오지 않았다. 하지만 진후는 그의 대답을 듣고 싶었다. 이제까지처럼 노아가 자신을 '형'이라고 불러 주었으면 했다.

벌을 받는 기분으로 서 있다가 깨달았다.

자신이 또다시 이기적으로 굴고 있다는 것을.

노아에게 상처를 주었다. 육체적인 고통을 가하는 것만이 폭행이 아니다. 마음에 가하는 폭행이 더욱 아픈 법이다.

너는 아무것도 가진 게 없다고, 형편없는 놈이라고 노아를 멸시했었다. 그런 주제에 사과 한 번으로 용서받길 원하는 것은 이기적인 생각이었다.

"미안."

노아는 내 꼴도 보기 싫을 것이다. 말로 상처를 입히다 못해 나현과 떨어뜨리기 위해 미국으로 쫓아내려고 했으니까. 그럼에도 방에 들어오게 해 주었으니, 그것만으로도 감사해야 한다.

"나가 볼게."

그렇게 말하고 돌아서려는데, "형." 노아가 불렀다.

우뚝 멈춰 선 진후의 어깨가 긴장했다. 진후의 앞으로 걸어온 노아가 이제껏 그리고 있던 연습장을 돌려서 보여 주었다.

연습장 안에는 진후의 얼굴이 있었다.

내 얼굴인가 싶을 정도로 근사한 미소를 짓는 진후의 얼굴.

"첫 그림은 나현 누나를 그리고 싶었는데, 나현 누나도 이해하겠지."

노아가 유쾌한 목소리로 말했다.

그림을 본 진후의 얼굴이 일그러졌다. 진후는 금방이라도 울 것 같은 표정으로 가만히 그림 속의 얼굴을 응시했다.

가슴이 아려 왔다.

이 그림에서 느껴지는 따스하고 다정한 분위기를, 진후는 본 기억이 있었다. 그 안에 그려진 인물을 바라보는 애정 넘치는 시선을, 진후는 알고 있었다.

불과 몇 시간 전, 스케치북을 보며 느낀 그 감정이 연습장 안에 가득 담겨 있었다.

'그런가. 노아는 이런 식으로 날 보아 온 건가?'

눈가가 시큰했다.

고인 눈물을 떨어뜨리지 않기 위해 눈을 크게 뜨고 노아를 응시했다. 그의 얼굴에는, 지독한 짓을 당한 사람답지 않은 청명한 미소가 떠올라 있었다.

"웃어, 형. 내 안의 형은 이런 미소를 짓는 사람이야."

*　　*　　*

노아는 한 달간의 유급휴가를 받았다. 사측의 실수로 인사이동을 시켰다는 게 그 이유였다.

회사에는 노아의 해외발령 건에 대해 아는 사람이 없었기 때문에 다들 어리둥절한 기색이 역력했다.

"말이 좋아 유급휴가지, 잘린 거 아냐?"

"노아 씨가 잘릴 이유가 없잖아요. 일은 곧잘 했던 것 같은데."

이러저러한 이야기가 오가는 와중에, 사정을 아는 슬이가 나현에게만 따로 걱정스럽게 물었다.

"부장님이 무슨 짓 한 거 아니에요?"

"응, 아니에요. 그냥 좀…… 위쪽에서 무슨 문제가 있었다고만 들었어요."

"분명 부장님이 수작을 부린 걸 거야. 안 그러면 일 잘하다가 이렇게 갑자기 잘릴 이유가 없잖아요."

"아니, 잘린 건 아닌데."

"한 달이나 유급 휴가가 잘린 거나 마찬가지죠, 뭐. 유급이라는 것도 퇴직금 명목으로 주는 거 아니에요?"

두 달 남짓 일한 신입에게 퇴직금을 챙겨 줄 리 만무하지만, 나현은 굳이 변명하지 않았다. 우리도 언제 잘릴지 모른다고 다들 바들바들 떨게 만든 사건이, 진후의 질투에서 비롯되었다는 사실을 굳이 알릴 필요는 없었다. 이대로 입을 다물고 있으면 언젠가는 없었던 일처럼 조용히 무마될 것이다.

진후의 사과를 받은 것은, 그날 저녁이었다.

퇴근 길, 진후에게서 전화가 걸려 왔다. 괜찮다면 근처의 커피숍에서 잠깐만 기다려 달라는 요청을 받았다. 전날 밤, 노아에게 사정을 들었던 나현은 굳이 그 요청을 거부하지 않았다.

커피숍에서 30분쯤 기다렸을까.

진후가 황급히 들어오는 모습이 보였다. 나현을 찾아 두리번 거리는 진후는, 나현이 알았던 '연진후 부장님'의 모습이라서 안심했다.

"미안하다는 말로는 모자라겠지."

그는 커피도 시키지 않고 고개를 숙였다.

"그렇다면 고맙다는 말을 해 주세요. 용서해 드릴 생각이니까."

"이렇게 쉽게?"

"그럼 어려운 미션이라도 몇 개 드릴까요?"

농담처럼 이야기했지만 그는 여전히 고개를 들지 못했다.

"고개 드세요, 부장님."

"창피해서 네 얼굴을 볼 수가 없다."

"응, 창피하긴 할 거예요. 질투 때문에 동생 욕하고, 날 스토킹 하다시피 하고, 나랑 아무 진전도 없는데 집안에 결혼할 여자라고 소개해서 당황하게 만들고."

그의 어깨가 움츠러들었다.

"전화위복이란 말 아시죠?"

"……응."

"사실 전…… 얼마 전까지만 해도 세상에 주눅이 들어 있었어요. 눈치도 많이 보고 노아와의 관계에 있어서도 그 애가 상처받을까 봐 전전긍긍하기만 하고, 조심스럽게만 대하고. 그랬죠."

"……."

"부장님이 그렇게 저를 밀어붙이신 덕분에, 오히려 제가 달라졌어요. 저는 이제 누구의 눈치도 보지 않아요. 지긋지긋해졌거든요. 사람들에게 미움 받을까 봐 걱정하는 게. 내가 아무리 잘해도 미워할 사람은 미워하더라고요."

"미안해."

"말했잖아요. 용서할 생각이니까 고맙다는 말을 해 달라고."

"정말 미안해, 나현아. 나는…… 하아. 내가 왜 그랬는지 모르겠어. 정말 미쳤던 것 같아. 아무 판단도 할 수가 없었어."

"그럴 때가 있더라고요. 내 모습을 객관적으로 볼 수 없을 때. 잠깐 정신이 나간 것처럼, 내 모습을 모르는 척할 때. 저는 전 애인에게 맞을 때 그랬어요. 아주 오랜 시간, 그에게 맞으면서도 그걸 견디는 게 당연하다고 생각했죠. 지금이라면 절대 안 할 일인데. 부장님도 그랬던 것뿐이에요. 아주 잠깐 이성을 잃었던 것뿐이에요. 다행이지 않아요? 그 기간이 길지 않아서. 양호한 거죠, 그 정도면."

진후가 천천히 고개를 들었다.

"넌 정말 좋은 여자야, 나현아."

"알아요. 하지만 사랑고백은 이제 거절할게요."

그의 입가에 희미한 미소가 떠올랐다.

"그래, 자제할게."

진후가 아틀리에까지 데려다주겠다고 했다. 나현은 그걸 거절하지 않았다. 차를 타고 가며 진후에게 물었다.

"그런데 부장님. 하나 여쭙고 싶은 게 있어요."

*　　　*　　　*

노아는 유급휴가를 받은 동안 아틀리에에서 지내기로 했다. 어째서인지 본가에서 노아의 거취에 대해 큰 신경을 쓰지 않는 단다. 게다가 어머니를 만나고 싶으면 언제든 가도 좋다는 허락 이 떨어졌다고 했다.

"다들 미친 것 같아. 뭐가 어떻게 돌아가는 건지 모르겠어." 라 고, 어젯밤 그는 어리둥절한 표정으로 말했다. 갑작스러운 자유 에 기쁘면서도, 그 이유를 알 수 없어서 불안한 듯했다.

진후의 차에서 내리는 나현은, 이제 그 이유를 알 것도 같았 다. 노아에게 주어진 갑작스러운 자유의 이유. 어쩌면 그 자유가 갑작스럽지 않을지도 모른다는 것까지도.

현관문을 열자 된장찌개 냄새가 났다.

주방에서 흥얼거리는 소리가 들려왔다. 노아가 앞치마를 두 르고 열심히 요리를 하고 있었다.

"누나, 왔어?"

기척을 느낀 노아가 숟가락을 든 채 돌아섰다.

"초인종 누르지. 다녀왔다고 말하면서 문 여는 거 하고 싶었 는데."

"아아."

"다시 나가 봐, 누나. 나가서 초인종 눌러."

"싫어, 귀찮아."

"어서."

그가 채근하는 통에 어쩔 수 없이 밖으로 나갔다. 닫힌 대문 앞에서 한숨을 내쉬었다.

이게 뭐하는 짓이람.

딩동—

[누구세요?]

"나야."

삐빅—

대문이 열렸다.

안으로 들어가자마자 현관문이 열리며 노아가 나왔다. 그는 환하게 웃으며 다가와 나현을 꼭 끌어안았다.

"누나, 오늘도 수고했어."

이런 걸 하고 싶었던 거구나.

의외로 나쁘지 않았다. 아니, 예상하고 있었는데도 놀라울 정도로 좋았다. 누군가 맞아 주는 사람이 있다는 것이, 수고했다고 말해 주는 사람이 있다는 것이 기뻤다.

이제 당신을 반겨 주고 기다려 주는 사람이 있다는 걸 알려 주는 것만 같았다.

"주방기구는 다 어디서 난 거야?"

"난 한 달간 백수니까. 누나 기다리는 동안 밖에 나가서 사 왔지."

"이것저것 잘도 사 왔네. 다 어떻게 들고 왔어?"

"그게…… 진후 형이 자기 차를 한 대 줬거든."

"……어어. 부자들은 정말 크게 노는구나."

"그러게. 그래도 뭐, 준다는데 받아야지."

"응, 공짜로 주는 거니까."

둘은 서로를 마주 보고 웃었다.

"그런데 요리를 다 할 줄 알았어?"

"손으로 만드는 건 대충 뭐……."

"내 남자 친구는 능력도 많네."

"그럼. 누구 남자 친구인데."

된장찌개와 계란말이, 김치만 있는 간소한 식탁이었다. 된장찌개는 맛있고, 계란말이는 놀랍도록 부드러웠다.

"너는 좋은 남편이 될 거야."

먹는 내내 감탄을 했더니 그가 부드럽게 웃었다.

"응, 누난 좋은 부인이 될 거고."

단지 그뿐인데도 청혼을 받은 기분이 들었다.

"한 달 동안 쉬면서 그림을 그릴 생각이야."

"괜찮겠어?"

"나는 괜찮은데 누나야말로 괜찮겠어?"

"응, 난 네가 그림 그리는 모습을 보고 싶었는걸."

"아니, 그거 말고."

"그럼?"

"누나가 내 모델을 해 줘야 돼."

"모, 모델이라니!"

그가 바짝 다가왔다.

"누나를 그릴 생각이거든."

그의 입술이 나현의 입술을 슬며시 훑었다. 갑작스러운 키스에 저릿한 느낌이 들었다. 그는 나현의 도톰한 입술을 꼼꼼히 훑다가, 아랫입술을 빨아들였다. 그의 혀가 입가를 슬쩍 스치고 안으로 들어왔다.

정신을 차릴 수 없을 만큼 진한 키스를 퍼부으며, 그는 나현의 옷을 능숙하게 벗겨 냈다. 나현은 다 벗겨진 후에야 자신이 알몸이 되었다는 걸 깨달았다.

"이 모습을."

그의 시선이 나현의 새하얀 육체를 위에서 아래로 훑어 내렸다. 느릿하게 움직이는 눈동자에 몸이 애무당하는 느낌을 받았다. 그의 눈동자는 나현의 목덜미와 가슴을, 젖꼭지와 허리를, 배꼽과 다리 사이의 검은 수풀을…… 예리하게 관찰하며 움직였다.

매번 보여 주는 몸이기는 하지만, 이런 식으로 관찰을 당하는 건 역시 부끄러웠다. 가리려고 했지만 그가 나현의 손목을 꽉 잡아 움직이지 못하게 고정시켰다.

"누나의 몸을 그릴 거야."

"아니, 저기…… 나 요새 살도 쪘고……."

"누나의 몸은 최고야. 이 몸을 담아야겠어."

"아니……."

"누나는 10년 전에 처음 만났을 때부터 나의 뮤즈였어. 예술 가에게 있어서 작품에 뮤즈를 담는 것만큼 영광스러운 일은 없어. 내가 그 영광을 누리게 해 줘."

그가 낮은 목소리로 말했다. 흔들림이 없는 눈동자가 나현의 눈을 주시하고 있었다. 나현은 그가 진지하다는 것을 깨달았다.

그가 이렇게나 간절하게 요청을 해 오는데 어찌 거부할 수 있을까.

그렇다고 '꼭 좀 그려 주십쇼!'라고 적극적으로 나서기도 민망해서, 아주 작게 고개를 끄덕였다. 그것만으로도 그는 만족스러운 미소를 지었다. 그의 얼굴 전면에 번지는 미소에는 그늘이 없었다. 그는 이제 햇살보다도 밝은 미소를 짓게 되었다.

"나 이런 모델 해 본 적 없어."

"당연히 그래야지. 이 예쁜 몸, 다른 놈들한테 보여 줄 생각 없어."

"그림으로 그리면 보여 주는 거 아냐?"

"아냐."

"그럼 왜 그려?"

"내가 보려고."

"……직접 볼 수 있잖아."

"그림으로 보는 건 또 다르거든. 자, 여기 앉으면 돼."

노아가 이불을 가리켰다.

"옆으로 비스듬히 앉아서, 한 손으로 가슴을 모아 올린 자세면 좋겠어."

"이, 이렇게?"

"음, 여길 좀 더 올려 보자. 다리는 이쪽으로 뻗고."

예술가의 눈을 한 노아는 숨이 턱 막힐 정도로 매혹적이었다. 진지하게 자세를 정해 주는 그의 모습에, 은밀한 욕구가 솟아오르기 시작했다.

'내가 미쳤나 봐.'

그가 순수한 마음으로 그림을 그려 주려고 하는데 이런 감정을 느끼다니.

'하지만 너무 섹시하잖아!'

일하는 남자는 섹시하다는 말이 있다지만, 노아는 도를 넘어섰다. 그에게서 흘러나오는 페로몬에 숨이 턱턱 막힐 지경이었다.

나현의 마음을 아는지 모르는지, 그는 자세를 정해 주고는 그림을 그릴 수 있는 위치로 돌아갔다. 벽에 등을 기대고 앉아 무릎을 세우고, 그 위에 화판을 올린 그의 모습을 보자 저절로 미소가 흘러나왔다.

저 모습을 기억하고 있다.

10년 전.

그 강가에서도 그는 저런 자세로 그림을 그렸었다.

연필을 쥔 그가 천천히 손을 움직이기 시작했다. 때때로 나현의 몸에 날카로운 시선이 닿았다가 떨어졌다.

"얘기 좀 해도 돼."

얼마나 시간이 지났을까.

그가 말했다.

"그, 그래도 돼?"

"응. 더 편하게 숨 쉬어도 되고."

그가 장난스럽게 말했다.

혹시라도 자세가 흐트러질까 봐 숨도 제대로 못 쉬고 있었던 걸 눈치챈 모양이다.

"내 여자가 호흡곤란으로 죽게 할 수는 없지."

그런 말을 하면서도 그의 손은 계속해서 움직였다.

"힘들면 말해. 대체적인 구도는 잡아 놨으니까 좀 움직여도 되거든."

"응, 그럴게. 아직은 괜찮아."

그의 시선이 닿는 게 좋아서, 그의 그림 그리는 모습을 보는 게 좋아서, 시간의 흐름을 잊고 있었다.

"아니, 안 되겠다."

그가 문득 화판을 옆으로 내려놓더니 덮치듯 나현에게 다가왔다. 그는 나현이 반항할 새도 없이 눕히고 입을 맞췄다. 그의

손이 봉긋한 가슴을 움켜쥐자, 방심하고 있던 유두가 단단하게
일어섰다.

"하고 싶어졌어."

"노아야……."

"그렇게 한심하다는 눈으로 보지 마. 이런 몸을 앞에 두고 한
시간 넘게 참은 게 대단한 거라고."

그가 나현의 유두를 우물거리며 말했다.

"으읏…… 그래도…… 그럼…… 넌 모델들 볼 때마다 그런 기
분…… 핫……! 느낀 거야?"

"그럴 리가. 이런 몸을 가진 사람이 누나 말고 또 있을 리 없잖
아."

"말은 잘해요, 진짜…… 하아."

그는 유두를 빨아들이며 나현의 다리 사이로 손을 가져갔다.

"벌써 이렇게 젖은 거야?"

"아, 아니."

"그냥 내 앞에서 벗고 있었던 것만으로도 이렇게 젖은 거였
어?"

"으으, 그런 거 아니거든."

사실 그런 거지만 들키고 싶지 않았다. 그의 눈빛이, 표정이
황홀해서 젖어 들었다고는 말하기 싫었다.

하지만 그는 말 안 해도 다 안다는 듯 우쭐한 미소를 지었다.
그런 그가 얄미워서 볼을 살짝 꼬집었다. 그가 나현의 손을 낚아

채 손목을 살짝 깨물었다.

"이렇게 젖었으니 오늘은 긴 애무를 하지 않겠어."

그가 바지를 내렸다. 그의 페니스는 그 어느 때보다도 성이 나 있었다. 저런 게 들어가도 괜찮을까 싶어서 허리를 틀었지만, 그가 더 빨랐다.

그는 나현의 한쪽 허벅지를 잡아 옆으로 벌리고 천천히 자신의 물건을 밀어 넣었다. 나현이 아플까 봐 배려한 것이리라. 과격한 행동치고는 조심스러운 진입에 웃음이 나왔다.

"지금 실컷 웃어 둬. 울면서 매달리게 해 줄 테니까."

웃음의 이유를 오해했는지 노아가 작은 목소리로 속삭였다. 그런 게 아니야, 라고 말하려고 했는데, 그의 페니스가 깊이 찔러 오는 통에 숨을 삼킬 수밖에 없었다.

그는 나현의 한쪽 다리를 자신의 어깨에 걸쳤다. 그의 것이 더 깊이 들어왔다. 그 자세로 그는 허리를 움직였다.

불을 끄지 않아서 그의 얼굴이 선명하게 보였다. 나현은 헐떡거리면서도 그의 얼굴에서 눈을 떼지 않았다. 나현에게 열중한 그의 얼굴을 보는 것이 좋아서, 그 얼굴만으로도 절정을 느낄 것 같아서, 그리고 저 얼굴이 자신의 것이라는 게 여전히 믿기지 않아서.

그가 예고한 대로 울면서 매달릴 만큼 뜨거운 절정을 세 번이나 느꼈다. 섹스가 끝나고 누웠을 때, 나현도 노아도 거친 숨을 몰아쉬었다.

그가 나현을 소중하게 끌어안았다. 땀범벅이 된 그의 가슴에 얼굴을 대는 느낌이 조금도 불쾌하지 않았다.

"있잖아, 노아야."

호흡이 조금 가라앉았을 때, 나현은 아까부터 하고 싶었던 말을 꺼냈다.

"그동안 생각해 봤는데…… 연 회장님은 널 싫어하지 않는 것 같아."

그의 팔에 힘이 들어갔다.

"아니, 오히려…… 연 회장님은 너를 아끼는 게 아닐까 싶어."

한동안 대답이 돌아오지 않았다. 괜히 말했나 싶었지만 곧 그 생각을 지웠다.

한 번은 짚고 넘어가야 할 문제였다. 아니, 최대한 빠르게 해결해야 할 문제였다.

"그럴 리 없어."

이윽고 노아가 쉰 목소리로 중얼거렸다.

"그 노인네가 날 아낀다고? 그런 인간이 아픈 어머니를 빌미로 날 잡아 두고 한 달에 한 번만 만나게 해? 그것도 감시를 붙여서?"

"아까 부장님한테 연 회장님에 대한 이야기를 들었어. 자수성가를 하신 거라며? 주위를 돌아볼 겨를 없이 바쁘게 살아왔다고."

"그 인간들 얘기, 하고 싶지 않아."

노아가 가라앉은 목소리로 말했다.

"아니, 하는 게 좋겠어."

"누나, 제발. 나는 지금 기분이 좋아. 이 기분, 망치기 싫어."

"그럼 계속 피할 거야? 모르는 척하고?"

"피하지도, 모르는 척하지도 않아. 그럴 만한 것도 없어. 연 회장은 자기 둘째 아들을 꾀어 낸 우리 어머니를 미워하고, 더불어 그 핏줄인 나도 미워해. 우리가 괴로워하는 꼴을 보고 싶을 뿐이야."

"그럴지도 모르지. 하지만 그렇지 않을 가능성도 있다면, 알아봐야 하지 않겠어?"

"싫어."

"왜?"

"싫으니까. 그럴 리도 없으니까."

그가 고집을 부리는 이유를, 나현은 알고 있었다.

"나도 그랬는데."

"뭘?"

"나도 너처럼 이렇게 행동한 적이 있어. 희망을 품었다가 무너지면 그것만큼 처참한 것도 없으니까. 아, 멀리 안 가도 되겠다. 너랑 내 사이도 그랬잖아. 서로에게 희망을 품었다가 무너질까 봐, 이 남자가 날 사랑할 리 없어, 이 여자가 날 사랑할 리 없어. 그렇게 생각하면서 10년을 날려 먹었잖아."

"……이건 달라. 그런 문제가 아니야."

"그런 문제야. 그래, 헛된 희망을 품는 건 무서워. 그런데 노아야. 이젠 혼자가 아니잖아. 그 희망 무너져도 네 옆엔 내가 있잖아. 그러니까 들어 봐. 응?"

그는 또다시 대답하지 않았다. 하지만 이번 침묵은 길지 않았다.

"왜 그렇게 생각하게 된 건데?"

투정을 부리는 듯한 목소리였다.

나현은 빙그레 웃으며 그렇게 생각하게 된 경위에 대해 천천히 이야기했다.

그림을 완성하는 데는 3주의 시간이 걸렸다. 잠도 제대로 자지 않고 매진한 결과였다.

오랜만에 그리는 그림이었지만 잘 그릴 수 있을지 걱정되진 않았다. 늘 그리고 싶었다. 그림을 그리지 못하는 기간에도, 수없이 시뮬레이션을 했다. 그녀를 도화지 안에 담는, 그 행복한 망상.

그림이 완성됐는지 모르고 지내던 나현이 어느 날 퇴근했을 때, 아틀리에 안에는 장미향이 가득했다.

나현은 눈을 휘둥그레 뜨고 안으로 들어갔다. 벽도, 바닥도 온통 붉은 장미의 향연이었다. 그 선명한 붉은빛은 가장 값비싼 루비보다도 아름다웠다.

바닥에 깔린 장미꽃잎을 밟으며 안으로 들어갔다. 거실 중앙에 서 있는 그에게로.

그의 앞에는 액자가 하나 놓여 있었다.

"내가 누나를 만난 10년 동안 딱 하나 바랐던 게 뭔지 알아?"

걸음을 멈춘 나현에게, 그가 물었다. 나현은 살며시 고개를 저었다.

"바로 이 순간이야."

"……."

"나는 이 순간을 수없이 상상했어."

"……."

"망상으로 끝날 뻔한 상상을, 누나가 현실로 만들어 줬어. 그래서 고마워."

그가 액자를 돌렸다.

그 안에는 그의 뮤즈가 살아 숨 쉬고 있었다. 비스듬히 앉아 옅은 미소를 짓고 있는 그의 뮤즈는, 눈물이 날 정도로 아름다웠다.

세상에 태어나 그 어떤 고통도 받은 적 없는 듯, 넘치는 사랑만 받은 듯, 그의 뮤즈는 청초하고 사랑스러웠다. 그녀를 그리는 화가의 거대한 애정이, 나현에게도 또렷이 느껴졌다.

"망상을 하는 동안 누나는 내 기억 속에서 미화가 되어 갔어. 그런데 그거 알아? 다시 만나게 된 현실의 누나는…… 아아, 내 망상 따위보다 훨씬 더 아름다워서 숨이 막히더라고. 그래서 생각했어."

"……."

"아, 이 여자와 결혼할 수밖에 없겠구나."

"……."

"결혼해 줘, 나현아. 평생 이렇게 웃으면서……."

노아는 말을 끝낼 수가 없었다. 그녀가 달려와 노아의 목을 끌어안은 것이다.

"응."

노아를 꽉 안고 그녀가 말했다.

"응, 그렇게. 해 줄게."

그녀의 목소리에 눈물이 묻어 있었다. 하지만 그 눈물은 지금까지처럼 슬픈 빛이 아니었다. 무척이나 선명한 행복의 색채를 띤 눈물이었다.

"평생 행복하게 해 줄게."

그녀가 덧붙인 말에, 노아는 웃으며 나현의 허리를 안았다.

"그건 내가 할 말이야."

*   *   *

높은 빌딩만 가득한 그곳에서도, 노아와 나현의 앞에 있는 빌딩은 발군이었다. 번쩍거리는 건물 앞에서 노아가 말했다.

"만나지도 못할 거야."

"응, 괜찮아."

"헛걸음한 거야, 우리."

"응, 괜찮아."

가장 먼저 어머니에게 결혼할 거란 사실을 알렸다. 그거면 된다고 생각했는데, 나현은 부득불 연 회장에게도 알려야 한다고 했다.

　—방법을 몰랐던 거야. 너나 내가 그랬듯이, 사랑하는 방법을 몰랐던 거야.

　—성공을 하기 위해서는 잠시 미뤄 둬야 하는 것들이 생기잖아. 연 회장님은 성공하기 위해 그것만 보다 보니, 사랑하는 방법을 잊으신 거야.

　—널 가둬 두려고 했던 게 아냐. 널 감시하려고 했던 것도 아니고. 단지 너와 어머님이 도망칠까 봐, 둘째 아들처럼 사라질까 봐 두려워서 그러신 거야. 곁에 두고 싶어서.

　—그래, 이기적이지. 사람은 때로 사랑하는 것을 갖기 위해 이기적이게 되기도 해. 뒤늦게 그걸 깨닫고 후회하는 거지.

　—이번에 해외발령 건, 연 회장님이 알고서 되게 화내셨다고 하더라. 부장님 말씀으론, 그렇게 무섭게 쳐다보신 게 처음이었대. 그…… 네 큰아버지? 그분이 몇 백 억을 말아먹었을 때도 그런 식으로 보진 않았었대.

　—할아버지라고 불러 봐. 그러면 많은 게 달라질지도 몰라. 한 번만, 그렇게 해 보자.

나현이 했던 이야기는 상당히 길었다. 그 이야기를 들었을 때부터 지금까지, 한순간도 잊은 적이 없다. 그녀에게는 내색하지 않았지만, 그녀가 했던 말들이 계속해서 머릿속을 맴돌았다.

분통이 터지기도 했다.

이제 와서? 이제 와서 용서하라고? 내가 이 집안사람들에게 어떤 짓을 당했는데.

한편으로는 불쌍하기도 했다.

그래, 아들을 잃었으니 제정신이 아니기도 하겠지. 강철의 사자네, 뭐네 해도 결국은 아버지니까.

여러 감정의 격돌이 있었지만 답은 정할 수 없었다. 그런 와중에 나현이 '할아버지'에게 인사를 시켜 달라고 조른 것이다.

'할아버지'라니.

그 인간을 할아버지라고 생각해 본 적은 단 한 번도 없다. 그는 그저 얼음 같은 눈동자를 한, 로봇 같은 인간이었을 뿐이다.

"들어가자."

나현이 노아의 손을 꼭 쥐었다.

노아는 가볍게 한숨을 내쉬었다. 자신의 기분은 아무래도 좋았다. 하지만 저기서 연 회장을 만나지도 못하고 쫓겨났을 때, 나현이 느끼게 될 실망이 걱정되었다.

나현은 남의 속도 모르고 생글생글 웃고만 있었다.

로비에 가자 경비원이 둘의 앞을 막았다.

"어떻게 오셨습니까?"

경비원이라기보다는 경호원처럼 보이는 남자가 딱딱하게 물었다.

"아, 그러니까……."

"연 회장님을 뵈러 왔어요."

"회장님을요? 아, 연노아 씨?"

"정…… 절 아십니까?"

반사적으로 '정노아입니다.'라고 말하려다가, 그가 자신을 알고 있는 것이 이상해서 되물었다.

"자, 이쪽으로 오시지요."

그는 질문에는 대답하지 않고 안쪽으로 안내를 했다. 이상하다고 생각하며 그의 뒤를 따랐다. 엘리베이터를 탄 그가 시크릿 카드를 찍고 지문을 대자 엘리베이터가 올라가기 시작했다.

"우와, 영화에서만 보던 엘리베이터야. 지문인식이라니."

나현이 중얼거린 말에 심란한 마음이 조금 가라앉았다.

엘리베이터 문이 열리고 복도가 나타났다. 회장실로 연결된 복도였다.

"저 끝의 방이 회장실입니다."

"아, 저기……."

"그럼 이만 내려가 보겠습니다."

남자는 정중하게 인사를 하고는 도로 엘리베이터를 탔다. 문이 닫히는 것을 확인한 후에야 둘은 걷기 시작했다.

"저 남자, 날 어떻게 아는 거지?"

"회장님이 말해 두신 거 아냐? 네가 찾아오면 막지 말라고."

"그럴 리가."

"그렇게 말하면서도 속으로는 그럴지도 모른다고 생각하고 있지?"

딱 걸렸다.

"왜들 이렇게 솔직하지 못한지."

나현이 투덜거렸다.

회장실 앞에도 지키는 경호원이 있었다. 그중에는 노아도 아는 얼굴이 있었다. 노아가 병원 방문을 할 때마다 따라오던 경호원들.

그들은 노아를 보고는 정중하게 인사를 하고 회장실 문을 열었다. 노크도 하지 않은 걸로 봐서, 노아가 왔다는 게 이미 알려진 것 같았다.

막상 문이 열리니 긴장이 됐다. 집에서 볼 때와는 달랐다.

노아의 긴장을 느꼈는지 나현의 손에 힘이 들어갔다. 그녀는 괜찮다는 듯 노아의 손을 꽉 잡아 주었다.

회장실은 무척이나 넓고 깨끗하지만 온기가 없었다. 그 안에 연 회장은 혼자 앉아 있었다.

집에서 볼 때와는 달리, 그는 무척이나 지쳐 보였다.

'이런 사람이었나?'

노아는 인상을 찌푸리고 그를 노려봤다.

'이렇게나 작은 사람이었나?'

강철의 사자라고 불리기는 하지만 원래 체구가 큰 편은 아니었다. 노아가 내려다봐야 할 정도의 키인데, 그의 존재감이 그를 커 보이도록 만들었던 것이다.

그는 책상 너머로 묵묵히 노아를 응시하고 있었다. 왜 왔느냐고 묻지도 않았다.

노아는 이제 와서야 결심했다.

그래, 나현이 시킨 대로 해 보자. 하고 아니면 말지, 뭐.

그렇게 생각하니 마음이 가벼워졌다.

"제가. 음. 제가 결혼할 여자입니다."

"……."

"할아버지."

덧붙인 말에 연 회장이 눈을 감았다. 짧은 시간은 아니었다. 노아는 어째야 하나 고민했다. 나가야 하나, 눈을 뜰 때까지 기다려야 하나. 저건 반대의 표시일까, 아니면 허락의 표시일까.

하지만 그가 다시 눈을 떴을 때, 노아는 그 답을 알 수 있었다.

연 회장의 눈가가 새빨갛게 충혈되어 있었기 때문이다. 마치 눈물을 참은 것처럼.

"그래."

철옹성 같았던 연 회장의 입술이 벌어지며 낮은 목소리가 흘러나왔다. 회장님의 음성이 아니었다.

"행복할 게다, 너희 두 사람은."

할아버지의 목소리였다.

*　　　*　　　*

노아에게 용서를 구할 생각조차 할 수 없었다. 그에게 얼마나
지독한 짓을 했는지, 차츰차츰 알게 되었으니까. 그래서 미안하
다는 말도, 손자가 되어 달라는 말도 하지 못했다.

이렇게 갑자기 찾아와 결혼할 여자를 소개시켜 주고 할아버
지라 불러 줄 줄은 몰랐다.

—제가 결혼하고 싶은 사람입니다, 아버지.

아주 오래전, 둘째 아들인 민석이 아영을 데리고 왔을 때의 일
이 떠올랐다. 민석도 지금의 노아처럼 연인의 손을 꽉 붙잡고 있
었다. 그녀에게 의지하듯, 그녀가 의지해 주기를 바라듯.

민석은 당당하고 유쾌한 아이였다. 사람들은 연 회장이 강철
의 사자라면, 민석은 그 사자를 녹일 수 있는 태양이라고 표현했
다. 그 태양의 빛을 꺼뜨린 건 연 회장이었다.

웃지도 울지도 않게 된 민석의 얼굴을, 빛을 잃은 그의 눈동자
를, 연 회장은 잊을 수가 없었다. 자신이 그 빛을 빼앗았기에, 민
석이 죽었을 때 마음껏 울 수도 없었다.

후회로 심장이 타는 것을 모르는 사람들은, 제 자식이 죽었는

데도 눈물 한 방울 흘리지 않는 냉혈한이라 욕했다. 그런 욕을 먹어도 싸다고 생각했다. 아니, 더한 욕을 먹어야 마땅했다.

—후회하실 거예요. 회장님은 후회하시게 될 거예요.

강제로 민석과 아영을 떨어뜨려 놓았을 때, 마지막으로 만난 아영은 연 회장을 똑바로 노려보며 말했다. 그 시선이 송곳으로 변해 끊임없이 연 회장의 심장을 찔러 댄 지, 아주 오래되었다.

"하민아. 하민아, 들어오거라."

가슴을 부여잡고 인터폰으로 하민을 불렀다. 문 앞에 대기하고 있던 하민이 황급히 들어왔다.

"회장님. 심장에……."

"아니. 차를 준비하거라. 아영이에게 다녀와야겠다."

*   *   *

아영은 병원 앞 정원의 벤치에 앉아 어린아이들이 노는 것을 지켜보고 있었다. 민석의 손을 꼭 잡고 왔을 때와 달라진 게 없는 모습이었다.

연 회장은 한동안 석상처럼 서서 그녀의 옆모습을 지켜봤다.

그때 허락해 주었더라면 어땠을까. 둘의 결혼을 축복해 주었더라면 어땠을까.

아주 많은 것이 달라졌으리라.

아영과 민석이 결혼한다고 해서 흔들릴 만한 기업은 아니었다. 그걸 알면서도, 더 커지고자 하는 욕심에 후회할 짓을 저지르고 말았다.

잠든 아영의 모습을 본 적은 있지만, 깨어 있는 아영을 만나는 건 처음이었다. 연 회장을 보면, 아영은 어떤 표정을 지을까. 사랑하는 남자와 억지로 떼어 놓고, 아이까지도 가둬 둔 이 지독한 인간에게, 어떤 시선을 보낼까.

젊은 시절부터 수없이 많은 장애물을 넘어왔지만 이토록 긴장한 건 처음이었다.

연 회장은 주먹을 쥐고 있는 손에 땀이 찬 것을 느꼈다.

도망치고 싶었다. 그녀의 경멸 어린 시선을 마주하느니, 노아에게 '할아버지'라고 불린 것에 만족하는 게 나을 것 같았다. 하지만 돌아서려는 순간, 다시 한 번 그 목소리가 떠올랐다.

—후회하실 거예요. 회장님은 후회하시게 될 거예요.

후회하리라.

앞으로 얼마 남지 않은 삶이지만, 이 순간을 죽는 날까지 후회하리라.

연 회장은 주먹을 펴고 입을 열었다.

"아가야."

아영의 얼굴이 천천히 움직였다. 흔들리던 그녀의 눈동자가 연 회장에게 고정되었고, 노아와 비슷한 그녀의 얼굴에 환한 미소가 떠올랐다.

"아버님. 이제야 오셨군요."

에필로그

교복은 옷장 깊은 곳에 잘 보관되어 있었다. 집에서 나올 때 가지고 나오길 잘했다.

잘 다린 교복을 입고 거울 앞에 서니 어쩐지 쑥스러웠다. 아니, 어쩐지가 아니라 쑥스러운 게 당연하다. 이 나이에 교복을 입게 될 줄이야.

"예뻐, 예뻐."

구경을 하러 온 주미가 말했다.

"고등학생 같아. 넌 진짜 동안이라니까."

"너무 좀 그렇지 않아?"

"안 그래, 안 그래."

프러포즈를 받았다는 말에, 주미는 제 일처럼 기뻐해 주었다.

능력 없는 남자인데 어쩌냐, 저쩌냐 따위의 말로 나현의 마음을
심란하게 하지도 않았다.

―너흰 행복하게 살 거야. 노아가 그린 그림에 둘러싸여
서 사는 것도 꽤 낭만적이겠다.

그렇게 말해 주는 주미에게 고마웠다.
"그럼 잘 다녀와. 후기 말해 줘."
주미의 배웅을 받으며 집에서 나왔다.
버스를 몇 번 갈아타고 그곳에 도착했다. 10년 전, 나현과 노
아가 다니던 고등학교 앞.
거기서부터 시작되었다.
한때는 일상이었던, 하지만 오랫동안 보지 못했던 교문에 아
련한 시선을 던지다가 몸을 돌렸다. 여기가 최종 목적지가 아니
다.
천천히 걸어가는 동안, 혹시라도 알아보는 사람이 있을까 봐
긴장했다. 하지만 강산도 변한다는 10년 동안, 이 동네에 아는
얼굴이 남아 있지는 않은 것 같았다.
저 멀리 강변이 보였다.
말이 강변이지, 사실은 개천이었다.

―강이라고 하면 강변이죠, 뭐.

—그럼 앞으로 여길 강변이라고 불러요.

　—그럴싸하네요. 강변에서 그림을 그린다고 하면 있어

보이잖아요.

그런 대화를 나누었었다.

그래서 이 작은 개천은 강이, 개천가는 강변이 되었다.

사람은 혼자 감당하지 못할 슬픔이나 아픔을 하나씩은 가지고 있다. 또한 누군가와 공유하고 싶은 즐거움 역시 하나쯤은 가지고 있다.

나현에게 있어서 이 강변의 추억은, 모두와 공유하고 싶은 행복한 추억이었다.

저 멀리 노아의 모습이 보였다.

그때와 똑같이 교복을 입은 노아는, 화판을 무릎 위에 올려 두고 앉아 있었다. 나현은 조용히 다가가 그의 옆에 앉았다. 그의 어깨에 머리를 기대었고, 그가 나현의 머리에 가볍게 입을 맞췄다.

대화는 없었다.

하지만 그것으로 충분했다.

눈을 감자 그의 향기가 나현을 에워쌌다. 그와 함께할수록 그의 화려한 색채에 물들어 간다는 것을 느낀다. 그 역시 나현의 파스텔톤에 물들어 가고 있을 것이다.

그렇게 서로에게 물들어 가다 보면, 어느 순간 같은 색을 띨

때가 오겠지. 그 순간을 위해 사람은 사랑을 하는 것이리라. 서로가 같은 향기를 품게 되고 같은 생각을 하게 되는, 그리하여 같은 곳을 보며 걸어가게 되는 그 순간을 위해.

　고되었던 내 어린 시절을 그의 가슴에 묻었다.
　그의 슬픈 친구를 내 가슴에 묻었다.
　사랑하는 이의 고통을 대신 이 가슴에 품었기에, 우리는 오롯이 행복할 수 있다.

〈완결〉